# 风吹叶子

百桦

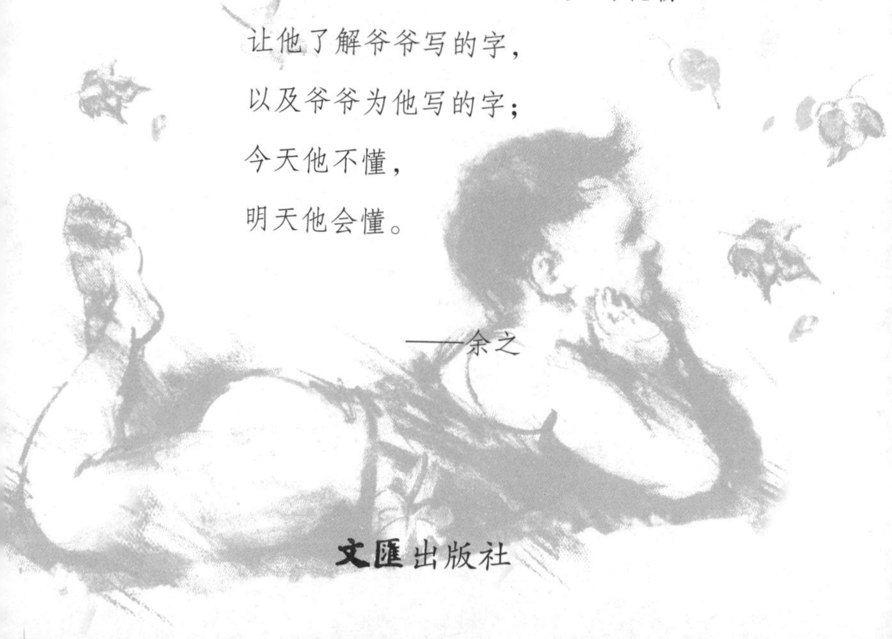

题记：　这本书是送给余佳融五周岁的礼物——
让他了解爷爷写的字，
以及爷爷为他写的字；
今天他不懂，
明天他会懂。

——余之

文匯出版社

# 风吹叶子

黄宗英
八十九岁

骏马登程奔四方，
任尔到处立纲常，
身在异境、犹吾境，
人在他乡立故乡。

录黄宗英小诗赠
余佳融小朋友

黄宗英
八十七岁于二〇一二冬初

黄宗英

黄门示儿诗·赠余佳融小朋友

骏马登程奔四方，

任尔到处立纲常；

身在异境犹吾境，

人在他乡立故乡。

骏马登程奔四方

任尔立处立纲常年异境

犹吾境人在他乡立故乡

录黄宗兵家训诗赠余佳融小朋友

二零一三年十月 桂国强书

六年前，犬子余梁与张晓敏结婚，好友桂国强书赠“和”字大匾，以“和美、和睦、和谐”美意贺之；一年后，儿子的儿子诞生；奄忽，孙子余佳融已满五周岁，国强兄又录八十九岁电影艺术家、作家黄宗英家训诗，书赠余佳融，寄意勉之。吾喜好国强兄书法的遒劲、飘逸；近期又见他耗时四个月创作的四十多米长卷《长恨歌》在欧洲一家电视台播出，并制作成 DVD 出版，盛获旅欧华人商贾青睐并以重金购去。吾儿孙辈能多次得获国强兄手书勤勉，深感荣幸，特表谢忱。

——余之

**余之简历（本名：余士君）**

《文汇报》高级编辑
中国作家协会会员

历任：
《中国电影时报》
（《文汇电影时报》）副主编
《文汇月刊》编委
《文汇报·笔会》编辑部副主任
文新集团新闻办审读
《东方早报》审读

现任：
《文学报·新批评》特约编审
上海大学《秘书》杂志编委
上海伦予文化传播有限公司
文字总监

主要著作：
《梦幻人生——石挥传记小说》
《摩登上海》（散文随笔）
《中外诗话》（散文随笔）
《面壁诗话》（散文随笔）
《岁月留情》（散文随笔）
《诺贝尔文学奖史话》
《影星的世界》（报告文学集）
《银屏之星——陈冲》（长篇）
主编《永安文丛》
（五卷·与桂国强合作）
主编《旧上海风情录（上、下）》
（与程新国合作）

风在吹，树叶在动；是微风，从小孙子嘴里
　吹出来的。
他吹，叶子动；再吹，再动……
他的笑声时高时低，就像他的脚步……

（是年一岁半）

“你的腿，是派什么用的？”阿爷问。
“抱的！”孙子答。
“要抱到什么时候？”
“100岁！”
“你爸爸妈妈抱吗？”不答。
再问……不答；
再问……
“你老问这个问题干吗？”孙子反问。
爸爸妈妈是对的；爷爷奶奶有点“鲜格格”。

（是年三岁）

# 目录

# 风吹叶子

风在吹，树叶在动，小孙子在笑……

深秋，早晨九点以后是花园里最好的光景。阳光暖暖的，洒在满地金黄色的落叶上，微风吹动绿叶，揉皱一池碧水。小孙子一岁半，刚学会走路，他最喜欢在这个时候走在花园的小路上，跌跌冲冲的，笑声和他的脚步一样，忽高忽低。一边走，一边稚气地问："这是什么？""这是什么？"……

在他的小脑瓜里，对这个陌生的世界有无数个好奇的问号。

"这是什么？"他指着一排冬青问。"这是小树。"我说。他看着小树叶在动，感到好奇，停住脚步在看。"风吹了，树叶会动了。"我说着，蹲下身，用嘴吹树叶，他也学着我的样，把小嘴凑上去，吹！树叶动了，他笑；于是又吹，又笑；再吹……稚嫩的笑声直飘进我的心里，好甜。

在阳光下和小孙子一起散步，看花，看树，看小狗散步，看蚂蚁爬行，看蝴蝶扑翅……是小孙子最开心的事，也是我最开心的事，这几乎是我俩每天的必修课。小孙子看小狗、看蚂蚁、看蝴蝶、看树叶……有兴趣；我对“看小孙子看”有兴趣。说实话，读了大半辈子的书报，其乐趣远不如读孙，更不要说如今的所谓流行的时尚、空话连篇的报刊。

跟着小孙读世界，似乎又使我回到了儿时；老人们爱说，与青年人在一起，会使自己也感到年轻；那么，跟比年轻人更年轻的孙儿辈在一起呢？

退休后，每每遇到朋友，都会问一句：“在忙什么？”我说：“不忙，领孙子。”朋友说：“噢，套牢了。”语气里透出几分惋惜。

“套牢”一词在现今的生活中，好像是一个不乐开、恼心的词。其实不然。诚然，每个人都会被一些烦恼的事套牢。被期货套牢了，被股票套牢了，被投资的房子套牢了，有的人一夜暴富，于是被“小蜜”、“二奶”套牢了。在我看来，被小孙子套牢，可是被幸福套牢了，乐事哇。

一般来说，学龄前的孩子还不会被社会上的污泥浊水所污染，他们像自然界的花、草、树一样，只承受阳光、雨露的滋润，这个年龄段的孩子最纯洁、最天真、最可爱；进入社会后，难免不被乌烟瘴气所熏染。所以抓紧时间和纯洁、天真、可爱在一起，可以洗脑、洗心，返老还童。这种号称“天伦”的极乐是稍纵即逝的，真可谓：机不可失，时不再来。

自然界的风一直在吹，树叶在动，这是抚爱；社会上的各种风也在不停地吹，有不少是“腥风”，是摧残。善良的人呵，要学会辨别，千万不要跟风！

# 莫做“龟孙”

宁做睡觉的兔子，不做爬行的乌龟

孙子出生第二天，见报上“八大家”深情力荐“你一定要读吴鲁芹”。过去我对“书腰带”上某某名家的“力荐”之类，并不以为然，相反有一种“逆反”心理。此次由八大“人文均不俗者”出山，不由心痒。一妇婴离季风书园百米之遥，趁孙儿熟睡之际，捧回几册吴鲁芹大著，乐融融的妇婴房里，阳光充足，孙儿伴读吴鲁芹，乐上加乐。吴鲁芹真吴大家也。

和吴大家感同身受：人生分为两大阶段，六十为界。六十岁前属于自己支配的时间并不多，庸庸碌碌，乐趣索然；六十后时间属于自己支配，我的快乐我作主，正如一首年轻人唱的歌词：“无乐不为。”看牌、看报、看书、看稿，如今又多了一项：看孙。一乐更甚一乐。时间不够用，有了看孙，看牌就可淡出。

吴鲁芹说自己看书纯属为了享受，我读吴鲁芹也是一种享受。八大家董桥、刘绍铭、李欧梵、余光中、陈子善、叶兆言、孙甘露、傅月庵深情力荐，句句在理，“有学养、有风度”“处处有学问、有哲理”“自然、平淡”等等，一点也没有“瞎三话四”的“抬轿”之嫌。我的体会似可再加一条：吴大家的思辨“逆常道而行”，且言之成理。举例说：洋人喝汤，绝不许出声，否则就会被人看不起，但在吴大家眼里，“吃热的汤面不出声，实在不能尽情享受喝汤吃面之乐，不能真正欣赏汤与面之鲜、之美”，他劝告同胞若不幸与洋人吃洋餐，最妥善的办法是远离“祸水”，若一定要喝汤，最好是到唐人街去，“一大碗酸辣汤送到阁下的座前，唏哩哗啦，一瞬之间，碗已见底，额角冒汗，闲愁种种，俱已忘怀，实在是齿颊留芳，朵颐称快之铁证也。”再如：世人常常教诲子女不要懒散，“勤能补拙”，吴大家却不以为然。他以自己一生“懒散”为证，说明“人”要达到陶渊明“复得返自然”“不觉知有我”那种“物我两忘”的境界，似乎先得从懒散始，那些风尘仆仆、发号施令、自诩开时代列车之人，要做到“物我两忘”，谈何容易？懒散“它纵无积极贡献，但无形中减少争端，带来宁静，也不无微功的”。他借约翰逊博士的话说：“勤快的目的是为了懒散，正如战争的目的是为了和平。”“能一生懒散的人，等于生来就是百万富翁，是前世修来的福气，大可不必自惭形秽。”懒散能给人带来快乐，仔细想想，懒散不给人快乐的例子，真是不易找的。人生奄忽，俯仰百变，快乐为本，如此懒散，何乐而不为耶？

读吴鲁芹妙文妙语，心旷神怡，暗暗称快。侧脸甜看出世才两天的小孙，嘴角蠕动，似觉有会心之微笑也，遂起寄语孙儿之念：将来读书，只求老师两句评语：“天资聪明，但不用功。”足矣。宁不勤，决不拙。要胸无大志，无志之人常立志，一辈子做平淡、平和之人。爷爷给你讲《新龟兔赛跑》故事：龟兔赛跑，小兔子三蹦四跳，跑出丈远，回头见小龟还在起点，于是美美地睡上一觉，醒来，在阳光下悠闲吃草，养足精神，临近大考，一蹴而就；即使一觉睡过了头，也不必气馁，就是偶尔输一次，也不打紧，咱们宁输也不做龟孙！

# 小鸟围着我转

我知道林中的鸟儿为何歌唱……

露天咖啡吧坐落在近郊的一个大湖边，棕色的缕空地板，宽大的遮雨阳篷，黛青色的矮杆木栅栏，使人感到似乎置身于海明威笔下的某个欧洲小镇。湖水有节奏地拍打着脚下的木桩，细长的湖草被波动的湖水摇晃着，像母亲在摇篮边哼唱着自己的婴儿……天色灰白，下着碎雨，淅淅沥沥，湖面被浓浓的水雾气笼罩着，远处的小渔船和一蓬蓬茂密的芦苇，朦朦胧胧的，像水粉画中的杏花、春雨、江南的意境。

小鸟也是咖啡吧的常客。先是一只、两只，尔后是三只、四只、五六只……轻盈而又战战兢兢，落在咖啡吧的地板上。小鸟，你闻到了咖啡香么？你是来躲雨的么？呵，全不是，它们是来啄地板上的面包屑的。小东西们一啄一抬头，小眼珠警惕地不停地向我们张望。它们见没有人理睬它们，胆子也越来越大，有几只慢慢钻进了我们的藤椅下，最后竟围着我们的座椅转，因为在我们的桌椅边散落着些许面包屑。小鸟们的大胆倒使我注意起它们来：在不远处的杨树林里，这些小鸟不停地从这棵树蹿到邻近的另一棵树上，并不断地喈喈而鸣。呵，大自然的天才歌手们，感谢你们给我们的生活带来了春天的气息，带来了无限的生机与希望；歌手们，我多么希望与你们和睦相处，请你们不要怕我们，大胆地吃你们想吃的粮食吧，我们决不惊扰你们，就像圣马力广场鸽子站立在人们的肩上觅食，就像我在孟买的印度门前看到猫与鸟各各觅食、互不相扰一样。小鸟呵，你们是我们的朋友，是我们的绿色屏障，理应与你们在同一星球上享乐与共，和谐相处！

小孙子边喝着可乐边咬着面包，他见小鸟们在争相觅食，挖了一片面包，一扬手丢了过去。“扑吱吱……”几只小鸟不约而同地扬翅腾空，飞上了枝桠。

“你把小鸟赶跑了。”我说。

“我给鸟鸟吃面包呀！”四岁的小孙子委屈地说。

“小鸟可不知道呀，以为你在赶它们呢。”我说，“你到栅栏边丢些面包屑吧，不要睬小鸟，它们会来吃的。”

小孙子跳下椅子，跑到栅栏边放了些面包屑，重回座椅上，静静地注视着小鸟。只一会儿，鸟儿们重又飞落在地板上，一只、两只、三四只……小孙子朝我看看，得意地笑了，笑得神秘又灿烂：这是人类的同情心的闪光，是祈祷天下所有生灵和谐共存的美好愿望的显现。我不由得想起了美国诗人劳伦斯·邓巴《同情》里的诗句：

我知道林中的鸟儿为何歌唱，
……啊，我知道，
那是它从心底发出的祈祷，
那是它卑微的请求，
传到它翱翔的天堂。

小鸟又重新踱步在我们的周围，小鸟惬意地围着我与小孙子转。

小孙子是我的快乐的小鸟，两个小东西都围着我转——我对此情此景感到心满意足，内心充盈着无与伦比的喜悦。呵，妙不可言的生活，任何哀情、忧伤、苦痛都没有它的余地！

# 午夜阳光之美

小孙子将手中的小山芋，送给了路边的乞儿……

丹路兄从阿拉斯加归来，制作了一部长达二十分钟的风光片：《午夜阳光之美——阿拉斯加》，景美片美，美得简直让人窒息。一连看了好几遍，也不觉厌倦，难怪近日在网上热播，纯属自然。

阿拉斯加，天之一角，号称“最后的边疆”，太阳每年从五月十日升起，从此有三月不落；每年自十一月十八日日落，又有两个月不再升起。我们生活的星球上一块美妙而神奇的土地啊！冰川、雪山、碧水、花树、雪豹、海鲑……我很快先后给他发去两条评语：“这是我们生活的星球美的极致，如果，我们人类也如阿拉斯加那般纯净与天然，该有多好！”“阿拉斯加，天分之美；纯净天然，犹如吾孙；两者合一，妙不可言；悠哉乐哉，极乐世界！”丹路兄大喜，要将这两句评语上网。

我很欣赏丹路兄的生活态度：与世无争，为人低调；乐于助人，与人为善。他最大的乐趣就是背着一只照相机满世界地跑。每年和太太乐缨及一批兴趣相投的朋友们出国几次，全世界地观光拍照，至今已跑遍了全球七八十个国家，这一次跑到了地球的“边疆”去了。他每去一个地方就制成一本精美的贺年卡，遍送朋友。在我的记忆中，他办过两个摄影展：欧洲的与非洲的，也不事宣传，只请了一些亲朋好友前往观赏。他搞摄影从没想过要得什么“奖”，成什么“名”，只是一心一意留住“美”：人间之美，地球之美。前些日，我两岁半的小孙子，头戴小红帽，拿着一只小山芋，脚步蹒跚地走到与他差不多年龄的乞儿面前，把山芋递给他，乞儿接过山芋向他挥挥手。丹路兄惊叹：这是路边的好镜头，生活中的美镜头！

一个不为名、不为利的人，名和利恰恰要找上他。一年前，丹路兄在一家面馆吃面，一位“星探”意外地看中了这位脸色红润、满头银发的“中年老人”（丹路兄与我同龄，年届六十六），要他上镜头，做多家产品的形象代言人。很快，他做了多家银行、多家产品的形象代言人，他的巨幅照片上了电视，挂在机场、地铁站。他还客串电视剧。有一次，潘虹从外景地拍片回沪给我打电话，欣喜地告诉我：她一下飞机就看到陈丹路的巨幅照片。朋友们都为丹路兄的“晚年之红”、“老出茅庐”而高兴。在我看来，丹路兄的形象有气质，也是一种美，但他的心地更美，他常出手资助一些贫困大学生、山区失学孩童而从不张扬。他的这种心善之美，与阿拉斯加的午夜阳光之美同调。

大自然有美丑之界，人间也有美丑之分。前不久读史中兴先生的新著长篇《才子》，主人公卜晓得就是人间丑类的典型。他把人民赋予他的地位、知识，变成了向人民索取个人利益的资本，这样的“才子”、“大师”不可取，真可谓“才子不佳”。佳人不才，尚可原谅；才子不佳，不可原谅。若才子下笔有神、佳人台上有戏，而生活中均缺德呢？那这样的才子与佳人，老百姓自然要唾弃而斥之！

# 六十老汉

一个人的心里不能有皱纹……

过了2004年12月31日午夜12时，也就是2005年新年钟响，我就是“年届六旬”了。虽然六十后面还有个括弧“虚”，但毕竟与六十挂号了。从前看报纸社会新闻标题《六十老汉发廊嫖娼》，不禁脱口骂一声：“迭只老头子！”而如今自己也到了“老头子”的年龄了，想想真有点儿想不通。夏日里，耐克鞋，耐克袜，耐克T恤衫，一块乒乓板，桌左桌右疾步如飞，杀得小伙子们惊呼“吃勿消”，惊得年轻姑娘们戏笑我“阳光少年”、“男小弯（孩）”，如今却可称得上“六十老汉”了，这怎么能令人想得通？

第一次想不通，大约是在七八年前。那天，我骑自行车在路口遇红灯，一位妙龄少女正面朝我走来，径直到我跟前，我心旌拂动。少女秀口一开，呼我：“老伯伯，镇宁路怎么走？”我手指北边告她。待她走远，心中甚是怏怏。我？成了老伯伯？甚是失落。脚一用力，车轮飞旋，一个猛子从卡车边窜过，驾驶员从窗里伸出头来，大吼一声：“老东西，不想活了？”又是“老”。我真的老了？想不通，说我老的人肯定是“斜白眼打鸟——歪了”。

数年前，单位里贯彻干部年轻化政策，实行五十五岁处级干部“一刀切”。我五十五周岁刚过一个月。我跟领导开玩笑说，我刚好被切到脚后跟。了解我的朋友都知道，我是衷心拥护“一刀切”政策的，这是提拔年轻干部的流水政策，这是安排大龄干部的阳光政策。但“一刀切”也使我确实感到有点“老”了。想想过去老领导，二十出头就当上了总编辑，如今五十出五了，那还不老了？老了，还占着个芝麻绿豆官位置，有什么出息？再说你老占着，那年轻的一代怎能上来？

老，是自然规律，不要紧。要紧的是一个人的心不能老，手上、脸上可以有皱纹，但一个人的心里不能有皱纹。现在不是提倡老有所学、老有所获、老有所乐吗？自得能其乐，助人能自乐，知足能常乐。举个例子说，我在居所楼下的小花园喷水池中，养了近百条金鱼，有空时常用鱼食去喂它们，看鱼儿们穿行在柳枝、乳石间，真有种说不出来的快乐。年轻的母亲带着女儿在池塘边观鱼，小女儿不时地大叫:“噢鱼，噢鱼！”我不禁得意地脱口而出:“这些鱼是我养的！”年轻的母亲忙叫女儿“谢谢老伯伯”，还对我说:“你花钱，买给了我们快乐。”我听了此话甚是高兴，我称其为“出钱买快乐”。

六十可称老头了，但要做一个好老头、善老头，千万不要做一个坏老头，糟老头，更不要被人指着脊梁骂:“迭只老头子！”

# 人生流水线

人生的驿站像一个个加工点：宝宝生产流水线

小区里听得最多的是鞭炮声。隔三差五的，早晨，下午，有时还有晚上。

从阳台上望下去，扎着鲜花的婚车，鱼贯而入。领头的是白色的劳斯莱斯、林肯。

笑声绕树飞，炮花溅满地。

鞭炮过后，一楼楼、一层层的窗帘拉起来了，灯亮了，灯熄了；天亮了，窗帘又拉开了……一年后，两年后，大楼里传来了哭声，婴儿诞生了。

楼下有一个很大的喷水池广场。是婴儿们集中的地方，也是老人们集中的地方。这儿，有好暖好暖的太阳，婴儿们都由奶奶爷爷、外公外婆们看管，老脸和小脸一起笑，笑得和太阳一样明亮，一样暖和。年轻的爸爸和妈妈，用心血将宝贝生产出来，交由最称心的“员工”管理，他们才放放心心地出门去。

老人们怀抱着儿子的儿子、女儿的女儿，小脸怎么看也像自己的老脸，管理得比任何人都仔细。

老奶奶抱着小孙子哼着："宝宝乖，多吃点，快快长，赚板板，赚来板板拨奶奶用……"

喷水池广场邻近，是一所托儿所。几年之后，从喷水池广场晒大的婴儿，跳着，蹦着，进了托儿所。早晨，由年轻的爸爸妈妈们领着宝宝进去；黄昏，由奶奶爷爷们领着宝宝出来。

从托儿所往东，过一条漂亮的木板桥，就是一所小学、一所中学。在喷水池边晒大的宝宝们带上了绿领巾、红领巾。最为壮观的是傍晚时分，老人们一大堆一大堆地围在校门口，踮着脚，往铁门里张望着，等着宝宝们出来……

从楼上生产出来的宝宝，被送到了楼下的喷水池广场晒太阳；从广场上晒大的宝宝，被送进隔壁的托儿所、小河对面的学校；从学校里出来的宝宝，又被送出了国……人生的驿站就像一个又一个加工点——宝宝生产流水线。

有一天，有三五个老奶奶在议论：

"七楼的张家姆妈昨天晚上走了。"

"啥人是张家姆妈？"

"就是会唱'宝宝乖，多吃点，快快长，赚板板'的那个……"

"她的那个宝宝呢？"

"听说，昨天赶回来了。"

送殡那天，宝宝亲着奶奶的脸，哭得像泪人："奶奶，宝宝会赚板板了，可你还旡没用着呢！"

宝宝的话，奶奶听不见了，但奶奶知道宝宝成品了，有出息了，奶奶没用着宝宝的板板也宽心了。

从阳台望下去，送殡的车队鱼贯而出，领头的是黑色的、扎着纸花的殡葬车。

哭声摧秋叶，纸花绕树滚。

两天以后，院子里又响起了劈劈啪啪的鞭炮声，又有人娶新娘了……

鲜花——纸花；笑声——哭声……

人生流水线，周而复始。

# 儿子·舞伴·我

血缘，是大自然中最为纯洁、牢固的融合剂

也许是当记者的职业关系，记不清从什么时候起，我居然也学会了跳舞。当然，那只是简单的三步、四步。初学会跳舞的我，每听到舞曲一起，看到同伴们翩然跃入舞池，脚头也不禁痒痒然起来，在好心的女舞伴的鼓动下，我也成了摇曳的灯影下勉强踩准舞点的一员。

跳舞因为要和女性交往，因此在我的短暂的跳舞经历中，在家庭生活领域里竟也产生了一些快乐的烦恼。

有一次，编辑部举行舞会。我邀请了十余名与我们有协作关系的同志参加。因为可以带家属，我也把妻子带了去。在我邀请的同志中，有一位女同志因和其他被邀请的人不熟，一个人孤零零地坐在角落里。出于礼貌，为了不使那位女同志感到尴尬和冷落，我一再邀请她与我共舞。

也许对我的“过分”热情有意见，舞会结束回到家里后，妻子似开玩笑地对我说：“那位杨女士舞跳得不错么！你是一跳上瘾，就不想下来了。”

我笑笑说:“你想到哪里去了?”

在我和妻子一来一往地对话时,十岁的儿子默不作声地坐在我的写字台前,一边翻弄着我的通讯录。我见儿子不在听我们的谈话,也就没有去多注意他。

几天后的一个晚上,我有事要和杨女士联系。可是,一连拨了几个电话都是“忙音”。前后足足拨了近一个小时,电话里还是传来“嘟、嘟、嘟”的忙音。无奈之下,我只得放弃了打电话的念头。

第二天,我见到了杨女士。问她:“你家的电话怎么老是占线?”

“没有哇,整个晚上我没有给谁打过电话。”

怪了。这是怎么一回事?

杨女士问我:“你打的号码对不对?”

我如实告诉了她。她惊讶起来:“不对。你把我家电话中的‘7’怎么都改成了‘2’,把‘3’改成了‘8’?”

“我没有改呀!”我也不禁纳闷起来。

台灯下,我仔细地辨认着杨女士的电话号码,一边自言自语地说:“谁把电话号码改了?”

这时,趴在我桌边做作业的儿子抬起头,眨巴着一双狡黠的眼睛,笑眯眯地看着我。

“啊,是你干的?”我一下子明白过来了。

儿子“嘿嘿”笑着,不回答。我再仔细看通讯录,那圆珠笔改过的地方,依稀可见。

“你这小子，真精乖！”我一下子站起来，朝他的脸颊上吻了一下，问他：“你怎么想到把杨女士的电话号码改掉的？”

他摇晃着小脑袋，神秘地一字一顿地说：“我要让你和她断了联系……”

呵，这个聪敏的“小阴谋家”。看着儿子可爱的脸蛋，我明白了一个朴素的道理：母与子、父与子，这种血缘的联系是大自然中最牢固纯真的东西，多么值得去珍惜啊！

# 母亲的身影

我一直记着母亲七十年前的矫健的身影……

母亲留在我脑海中的第一个清晰的身影，是一个年轻、矫健的身影。那年，母亲才二十四五岁。母亲十九岁时生我，所以那时我才六七岁。

父亲年轻的时候就来到了上海，在一家砂皮厂当学徒工。上海一解放，他就当上了新中国的第一批民警。后来父亲得了肺结核，退职回乡，我们全家随父亲回到了宁波乡下。从没有种过田的父母便学起了插秧、耘田等农活。父母整天忙于农活，我却整天与小伙伴们泡在河里，摸鱼、捉蟹。

有一次真的出了事。我从高高的三眼溪的闸板上跳下，没想到闸门前的河水深不可测，我拼命挣扎，大口大口的水呛得我眼冒金星："阿毛（小名）浸煞（宁波话：淹死）喽，阿毛浸煞喽！"在附近农田干活的母亲闻声直奔三眼溪。母亲的脚步飞快，像一头跃过溪谷的小鹿，神色因紧张而通红，呼吸因快步而气喘。等母亲赶到河边的时候，我已被人救起，脸色苍白地瘫坐在河边。

这是母亲留在我脑海中的最初的身影：母子连心，才使母亲健步如飞！

后来，父亲再来上海寻到了工作，母亲也进了纺织厂。没有父母管束，家乡纵横交错的河道更是成了我自由驰骋的天地。阿娘（奶奶）常在河埠头洗浣，我常会大叫一声："阿娘！"从阿娘的头顶跃过，飞身入河，吓得阿娘的吆喝声也发颤。阿娘写信给上海的母亲，声称这么"皮"的孙子管不了，出了事担当不起。于是父母只得把我和弟妹从乡下领回上海。那时候，我们全家住在父亲学校分配的房子里，那房子是解放前日本军官住的小洋房，有马厩，有花园。进了工厂的母亲心情十分舒畅，常约了工厂里的小姐妹们来家玩，在小花园的草地上嬉戏、拍照，那时的母亲还爱上了跳舞，快乐的交谊舞是那年代的时兴。那时母亲才三四十岁，生活充实，心情欢愉，处在中青年时期的母亲的身影，明丽如阳光，欢乐如彩蝶。

时光的流水像影碟。如今，母亲已是一个八十六高龄的老人，体胖如熊，整天坐在沙发上不肯动。我和弟妹们常劝她到小区的花园里走走，活动活动身子骨，逼着她自己学着乘电梯下楼，可她连电梯的按钮也懒得按。她很执拗，就是不肯动，不肯学，不肯走。她说她现在有三等：等吃，等困（睡），等死。有时我们逼着她去花园里散步，可没走上十分钟，她已气喘吁吁，脸涨得通红。望着她举步维艰、臃肿如熊的身影，我心里发酸，眼含泪水，那个捷步如小鹿、欢快如彩蝶的身影哪里去了？我们都对她说，现在八十多岁的老人多的是，生命在于运动，只要身体健康，日子长着呢。于是我们想方设法骗着她去活动。那天一大早我骗她说，小弟的车子在楼下等你，接你出去白相。她思儿心切，急匆匆要下楼，我就一路跟着她，站在她背后，故意不帮她，看她开门、关门、按电梯，一直把她骗到大门外，让她自己买点心，然后又一路走回来，看着她上楼，进门。母亲高兴得喊了起来："我都会了，我都会了！"母亲愉快地接受了这一次有益的"上当"。

我对她说，以后你经常下楼去散散心，高兴的话坐在小馆子里吃碗小馄饨。母亲说："我会的，我会的。"我期待看到母亲出现在小区林荫道上、健身区里活动的身影，不奢望时光倒流，轻盈如小鹿，欢快如飞蝶，盼就盼不再慵懒如胖熊。

# 鲈乡五塔记

上海共有古塔九座,而松江独占五塔

松江的四鳃鲈,是闻名天下的美味。有关松江鲈鱼之美,历代文人的笔下多有记载,所以松江又有“鲈乡”之美称。上世纪70年代初,尼克松来上海访问,鲈乡人竭网力钓,才得五尾,使得西人国宾幸有食吾国江南之美食。

60年代初,我在松江求学,前后五年。五年中,无福食鲜美鲈肉一块,却有暇一游松江境内五塔:方塔、西林塔、李塔、秀道者塔、护珠宝光塔。据记载,上海共有古塔九座,而松江独占五座,可见松江人文历史之蕴藉深厚。

唐玄宗天宝十年,即公元751年,松江正式建县,当时称“华亭县”。“华亭”一名在历史上叫了一千多年。

2001年是松江建县一千二百五十多年庆典。逢此良辰,松江区委组织作家采风,使我有机会重游阔别三十多年的鲈乡,再次登临五塔。凭高望远,春申大地尽收眼底,三十年弹指一挥间,别梦依稀,感慨万千……

方塔，又名兴圣寺塔，建于北宋熙宁年间，距今已有千年历史。它位于我当年求学的松江二中正南面，离校门不过百米之距。三十多年前，我们一帮青年学子，常结伴嬉戏于此。旧日方塔，孑然兀立于一片菜地、桃树与乱石之中。三十多年后，此地成了上海最大的一个公园。漫步方塔园，修篁夹道，曲径通幽；坐在望仙桥畔，品一盅碧茶，听方塔风铃，看绿湖碧波，真有飘飘欲仙之感。方塔在我的记忆中，印象最深者为一“奇”字。方塔高九层，每层有三道木箍，呈“井”字形镶嵌在塔的墙砖之间。木质易朽，此为建筑之大忌。然而这二十七道木箍历经千年而不蚀，饱受日寇飞弹而不倒。鲈乡老人目睹周边房舍全塌，而唯独方塔安然，惶悚之中无不叹奇！

出方塔园，西行数里，即至西林塔。西林禅寺创始人为南宋圆应禅师，故西林塔又名圆应塔。西林塔给我的印象为一“高”字。塔高46.5米，系上海九塔之最。碑记:“塔势峥嵘庄严，三吴诸塔无出右者。”早年的西林塔周围，民居鳞次栉比，如今危屋拆除，绿草如茵。进得西林寺，只见青烟香火萦绕，但闻西林梵音依旧。梵音，传自印度，古印度婆罗门自称为“梵天”苗裔。“梵音海潮音，胜彼世间音”，西林梵音历来被称为鲈乡十二景之一。年少时游西林塔，常见成群喜鹊噪鸣于塔檐，盛景实为壮观，今次重游，不见此景，实为一憾。

站在浦江烟渚的望江亭上眺望，隔斜塘即可见李塔。该塔因唐李世民第十四子李明所造，故以“李”名之。李塔在我的记忆中，是以它的“秘”字而闻名。唐武德九年，李世民发动“玄武门之变”，当上了太宗皇帝。李世民在抄杀太子李建成东院时，将李建成的一个宠妃占为已有，生下李明。李世民一生光儿子就有四十多个，李明排行十四。唐天授元年，女皇武则天上台改唐为周。李世民四十多个儿子串联在一起谋反，结果反遭武则天暗算，几十个子孙杀的杀，贬的贬。因李明在此之前已辞官隐居在如今的李塔汇镇，逃过一劫。他为祭亲人亡灵，遂造成了李塔。不料有人却上书告状，说李明以造塔为号，聚众造反，结果被武则天充军南下，并罚一百军棍。此时年时已高的李明怎耐得此一百猛棍，三日后便一命归天。

游毕三塔，驱车北上，来到风景秀丽的西佘山园。进得山门，拾级而上，抬头便见一塔。如同它的名字一样，此塔一大特色便是“秀”字——秀道者塔。此塔与方塔同建于北宋，早方塔一百余年。“秀”，是指它的结构与造型均显得小巧别致，亭亭玉立，与杭州保俶塔相似，像是姐妹俩。造此塔的道者法名德聪。据传，此位道人眉清目秀，相貌慈善，佘山人叫他秀道者。塔名也因此而来。此塔高20米，共七层，登高望远，秀丽佘山一览无余。远客如作佘山游，必去西山观“秀塔”。

与佘山毗邻的是天马山，与秀道者塔遥相呼应的是护珠宝光塔。浏览鲈乡最后一塔，已是天马驮夕阳了。登得山顶，听松涛声声，看斜阳斜塔，此景此情，蔚为壮观。此塔建于南宋，比方塔晚五十多年，比意大利比萨斜塔早十七年。此塔的奇观在于一个“斜”字。塔高19米，向东南倾斜6°51′52″，较比萨斜塔倾斜一度多，它的顶部中心偏离地面2.27米，为世界之最。据同行介绍，此塔虽斜，却能抗十级狂风、七级地震。中国一绝，世界一奇也！

# 寻找宁静

明亮的思想火焰,是从宁静的回忆与思索中点燃的……

我的爱好很杂,欲望也很高,可惜都受到条件的限制。譬如我想去郊外打猎、钓鱼,如同我童年在乡下,在大自然的怀抱中无忧无虑地戏耍,可惜没有猎枪,据说占有猎枪者还需上公安局去登记,如同“自首”一般麻烦,于是就放弃了这份劳心事。还想去钓鱼,我青年时代的钓术在小伙伴们中间是出了名的,但现在很少有属于自然界的、真正的鱼塘了,鱼塘归私了,谁还有这胆量去钓鱼?我曾口头上向单位的“钓协”申请过入协,但他们入协的先决条件是先得找一家可以任意去钓鱼的鱼塘“关系户”,作为入协的“进贡”条件。无奈,我没有这个关系户,于是也只得死了这份心……

我曾经也爱好过乒乓球。上世纪六十年代初,我还在读高中的时候,就获得过松江县的青年组单打冠军。现在我常常梦想把这份爱好捡回来,可惜,在如今平方面积如此紧张的单位里,连一张乒乓桌也无处存放了。先前的乒乓房,先是被割成了财务科,后来又成了堆栈——膳食科的仓库,可能里面蟑螂、老鼠也有了。如今，乒乓桌也不知躺在哪个角落里，蒙受着灰尘的蹂躏……

我的业余爱好的手脚，被越来越苛刻的外部条件束缚得动弹不得了。

但，毕竟我还是有爱好的。我在喧嚣的生活环境中努力寻找宁静，在寻找宁静的空间中寻找我的爱好。

我极喜欢在远离城市的小镇上逗留。那里的气息，那里的人情，那里的集市，都强烈地透露出接近大自然的宁静感。水灵灵的蔬菜、水果，活蹦鲜跳的鱼虾，就连穿着朴素的乡民，都带有一种与混沌世界所不同的特有乡土气息。在那样的集市上，你可以看到许多你平时看不到的来自大自然的东西。在节假日，我会骑上自行车，带上相机，到远离城市的地方作一番神游。某一天，我被邀去了一趟宁波，我离开群体到了我童年生活过的柴桥镇。几十年后再见，我寻回了许多童年的足迹和童年的梦。我感到多么快乐与惬意。我似乎再次领略了生活的乐趣，重新感到生活是多么的美好！

我还爱好在夕阳西下的时候外出散步。家住西北郊的长风公园附近，我尤爱黄昏时节在河边漫步，在树下停留，看树上的鸟巢，看老鸟给小鸟哺食……我想，要不了多久，这鸟巢也许再也看不到了，疯长的钢筋、水泥会赶走鸟儿们的。我还爱走在旧铁轨上，沿着夕阳西下的方向去追赶落日，看天色一点点地暗下去，看暮色笼罩大地……

我还喜爱在晨曦初露的早晨，在花园的长椅上读书。感谢作家出版社和上海文艺出版社出版了两本好书:《邓肯自传》和米兰·昆德拉的小说《生命中不能承受之轻》。邓肯,这位现代舞蹈的开拓者,我们今天再也不能欣赏到她那优美、动人的舞姿,但在她娓娓动人的叙述中,我们能聆听到她那热爱生命、热爱舞蹈、渴望爱情的深情的呼吸。她和叶赛宁的奇遇、相识和热恋,使人强烈地领略到人生回归自然的天性和快乐。而米兰·昆德拉笔下的托马斯——这位知识分子的深沉的思索,却又与大自然的风光和爱情结合在一起,在生命浮躁的表象中,我们可以看到他的一颗炽热的、跳动的心……

最明亮的思想火焰是从宁静的回忆和思索中点燃的;人生道路上芳香的花朵,也是从宁静的氛围中获得。

# 花童泪

花童花女将鲜花撒向空中，欢笑也随之腾空……

朋友的儿子结婚，我和太太前去祝贺。婚礼宴请设在市中心最为繁华的地段，那是一家由旧式洋房重新装修的饭店，古色古香，很有些怀旧的气味。与许多星级饭店不同的是，在这所旧洋房前面有一块好大的草坪，绿草茵茵，很是可爱。要知道，在如今的上海，市中心的地皮被越来越多、越来越高的钢筋水泥所覆盖，绿色的草坪越来越珍稀了。我想，朋友选择这样的地方来举办儿子的婚礼，主要也是看中了这么一块可爱的草坪，可以让年轻人在这样芳草萋萋的地方，度过他们人生最为绿色的年华。

前来祝贺的亲朋好友一拨一拨地从草坪边走过，有年长的，有年轻的。在人群中有一对大约五六岁的男童与女童，显得格外活跃，他们互相追逐着，嬉笑着，好像今天是他们的节日一样。

男孩子小名叫山山，女孩子小名叫妞妞。山山和妞妞是被新郎和新娘请来做花童子和花仙子的。必要的时候，让他俩陪伴在新郎和新娘左右，或被新郎幸福地牵着，或为新娘拎起美丽的婚纱，让他们随着这对幸福的年轻人走向人生辉煌的殿堂……这样的待遇和幸福的时刻无疑对这对孩子来说是莫大的幸运，这也是两位花童显得特别兴奋的原因。尤其是那位叫山山的男童，早在一个多月前，妈妈就告诉了他做花童的事。山山就这样天天等着、盼着，终于等来了这一天。临出发前，妈妈还特别神秘地对他说，今天他做花童的整个过程还要被录像……

婚礼照例是由一家婚庆公司操办的。三四位婚庆公司的年轻人进进出出，忙这忙那。其中一位年约三十、头发被染成黄色的，人称“黄毛”，在指挥着其他几位，看上去像是个头儿。

音乐响起来了，婚礼开始了。两位孩子被大人领到了“黄毛”的面前。“黄毛”侧着头，用一种权威的、审视的目光在两位孩童身上扫来扫去。两位孩子像听话的学生，怯生生地望着眼前这位神圣的“考官”。审视过后，“黄毛”发话了：“女孩子我们留下，准备做小天使，给新郎和新娘端上婚戒；小男孩……不符合要求，今天不用了。”妞妞今天穿一身洁白的连衣裙，背上插上两片羽白色的翅膀，就成了天使，而山山没穿黑色的小礼服，只穿一件普通的毛衣，“黄毛”所说的不符合要求，也许就是指这个。

山山一听自己没能当花童，“哇”的一声大哭起来，在场的山山的爸爸和妈妈也觉得十分难堪，一时嗫嚅着说不出话来。山山不顾一切地大哭着，哭声盖过了喜庆的音乐，场面一下子失控了。参加婚礼的亲朋好友也一时手足无措，有的开始议论起来，有的好心地建议爸爸妈妈带山山到街上去兜兜风，等他情绪好转时再带他进来，有的开始责备婚庆公司办事死板……

众人欢笑一人哭，而且是孩童的哭，这会让婚礼变得如何的扫兴？

正当大家慌得没辙的时候，还是新郎和新娘拿出了办法。他俩决定为山山来一场“情感救赎运动”，他们让婚庆公司停止所有的议程，重新设计。新郎和新娘大声向大家宣布说：让两位可爱的花童在主宾席上陪新郎和新娘就坐。山山听说要让他和妞妞同坐在新郎和新娘左右，顿时收敛了哭声。于是，两位花童在伴郎和伴娘的带领下，来到了主宾席上就坐。并且在新郎的提议下，花童花女、新郎新娘向所有参加婚礼的来宾敬酒。一时间，全场响起了雷鸣般的掌声……再接下来，让山山和妞妞手提花篮，在欢乐的婚礼进行曲中，向新郎和新娘一路撒着花瓣。全场的来宾站立起来，向新郎和新娘鼓掌祝贺。

花童花女满场欢奔，鲜花撒向空中。花童泪光晶莹，含泪欢笑，此时此刻，婚礼达到了高潮……

# 逝去的小花伞

雨中的小花伞，你在哪里呢？

那一天，你突然出现在我的面前，毫无顾忌地当着陌生人的面，大声喊："你还认识我吗？"

我望着一身华彩雍容装束的你，耳环摇曳，香气袭人，好半天说不出话来。你大方而潇洒地伸过手来，并把一张发黄的集体照放在我的桌上——那是一张六十年代初我们初中毕业班的全体合影。

是你，我想起来了：老同学，整整有三十年不见了。我赶紧搬椅、倒茶，你大大咧咧地坐在我的对面。你由远说到近，滔滔不绝，异常兴奋。从你的叙述中，我知道了你三十年的大略经历：远嫁港商，定居澳门，先后两次婚变，现在又回到大陆经商。烫金的名片上，"董事"、"经理"的头衔一大串。相比之下，我这个"爬格子个体户"颇显得几分寒碜。

你大谈生意经，满口商业术语，偶尔还夹杂着几句"洋文"，听得我如坠十里云雾之中。我不知道自己是否在听，我只是看着你，尽力在我的脑海中搜索三十年前的你——扎两条小辫，戴着红领巾，静如幽兰，清秀动人的你。可是，我无论如何也找不到半点你的旧日的影子。

——那一次，我们全班去“共青苗圃”郊游。返回的路上，突然下起了大雨。女同学们四处逃散，纷纷躲到屋檐底下，而我们几个男生却像“英雄”似的嚎唱着“带镣长街行，告别众乡亲”的《就义歌》，任瓢泼的大雨把我们淋得湿透……

突然间，你奔进雨中，将你的一顶小花伞塞在我的手里又迅即跑开去，口里还骂了一句：“傻子……”同学们一下子全愣了，歌声戛然而止。几秒钟的静场后，又爆发出“哈哈”的大笑声，我的脸一下子涨得飞红。

从那天以后，我开始躲避你，在公众场合再也不敢和你说一句话；但也是从那天起，我天天盼望下雨。绵绵不断的春雨，淅淅沥沥的秋雨。看倾斜的雨丝被风刮着，一排又一排地飘过屋顶；听嘀嘀嗒嗒的雨珠敲打铁皮、敲打窗棂，像一首歌，像一首诗……

三十年来，我常常梦见雨，也写了许多关于“雨”的诗，而那顶漂亮的小花伞，一直萦绕在我的脑际，挥之不去。

三十年后，你突然出现在我的面前。老实说，你那老练、世故的神态令人吃惊；你那一大套的“生财之道”，听上去充溢着时下流行的“斩”味。

“嘀铃铃……”我习惯性地拎起了电话机，却是“忙音”。你迅速打开手提包，呵，是你的“大哥大”在呼叫。

你一阵风似的来，又一阵风似的走了。我目送你胖乎乎的身子钻进的士里，远去，远去……也带走了久藏在我心中的那顶美丽的小花伞……

# 老男老女

九十多高龄的男男女女，他们也有求偶的欲望……

长假有暇，去旧居访亲。一屋子人拉七扯八，五方杂说，闻平日坐办公室所未闻，很觉新鲜。最有趣的要算年过八旬的好婆，谈起她在养老院里的生活，神采飞扬。她的那些“老同事”们绝大多数年龄与她相仿，大她十几岁的也有十多位。这些老人平日闲来无事，三五扎堆在一起，冬天孵太阳，夏天乘风凉。男男女女，天天厮守在一起，日长时久，难免生出一些少男少女们司空见惯的风流韵事来，尤其是那些早已丧偶的孤男寡女们。

好婆说，有一位她的室友，今年高龄九十一岁，人清爽，气色好，上下楼梯照样走，西瓜一个人好吃半只。隔壁有一位九十二岁的老男，对伊有意，整天跟着伊“屁颠屁颠”，捧来一只西瓜，总归是拨伊半只。老太也很是领情，每次来西瓜，伊就帮他占了一只位子，好让伊坐在自己身边。两人边吃边聊，俨然像是一对恩恩爱爱的老夫老妻，惹得养老院里众多老男们羡煞，馋煞。

另有一位与老太年龄一样大的老男，却也来凑热闹（在年龄上伊占一岁优势)，似有一股决计与大他一岁的老男PK一下之意。那天，他也捧着半只西瓜来讨老太欢心。这一幕正巧被九十二岁老男见着，心头火顿时蹿上，他不顾三七廿一，上前猛推一把。九十一岁老男怎经得起他这一推，一个踉跄，一屁股坐倒在地。于是，两位臂膀像干柴棒一样的老头，抖抖豁豁，在院子里演起了一出全武行。事发后，两位老头被请进了办公室，挨了批评。不料，九十二岁老男却振振有词地说："我跟她在谈朋友，伊不是不晓得，凭啥伊要来插一杠？"

九十一岁老男败下阵来，从此再也不捧西瓜给老太了，平时看到两人坐在那里有说有笑，他假装没看见，绕道而行，去小花园里散步了。于是，养老院又恢复了往日的宁静。九十二岁老男与九十一岁老女卿卿我我，恋爱照旧。一日，刚才还在一起吃西瓜的两只座位上不见了人影。五十多岁的护工阿姨寻到了宿舍里，一推门，只见两位搂在一起，在亲嘴。这位多事阿姨不但未识相退出，反而大声嚷了起来："好啊，老太，侬跟人家香嘴巴，我下趟告诉侬女儿。"吓得老太连连求饶。

数日后，老太女儿来养老院看望老妈。女儿见着老妈格外亲热，问长问短，这里好伐？那里痛伐？在一边的多嘴护工却说："倷姆妈勿要太好喔，还跟人家老头香嘴巴呢。"话音刚落，老太便急急地否认："呒没，呒没。"女儿先是看了护工一眼，转而出其不意地双手捧起母亲的脸，大声说："姆妈，侬佬嗲咯！侬佬年轻喔！"

老太见着女儿表扬,脸顿时红润了,像一位初恋的少女。

女儿回头想对护工阿姨说些什么,不知什么时候,护工阿姨却悄悄地离开了……

好婆有声有色地说完这个故事,“哧哧哧”地笑个不停——就像是十七八的花季少女们爱打探同伴的私密一样。

在一边的女儿插嘴道:“姆妈,我看侬介开心,自己阿想谈朋友?”

好婆一扬手:“去——吭没规矩!”

# 生活在上海

生活在上海是幸福的，我一直生活在上海

生活在上海，不是生活在别处。

生活在上海是幸福的；我一直生活在上海，所以我一直是幸福的。

我的幸福感是与我的记忆、经历联系在一起的。

五十五年。我经历了一个乡村般的上海，一个石库门的上海，一个钢筋垒积的上海。在我的记忆的屏幕中，它的最初，好像是一片绿色，继而是黑白色，再接着是彩色。

我的童年时代生活在现在的虹口公园的后面，一个被称为旧靶子场的地方。现在是曲阳小区、广中路、大连路——一个上海市区很为“闹猛”的地方。但在五十多年前，这个地方却不是这样的。土丘上长着草，坟堆上长着草，池塘边长着草，加上一片连一片的小树林，加上农家的蔬菜田、庄稼田，出现在你的眼前的是绿色，绿色，绿色。我们小伙伴的乐趣就是捉知了，捉蟋蟀，捉蝌蚪；在奶牛场的竹篱笆上捉牛虻（一种类似蜜蜂的昆虫，现在似乎很少见了）。后来，柏油路铺了过来。那时候铺路的技术不怎么高，一到夏天，柏油路面变软了，我们就挖路边的柏油搓成一个个圆圆的“弹子”，打野仗。有一次，我把一粒“弹子”粘在太阳穴上睡着了，头发粘着柏油怎么也拉不下来，结果只得剪了个“瘌痢头”。有时候我也跟着父亲去池塘边钓鱼，我就在小沟里捉“拿摩温”（蝌蚪），把它们装在小玻璃瓶里，趴在树荫底下看它们游动，头顶上全是知了的叫声。

七十年代初起，我生活在石库门弄堂里。那是上海最为典型的平民阶层集居地。整天，小贩的叫卖声、邻里的喧闹声、马桶的洗刷声，不绝于耳。石库门里的生活就像是旧上海的黑白片，生活气息，地方风俗，一一凸现。此为上海滩最为本色的生活图像。

九十年代以后，特别是经历了“三年大变样”的建设，一个由钢筋垒积起来的现代化的上海，更为醒目地矗立在世人的面前。成批成批的石库门老房子被推倒，被夷为平地，只见得摩天大楼天天在疯长；一条条道路从空中、从地下向上海的郊外延伸；夜总会、咖啡馆、西餐店、高档购物楼像雨后的春笋遍地蔓延，彩色的霓虹灯每天向你传递新的惊喜。二十世纪末、二十一世纪初的上海，真可谓是五彩缤纷的彩色的上海。

上海是一个海，一个有着深沉的文化底蕴的海，一个有着浑厚的世风民俗的海。因为生活在上海，因为热爱上海，所以我喜欢阅读有关上海的书，喜欢听有关上海的故事——晚清小说、民国笔记、史料回忆……读这样的书，就像是在品一杯醇香扑鼻的浓浓的咖啡。每当读到或是听到一则有趣的故事，我就会将它记在我的笔记中。有些故事是与我隔世的，有的则是我的童年所经历的。日积月累，集腋成裘。几年下来，居然也有数百篇之多。我的几位海内外的朋友，在喝茶、品咖啡的时候，饶有兴趣地看了我的这百篇目录，他们都觉得很有意思，建议结集出版。

我从众多的旧故事中选取自认为是最为有趣的百篇故事，加以整理，成了现在这样的一本小书:《摩登上海》。

《摩登上海》是一本休闲的书。如果你有兴趣，在和朋友品茶、喝咖啡时可以作为谈资佐料，拿出来一读，一笑。写这样的小书是快乐的。我想，阅读它也一定是快乐的。

# 五十年后的上海

父亲年轻时的上海梦是浅色的……

我坐在四川路的苏州河桥头上擦皮鞋，午时的阳光暖暖地照着。苏州河畔新辟出的样板绿化地带，芳草茵茵，鸟语花香；而苏州河上则泛陈着众多来自外乡的农船，拥挤而杂乱——这是一道大上海变革时期的风景：新旧交替、历史与未来并存。

我在想，未来的上海。未来的苏州河会是一个什么模样？五十年后呢？我想起了我的父亲年轻时写过的一篇文章。

父亲年轻时也爱好写作，什么章回小说、科幻小说之类，可惜成功率并不高，因此到头来也没有成为一个作家。他在生前曾告诉我，他在四十年代初期的上海报纸上，曾发表过一篇小文，题目叫《五十年后的上海》，对五十年后的上海作了一番遐思浮翩的想象。至于五十年后的上海到底是一个什么模样，他没有尽说，但其中的一个细节我还记得：五十年后的上海，一定是家家“电灯电话，楼上楼下”。

父亲想象的五十年后的上海，就是今天的上海。他理想中的

“电灯电话”已成了现实；至于“楼上楼下”，我想他当时一定是看了大户人家所住宽敞的石库门房子有楼上楼下、客厅、前厢、后厢有感而发的。今天，大变样中的上海那些旧式的“楼上楼下”很多都已成了历史的旧迹，而大批的市民们都陆陆续续地搬进了拥有更多现代化生活设备的高楼中去了，应该说，父亲预言的普通老百姓的住房理想也基本上实现了，有些方面，如生活设施等都已远远超过了父亲当年的想象。

那么，从现在起的五十年后的上海，或者具体地说，五十年后我今天坐在它上面的这条苏州河又会是一个什么模样呢？

那天，我和我的大学一年级的儿子讨论这个问题。

我说，五十年后的这条苏州河首先应该是一条旅游河，河水虽不能清澈到“鱼翔浅底”，但也应该是碧波粼粼、游艇扬波。

儿子同意我的这一看法。他补充说，两岸应该是绿树成荫，沿河是一座座露天咖啡馆和具有中国特色的茶座。

我说，在苏州河的两岸还应保留一些具有特色的老建筑，如上海大厦、邮电大楼、河滨大楼等等。在外滩和苏州河两岸应该有多家游艇俱乐部。来中国旅游的外国游客从今天的外滩登上游艇，由东往西，一路尽见上海的现代化的新大楼和代表近代上海特色的老建筑。

儿子说，作为今天人们交通工具的自行车以及污染环境的助动车应该消失。只有那些快乐的孩童，才能骑着花花绿绿的童车，穿着旱冰鞋，自由自在地穿行在大人们的咖啡座、茶座之间，是一道现代上海人的新风景。

我说，横陈在今天苏州河上的众多木船、运输船应该成为历史的陈迹，就像上世纪末、本世纪初，我们在电影中、图片中见到的那些用手摇的小木船与帆船已在今天的黄浦江和苏州河上消失了一样。

儿子说，在苏州河岸的某地，还应该有一个能展示苏州河历史旧貌的历史博物馆，让五十年、一百年后的上海人看看旧苏州河的历史面貌，更激起他们对二十一世纪的新上海的热爱和建设二十二世纪末来上海的激情……

妻子突然插进来说："你们俩在做啥梦？"

大儿子五岁的女儿说："梦归梦，上海肯定会越来越好的。"

我说："五十年后我一百出头了，不要说五十年，就是四十年后坐在苏州河边上喝咖啡的清福也不会有了。"

儿子说："爸爸，四十年后我带你去苏州河边喝咖啡。"

我笑了。儿子那时也已过了退休的年龄了。我说："如果我真有那么长命，那么将是一个小老头带一个老老头去苏州河边上孵太阳……"

"五十年后的上海畅想曲"在一片笑声中落幕。我想：《五十年后的上海》这篇文章的题目，应该留给儿子、儿子的儿子……

# 品味黑白上海

我十分留恋记忆中的黑白上海……

我十分喜欢旧上海的黑白照片，一张本世纪初或是百余年前的一张发黄的旧上海照片会使我在它上面沉思良久，细细品味。我常会痴痴地想：这就是我们现在生活着的、过去的上海么？如果时光真会倒流七十年、一百年……让我沿着满是黄泥的花园弄（现南京路）一直走到外滩，去看看漂着小帆船、小舢板的更接近原始的黄浦江，或者是让我站在本世纪初的静安寺路上，隔着木栅栏看看飞跑着的马匹和马路对面的养马场（今天的杂技场位置）。

近读东方出版中心出版的一套八本《鸳鸯蝴蝶派散文大系》，让我有机会从文字的角度，穿越岁月的隧道，重睹了大都市“尘封的风景”。

“大系”是一幅幅用优雅的、素描般的文字组织起来的“黑白上海图”，它向我们形象地展示了本世纪初的上海——这一“东方巴黎”繁杂、迷人的人文景观。这图景内容广泛，包罗万象：市井风俗、人物群像、艺海珠贝、人生咏叹……凡我们生活着的大上海的旧有的一切，都包涵其间，囊括在内，令人眼花缭乱，读不胜读，万千感慨。单单从这些篇什的名字中，就可以勾起读者强烈的阅读的愿望，例如，《社会趣问题》、《众生相》、《酒楼春色》、《记南京路某绸缎肆遇骗事》、《滑稽广告》、《妓女身上的小电灯》、《上海数目店名》、《沪上酒食肆之比较》、《国货商场》、《沪变写真》、《留声机片零话》等等，“大系”上千篇的短小篇什，像一幅幅旧上海的黑白照片，又像一幅幅市井素描漫画，形象生动地展现在我们的面前。

历史，就像是一位手艺不凡的大魔术师，在同一块土地上，它就能变幻出令人不可思议截然不同的奇异的图景。“大系”这套丛书，就像“拉洋片”一样让我们看到了“历史”这位大魔术师在近一个世纪前在上海这块土地上的作为。比如，我们现在有说法，叫“马不过长江”。但就是在近一百年前的上海，当汽车、电车尚未时兴的时候，马却在这里大出了一阵风头哩！就在现在的福州路（过去的四马路）上，每当新年，或是喜庆的日子，那满街跑的都是披红挂绿的香车宝马，车上坐的都是些艳妆浓抹、珠玉满头的佳丽，那街游的盛景，热闹胜似旧时的庙会。再如，每当阳春三月，上海的有钱人携全家老小，坐上马车去龙华郊外踏青进香。再如去味莼园、愚园聚会，兴会者均是上海滩的名人雅士，坐的都是一辆辆锃亮的雕花马车，明月高悬，清风拂面，鞭儿得得，驰骋在上海的大街小道上，是何等的风光！这一切都是上海的旧风景，是前几代上海人的享受，对我们今天的上海人来说，像是在说一个神奇的“东方夜谭”。然而这却是实实在在地发生在上海近一百年前的事。

对于鸳鸯蝴蝶派的书，过去由于历史的缘故，我们无缘读得很多。我想过去我们对鸳鸯蝴蝶派作家的误解，多数是与我们过分强调作家作品的战斗性有关，也与长期以来“左”的文艺观有关。其实，鸳鸯蝴蝶派作家对于旧时代的反抗与揭露，有他们自己的独特的方式，像收集在该丛书中的《责鼠文》、《雅片烟赋》、《特别乞丐》、《蛋的上涨》、《朱鸳雏死后成名》等文章，嬉笑怒骂，笔法纯熟，读者是能从中悟出很多道理来的。

对于鸳鸯蝴蝶派这一文学流派的重新认识与正确评介，也只有在改革开放的今天才能实现。

# 洋泾浜姓“杨”及其他

洋泾浜为什么会是姓“杨”呢?

出版社书友多次希望我将十年前的旧作《摩登上海》加以重新整理、扩充内容，并配以彩图出增订版。几年来，我也虽有此想法，但我素来慵懒，一直未能进入状态。当年《摩登上海》共收录上海开埠以来的趣闻轶事笔记计103篇，感谢完颜绍元兄的辛勤劳作，千方百计地不知从何处觅来与文字相匹配的、精彩的旧上海漫画、照片200多幅，使拙书增色千万。十年来，我受到了多方前辈、友人的鼓励，有好几位上海文化界的老人还提笔为拙书中的多篇内容给我来信，依据他们的回忆补充细节。由于是他们的亲历，就显得十分珍贵。更令我感到意外的是，上海史专家熊月之先生还专门在“夜光杯”上自发投文《上海摩登的另一种解读》褒奖一番，令我感动与汗颜。我诚心地对他说:“你是上海史专家，我是上海史票友；你多的是史识，缺的是时间，我与你正相反，我俩互补一下多好。”其实，我要补到像他那样渊博的史识，那等同上天揽月，下海捉鳖，简直就是奢望。

从去年冬季开始，我着手以旧作为基础，打算继续补下去，能写多少算多少，先不作出版打算，算是自我充实，自娱自乐。于是，我以阅读熊月之主编的15卷《上海通史》为蓝本，计划系统地浏览数十卷《20世纪上海文史资料文库》、《上海研究资料丛书》及民国笔记、回忆录等，史海钩沉，淘金揽银，其乐融融，颇有感慨：从1843年上海开埠至今的170年间，无论是中国文人，还是洋人，各种各样的回忆录浩如烟海，千奇百怪的社会形态层出不穷，这众多史料不仅可作上海史的补充，而且作为民俗文化，读来也令人兴趣盎然。例如，以我的孤陋寡闻，我以前只知道"洋泾浜"，但从没听说过在"洋泾浜"之前，它却是姓"杨"，叫"杨泾浜"。上海开埠后，上海道宫慕久将先后与英国人谈判的租地条款编成了一个系统的文本，叫《上海土地章程》。据"章程弁言"记载："查照条约，就上海地势民情，前经议定杨泾浜以北、李家厂以南地基，租给英商建房居住……"章程第12条规定："商人租地并在界内租房，自杨泾浜以北，应行公众修补桥梁，修建街道，添点路灯，添置水龙，种树护路，开沟放水，雇募更夫，其各项费用，由各租户呈请领事官劝令会集公同商捐。"章程第16条规定："杨泾浜以北界内，准各租户公建市房一处，以便华民挑运日用物件在此市面上卖。"（引文见《上海通史》，《通史》转引自《档案与史学》1995年第1期）

"洋泾浜"为什么姓"杨"？"杨泾浜"的历史渊源有多长？又何时改姓"洋"的？这条由外滩一直延伸至今天西藏路的河浜周边，会不会是由"杨"姓祖族群居？查遍现代电脑中的"维基百科"、

“百度”，遍见“洋泾浜”，独无“杨泾浜”。“杨泾浜”会不会如同上海众多的地方命名“肇家浜”、“陆家浜”、“赵家桥”、“陆家嘴”……真是杨姓集聚地？无奈之下，我只得电询“熊(月之)专家”。我把我的疑惑告知他。他说：“有这个可能。”我说：“凭我浅显阅历，无能力揭谜了。”他马上热情地说：“我帮你查查当时的上海地图，能查到的。”借助“熊”力，我相信，此“杨”谜之揭指日可待了。类似的旧上海史海轶闻，白纸黑字，遍书皆是，真是俯手可拾。单单围绕“洋泾浜”就有许许多多有趣的人与事，很多是我闻所未闻的。我常常会坐在咖啡室里，边读边记，常有时光倒流之感，百年前的旧影晃动，西洋镜，东洋镜，一一从我的眼前闪过，吾顿有赤日饮冰之爽，独享“票友”之乐也！

# 熊月之之上海人观

上海人的样子就是这个样子的……

熊月之兄又出一本新书《万川集》，送我一册。和他以往的众多著作一样，都是我所喜欢的。我曾跟他开玩笑说："你是上海史专家，我是票友。"他是上海社会科学院副院长兼历史研究所所长，又是复旦大学历史学博士生导师，他所著的《中国近代民主思想史》、《西学东渐与晚清社会》和主编的洋洋十五卷《上海通史》等，都是史学界公认的有影响的大著。我虚长他三岁，可他的学问何止长我三倍？有一回他请我喝茅台，几杯过后，我便跟他开玩笑说："你多的是学问，少的是时间；我正好相反，我们搞点交换吧，我给你点时间，你送我点学问。"学问能送，算得上是"东方夜谭"也。

他的学问好，学界公认。就说这本《万川集》，虽是他的散文、随笔集，但书中处处闪烁着他有关上海史学方面的智慧的思索，读起来很轻松，很受启发。

洋洋数万言的《说上海人》一文，从自然到社会，从历史到人文，从语言、行为方式到审美情趣，从各个侧面论说上海人，颇有见地。很多历史性的事件、数字，一下子能复述、记住，但对上海人的总体评述却给我留下了很深的印象，我也很有同感。

文中说，上海人见多识广，聪明，灵活，主意多，出主意要多找上海人；上海人的行为方式较多地继承了江南文化传统，机智，纤细，文雅，上海人的聪明多表现为智力型。他在文章中举例说，比如打球，上海人在场上决不是靠猛打猛冲取胜，而是多用计谋、技术，是典型的斗智不斗力型。若上海人与人吵架，一定是遵循"君子动口不动手"的原则的。月之兄从人文、习俗诸方面认证近代史上"上海将军少而文人多，多舞弄文墨之人，少悲歌慷慨之士"。

窃以为，约定俗成中的上海人之风貌大致如此，八九不离十。上海人多文化学士，少挥枪弄棒之人，这是历史上有共识的。只要粗略数一数现当代大学教授、工程院士、文学家、儒商之类，便可一目了然了。

上海人聪明、主意多，这与他的见识、学识有关。聪明了，就会做生意，就会赚钱，就会有月之兄"出主意要多找上海人"之概。社会上众说上海人"点子多"，也就是说他们所出的主意往往符合时势、情势，商情、商机，故成功率高，这是从好的方面说的。从不好的方面说，一些上海人也不乏"鬼点子"的，叫侬"吃药"，自己"滑脚"；或者叫别人吃了"药"的，还要叫伊阿爸的。迭些"糨糊大王"是上海滩上典型的"滑头朋友"，这自然是上海人中的极少数，这样的人不单单是上海人中有，任何地方的人群中都有。

上海人的主意多，还体现在他们善赶时尚。好的主意往往是与时俱进的。比如说服饰，清末之后，旗袍风在上海刮起，上海人会翻出五花八门的旗袍款式；洋人东进，上海人也穿起了西装，上海人的赶时髦惹得一些清末的遗老遗少骂他们是“服妖”。民间拿京、沪、粤三地作比较，说北京人什么都敢想，广东人什么都敢吃，上海人什么都敢穿。这种说法从一个侧面印证了三地人的文化习性。

从近代史来看，上海是一个移民城市，来自全国各地的商人、文化人组成了上海社会各界，因此也可以这样说，上海人的聪明实际就是中国人的聪明。

# 怀旧，是一种乡愁

临终前，他在大洋彼岸听到了来自上海的声音……

怀旧，是一种乡愁，一种浓浓的、无法排解的恋乡情结。

当今上海滩有多少家以怀旧为主题的咖啡馆、酒吧？我没有统计过。入夜，当你和朋友驱车在流光溢彩的马路上奔驰，透亮的梧桐叶丛里时常会闪过一个个这样的名字："怀旧旧吧"、"怀旧金曲"、"时光倒流"、"上海旧里"、"1931"……上了年纪的老上海，尤其是那些在海外漂泊了大半辈子、叶落归故里的"老狄克"，每看到这些浸润着浓烈感情色彩的店名，都不禁为之怦然心动。

我接触过一些从海外归来的"老上海"，每当他们看到能够勾起他们旧日回忆的景物时，他们的目光立刻会放出光亮，情绪竟快乐得像孩童。有一次，我陪同美籍华裔作家董鼎山登上位于圆明园路的文汇报大楼，他动情地告诉我：每次他回上海，最喜欢走的是上海那些梧桐树浓密覆盖的马路，如陕西路、茂名路一带；年轻时和女朋友逛马路，在平安大戏院看电影。他还清晰地记得百老汇大厦（今上海大厦）是西方记者云集的地方，什么饭店的点心最好吃……言语间流露出一种浓浓的乡情。

在上海这座大都市里，我也走过了半个多世纪的人生旅程。每当有海外客来，我总是带他们到类似的酒吧去。和这些“老上海”一起追忆似水年华，一起回忆童年生活过的地方，内心溢满了无比的快感。也许是店名的关系，我常去茂名路上的“怀旧旧吧”。可以看出，这家的主人极力在店里突出一个“旧”字：旧的石库门窗框、旧式唱片、旧电话机、旧上海月份牌画家杭英的旧作……在这家店的对面，是旧上海著名的逸园跑狗场，时光倒流七十年，这里有“的的嘀嘀”的跑狗声与看客的喧闹声……

从“怀旧旧吧”的木窗望出去，街两旁高大的法国梧桐与黑色的竹篱笆围墙，很能唤起童年生活的回忆：在竹篱笆墙上飞“红毛人”（一种香烟牌游戏）；靠着竹篱笆看小人书，两分钱可以消磨一个下午；在水门汀上“盯橄榄核”；跟在印度巡捕屁股后面喊：“阿三，老鹰（英）来喽！”等高头大马的裹着头布的“阿三”挥棒回转头来时，孩子们早已尖叫一声，一哄而散了，然后一起高唱：“蜜蜂叮癞痢，癞痢扛洋枪，洋枪打蜜蜂……”如此反复吼唱，天色渐渐暗将下来，然后拖着“腊塌”的身子回家去……

怀旧，是一种乡恋，它又浸润着文化的韵味。在我接触的一些“老上海”中，不少是过去的知识分子，有的还是上海名牌大学圣约翰的毕业生，有的当过记者、作家，也有儒商，他们爱孵咖啡馆，是因为这里不仅有浪漫的情调，而且有咖啡文化的含量。这是上海旧知识分子爱孵咖啡馆的一个传统，在这里和人聊天、“望野眼”，是他们日常生活的一部分。在旧上海文学作品中，我们也能看到许多这样的场景描写，如田汉的独幕剧《咖啡馆之一夜》、林微音的《花厅夫人》、徐讦的《吉普赛的诱惑》、畅销小说家孙了红的系列作品中的主人公鲁平等，主人公的生活场景，常常出现在旧上海的风情咖啡馆中。对这些老上海而言，怀旧咖啡馆是他们晚年心灵的栖息地，在那里，他们能听到自己年轻时的脚步和声音，捡拾到遗落在历史枯井边的笑声……

有一天，咖啡馆老板娘告诉我一个真实的故事：有一天夜晚，她的店里来了几位老人，他们年轻的时候也都是在霞飞路、茂名路一带度过的。他们在逛马路的时候选择了“怀旧旧吧”，那天店里正在播放《时光倒流》的旧曲子，其中一位老人迅速用手机拨通了美国家里的电话。他说，在那里有一位从小和他一起“白相”的弟弟，现在正在家里患重病，来不了上海，他平时就喜欢听《时光倒流》的曲子，老人说，要让弟弟一起享受来自上海的声音……

多么感人，就像电影中的情节！女主人说：几天后，这位老人又来到了她的咖啡店，伤感地告诉她，他的弟弟过世了。不过他接着说，他的弟弟是幸运的，因为在临终之前，他终于听到了来自上海的声音……

# 我对旗袍有好感

旗袍，是旧上海滩的一道亮丽风景

我至今保存着一张我幼年时的合家照片。我刚满月。我年青的母亲不到二十岁。那时的我，在妈妈的怀抱里。发黄的照片，祖孙三代。照片里，母亲齐耳短发，额前有刘海，着淡花色旗袍。合照中的我的两位姑妈，也是一袭旗袍。大姑妈烫发，高高的个头，穿一身合体的旗袍，时髦，显得特别地年轻。在我幼小的记忆中，大姑妈还抽烟，这一形象似乎是四十年代上海滩时髦女性的一道风景。小姑妈个头略小，不胖，也穿旗袍。我那位才十四五岁的表姐也穿旗袍。家属中所有女性都穿旗袍，可见在一九四六年的宁波乡下也时兴女性们的时髦服饰。后来，我在看旧上海的画报时，多见此类女性旗袍，总觉得女性穿上这种服饰就很美。

自民国始，上海洋场上女性服饰就开始流行旗袍。这一能足够体现女性身体曲线美的服饰成了上海滩上一道特别亮丽的风景。但这一道风景却不是洋货。它的起因与发展倒是正统的国粹。

旗袍源自大清帝国的旗人服饰。那时候的男男女女都穿旗袍，它不是女人单一的专利。那时的男性旗袍，四开衩，适合骑马。旗人的旗袍与洋场流行的旗袍明显不同的是：前者是直筒式，上下宽幅一致，男女均如此，显不出人体的腰身之美。而在洋场上流行的旗袍，各个部位随人体线条的起伏，胸、腰、臀部，均波浪有型，突显女性之体态美。因此，可以说，上海滩上的旗袍是经过改造的"另类"旗袍，这种有别于晚清的新款旗袍，凡少妇、中年女性均趋之若鹜。

民国之后，自上海至国内，旗袍女性犹如大海之潮，如张爱玲所说："五族共和之后，全国妇女突然一致采用旗袍，倒不是为了效忠满清，提倡复辟运动，而是因为女子蓄意要模仿男子而为。"

至于旗袍的式样与品种，那更是因人而异、变化无穷了：马甲式旗袍、滚花边式旗袍、披肩式旗袍、长衫式旗袍、高领旗袍、低领旗袍、高开式旗袍、低开式旗袍、直筒式旗袍、紧身式旗袍、长袖式旗袍、荷花袖旗袍……式样五花八门，争妍斗艳。

洋场旗袍风行，直逼海外，令西国女性也喜爱有加。三十年代，上海有一年选举"上海小姐"，摘冠者竟是一位外国女性。她那娇小的身材，一袭中国式旗袍，更显出"洋人上海小姐"之妖艳妩媚。

在今天，穿旗袍的女性明显是少了，时代毕竟前进了，但也有重拾早年风韵的势头。我们若偶尔在街头或餐厅，看到穿旗袍的女性，也会投去赞美的目光。旧时风韵确实很美，中国女性喜欢，外国也多有仿效者。享誉世界的服饰大师皮尔·卡丹曾说："在我的时装作品中，有很大的一部分作品的灵感是来自中国的旗袍。"

旗袍是曾经的上海滩上的时髦风，它代表着一个时代，它也有世界影响。

我对旗袍始终怀有着好感。

# 城隍庙书摊忆旧

旧日的城隍庙书摊今安在？

有客从大洋彼岸来。他是一位旅美作者，在旧上海，他曾办过报纸。读书人总有文化情结，他说此次到上海很想去逛逛城隍庙，他十分留恋过去年轻时逛城隍庙旧书摊的日子。我跟他说，今非昔比了，今天的城隍庙早已面貌大变了，商品时代，书、画的地盘越来越窄，如今的城隍庙要说小吃、小商品、黄金首饰之类倒还是可去一看，也可骗一骗老外，如你要去看书画，倒不如去福州路，那里还有几家书画店可一看。

但老先生还是要去城隍庙，大有眼见为实的执拗，这其中也是忆旧之意味吧。

我陪着他一边走，一边看。他的期盼的眼神总是在搜索，我知道他在寻旧梦，但旧梦中的书摊还有踪影么？

他走累了，我请他坐在茶室里品茗。这儿倒是一个好去处，逛城隍庙的多是外乡人，外加洋人，他们是来买便宜货的，要不就是看“东洋镜”，别看城隍庙人头攒动，但有坐茶座雅兴的并不多。

老先生喝着茶，望着窗外，似在对我说，又像是在自言自语。他说他少年时代经常和父亲一起逛城隍庙的，他特别喜欢在旧书摊边流连，那时候的城隍庙有很多书摊、小书店。他父亲是一位读书人，喜欢逛小书摊，总是带着他去。他老爸希望自己的儿子也像他一样多读书，常跟儿子说，肯读书、会读书的人，在社会上一定是个正经人，不会走歪路。在父亲的引导下，他也喜欢上了城隍庙的书摊、书店。他至今还记得城隍庙一些书店的名字："学海书店"、"菊坊书店"、"葆光书店"、"饱墨斋"、"存古斋"、"粹宝斋"……听听这些名字就有一股书香味。他告诉我，在这些小书店里，古籍书、现代文学作品、字画、文学期刊，应有尽有，你只要是一个有心的淘书者，总会在那里淘到一些你自己所需的书刊。过了期的期刊单行本、合订本都有，价格要比新出版的便宜一半以上。但也有一些精明的店主是例外，他首先看你是否是内行或是急需，或者看你是否是位藏书爱好者，他会看你的眼色，会乘机抬高价格。他会说，这是绝版的。那些过了期的期刊，店主多半是从别人那里收购来的，有的则是窃书贼从别处偷来的，低价卖给他，从他那里抬高了价格再转手，从中赚一个差价。

旧时的城隍庙除了有许多小书店、小书摊外，还有不少"地摊"与"板摊"。地摊上摆一只只旧箱子，旧书就放在箱子里，可以任你翻，有的干脆就是一张旧报纸摊在地上，上面摊满了书。比地摊稍为高一等的，叫"板摊"，一两块大门板搁在两条长板凳上，书整整齐齐地摊着，让淘书者一目了然。他说，有时他在这些地摊上也可买到一些新书与新期刊，真不知道他们是从哪里进的货。

旧城隍庙大大小小的书摊、书店，是旧日爱好读书者的天堂。有一则真实的趣闻：抗战前，国民党政府主席林森来上海公干，也曾微服游览城隍庙。由于人多，一会儿工夫，人不见了，那些护卫找不到主席急得团团转，四处寻找。结果，当护卫找到他时，只见这位主席正蹲在小书摊前入神地淘书呢。

俱往矣，旧日的城隍庙旧书摊、旅美老先生的城隍庙旧梦都随着黄历无情地飘逝了……

# 咖啡夜玫瑰

在旧上海的咖啡店里,“夜玫瑰”多么迷人

在十里洋场，被称为“咖啡夜玫瑰”的是众多在夜咖啡店里做招待的侍女们。这个雅号是那些经常孵咖啡夜店的旧上海文人们所取。

夜咖啡店是大都市夜生活的象征，而众多“夜玫瑰”的存在，则给夜上海咖啡店增加了浪漫而又亮丽的色彩。在旧上海，在咖啡店里做侍女的很多是洋女人，另外也有中国女孩子。两者有一个共同点：地位低下，生活贫困。中国女孩子多数来自农村，就是城市的女孩子也是生活在底层的。而洋人中的女孩多数是难民，尤其是来自白俄的难民。

旧上海的文化人为何要给这些侍女取这么个好听的名字呢？一则是这些女孩的身世苦，令多情善感的文人们同情；二是被挑到咖啡店来的女孩一般都有姣好的面容。这些都给了旧文人诗意的浪漫空间。而且不少侍女由于生活所迫，暗地里做着皮肉交易，这类侍女，白俄女孩居多。在咖啡馆里设侍女，而且是漂亮一点的女孩，是老板招徕生意的一种手段。在旧上海，如果侍女长得漂亮，而且能说上几句英语，则是更好的了，这样可以与外国客人“搭讪”。类似招漂亮女孩子做侍女，在商店里也是取此法，当时南京路上的“康克令”小姐即是。许多客人也是冲着去看漂亮小姐而逛商场的，有些“轻骨头”男人总是会在漂亮小姐的花言巧语下“掏腰包”。

上海滩自1843年开埠以来，这种设侍女之招在烟馆、茶馆、酒馆等处早已有了，这些女侍当时被称为“女堂倌”。旧上海二三十年代咖啡馆的侍女，其实就是“女堂倌”的延续。当然，“女堂倌”的出现也一度引起了公众的非议，有的主张立法禁止，但历史发展证明：店堂里的女侍是禁止不了的。

被称为“咖啡夜玫瑰”的是旧上海一群特殊的人群。她们是社会的弱势群体，老板的摇钱树。她们很能得到社会的同情，也能唤起旧文人的同情与怜悯。因此，侍女们也常常是文人笔下的主人公。如田汉的《咖啡店之一夜》就是以侍女生活为题材的一出很有影响的话剧。它讲述了一位名叫白秋英的农村姑娘的凄婉的爱情故事。她为了寻找同村的、来到上海读大学的男友，而展开与灵魂的搏斗。郁达夫的翻译作品《一侍女》也是在三十年代的知识分子中很有影响的，在题材上与田汉的剧本相同。与小说、剧本相比，旧上海的文人更多地在诗歌中表现咖啡店侍女的生活。如温梓川在《咖啡店的侍女》诗中这样吟道：

“你水盈盈醉人的眼波频送着你青春的烦愁／你谨慎捧着那玉壶琼浆用你圆滑的纤手／呀，仅仅一杯淡淡的红色咖啡／我已尝得是泪海酸波酿成的苦酒／咖啡中无端摄入了你的倩影／我也无端地把他灌入了我的回肠/啊，醉人的苦酒，闷人的苦酒呀/我已消沉已久的心情竟给你涌起了小小的波浪。”

从这首诗中我们可以看出，咖啡店里的侍女成了文人们“小资”情调的寄托物。他们借“侍女”来表达他们心中的郁闷，抒发他们的感情。

还有一些老上海在他们晚年回到故地上海的时候，还是那么津津有味地回味他们年轻的时候在上海孵咖啡馆的生活。他们还记得霞飞路、静安寺路上的许多咖啡店的名字，什么“摩卡”、“夏威夷”、“卡夫卡斯”、“弟弟斯”等。他们有的还甚至叫得出一些俄罗斯咖啡侍女的名字，有的老上海还与她们交上了朋友。像这样的例子是很多的。

就像一百多年前，上海滩上曾就烟馆里设不设“女堂倌”在报纸上有过一次激烈的讨论一样，七八十年前，有关咖啡馆侍女的是非道德等问题也有过一场争论。1927年10月，上海滩上有一本名叫《骚人》的杂志，10月号专门出了一期《现代咖啡号》。这期专号上对咖啡店里侍女作了特别的讨论。主题是咖啡店侍女存在的是与非。赞成者说咖啡店侍女的存在是“时代必然的产物”，是“妇女新职业之发展”，属于“现代人之兴味专集倾向”；而反对者则声称“侍女即妓女”，“青年堕落与风教淫靡之媒介”。因此有人提出在咖啡店里启用男性青年作服务生。这两种截然不同的观点与一百多年前的“女堂倌”之争，是多么地相似。在七八十年后的今天看来，这个讨论是多么地肤浅、可笑。

# 辉煌DDS咖啡馆

在旧上海，这是一家顶级的咖啡馆

在旧上海的众多咖啡馆中，留在老上海的记忆里的很有名气的咖啡馆有好几家：文艺复兴、沙利文、安乐宫、凯司令、DDS等。其中DDS咖啡馆好像没有中文名字，店的招牌就标着DDS三个字母。上海人习惯将它说成“弟弟斯”。

DDS是许多老上海、文化人聚会的地方。我在上了年纪的文化人笔记、作品中，常能看到他们在那里度过的许多难忘的记忆。我在拙书《摩登上海》中记述过DDS。著名电影明星、在三四十年代有“袖珍小生”之称的顾也鲁先生是我的忘年交朋友，他在看了我的文章后给我写来了有关DDS的补充材料，他这样写道：

“DDS咖啡馆，这是霞飞路上有名的咖啡馆，在国泰电影院斜对面。话剧、电影界的演员如石挥、韩非、刘琼、吴茵和我，常去光顾。楼下是咖啡室，有两台摇银机(吃角子老虎机)，去喝咖啡的客人都喜欢玩，此机一元可换十只筹码，有的会吐出几只筹码，多的会吐出五只、十只、二十只，一般情况下，塞进一只，摇一下，无声无息，被吃掉了。传说机子里的角子会全部吐出来（英文叫“戛克堡”），那是玩此机者交好运了。但这只是听说，却几乎没有出现过这等奇迹，不然这机子就不叫是吃角子老虎机了。尽管如此，玩者依然是心甘情愿地被它吃掉身上的角子。”

“二楼也供应咖啡、西餐，中间有小型的舞池，客人喝咖啡、吃西餐时，在乐队的奏乐下，食客可以去跳舞。没有舞女，客人与相约的舞伴跳上几个舞，以助兴。有时老板会请来名角表演舞蹈。青年人将此室作为幽会与谈情说爱的场所。”

另一位沪上作家郑汝德（著名“补白大王”郑逸梅之子）也给我来信，补充了DDS的有关材料，他这样写道：

“淮海中路（霞飞路）上的DDS咖啡馆在沪上颇有名气。在本市有两家DDS咖啡馆，另一家在南京西路（静安寺路），靠近茂名北路（慕尔鸣路），名声绝不亚于淮海路那家，因为这一家整天播放爵士乐、世界名曲，一只落地式电唱机，配了十二度低音喇叭（当时最好的音响设备了），吸引了无数青年男女，但档次都是高的。淮海路的DDS只喝咖啡，没音乐听，所以生意反而不如南京西路那家好。后者的女招待，雇用了两名身材健美的俄国姑娘（直至五十年代中期，仍然是外国女招待），她们不懂中文，好在一般常跑这里的大学生，简单英语总会说上几句的，也可以对付了。”

这两位老上海已作古，他们过去常去DDS，这些材料真实可信。

当年在《大晚报》编“火炬”、“星期文坛”副刊的崔万秋（《江青前传》的作者），常与为他写稿的文化人在DDS喝咖啡。他也是在那里第一次遇到他的山东同乡江青(蓝苹)的。蓝苹在上海演戏，崔万秋则在报纸上替她写吹捧文章，蓝苹很是感激他。有一天，蓝苹主动打电话给崔万秋约他在DDS碰头，一是感谢他为她写文章，二是与老乡聊天。有关这一段，在《江青前传》中有详尽的记载。大陆解放前夕，崔去了台湾。崔万秋记忆中的DDS与老上海们的记述大致相同。

这家咖啡馆的老板是俄罗斯人，据《上海工商名录》记载，老板名叫培伦斯基。但我查到的上海区志介绍：这家DDS咖啡馆最早的老板是美国人，后转给俄国人的。据汪浙成所著《上海俄侨史》中有关DDS咖啡馆的记载，其老板也是俄国人，只是与培伦斯基不同，是不是合伙人不得而知。

DDS最早的美国经营者名叫奇克·赖克，一些老上海知道他的名字。他的名字与一度流行于上海的吃角子老虎机是联系在一起的。此人在旧上海名气不好，据说此人在美国曾因使用空头支票而被拘捕入狱。他出狱后来到了上海，看到上海人从来也没有看到过老虎机，于是，从美国带来了几台，开始时很能吸引中国客人，因为这样的西方赌博机比中国的麻将、牌九更新鲜。奇克在老虎机上赚了钱，老虎机一度在旧上海很风行。以后，他不断从美国运来更多的老虎机，还租给别人。所以，在上海许多的咖啡店、舞厅、酒楼都有这种机子。我们在爱狄密勒的《上海——冒险家的乐园》一书中，也可看到这种机子骗客人钱的情景描写。那是在亚尔培路(今陕西南路)上的塞维那咖啡馆里:“点好了菜，我向四面瞧瞧，看有没有熟人。我的注意集中在一个吃客的身上。这位吃客正在两角钱两角钱地玩那‘角子老虎’。这种角子老虎原本是一件违禁品，可是在上海，到处有得陈列着。两角跟着两角，一块又是一块，他已纳进了近百块角子，但是连一匣火柴或一包留兰香糖都没有得到过……”

此种吃角子机遍布旧上海，可见“吃”钱之烈。奇克在赚了钱后就开起了咖啡馆。有说是三家，DDS是其中的一家。奇克在上海的命运也不佳。据有关资料介绍，1940年，他因多项罪名被起诉，这其中也有他在上海做生意的同行的相互倾轧。为了打官司，他花去了好多钱，最后还是被判了一年半的刑。

DDS咖啡馆里有俄罗斯侍女，也有俄罗斯舞女出没其间。在众多舞女中，有的也在暗地里做皮肉生意，但大多数只是跳舞谋生。我认识一位老上海，他曾与白俄中的一名舞女交过朋友。这位曾经的“小白脸”倒是有与这位舞女进一步交往的愿望，但这位舞女很谨慎，将他介绍给了她的俄罗斯朋友，并邀请他去参加俄罗斯人的派对。当然，她对上海的朋友也是有好感的，但她不想将自己的命运掷在无根之地。后来，这位俄罗斯姑娘回国了，他还到码头去送行呢。

时光的飓风，无情地翻动着历史的大书，飞快，飞快……“小白脸”已成了故人，DDS也风飞烟灭，而那位曾在旧上海咖啡馆里像轻燕般旋舞过的俄罗斯姑娘呢？

# 别有风味尝西餐

早期的洋场咖啡竟是如此吸引上海人

当下的上海人爱吃西餐者，不在少数，每每与友人相聚，或逢年过节，家人合欢上餐馆，非中即西，如今上海滩上，西餐馆随处可见，有洋人开的，也有中国人开的，法式、俄式、意式、西班牙式……应有尽有。

本人爱吃甬帮菜、上海本地菜，但偶尔也上西餐馆去，因为子女们爱吃西餐；有时候海外来客，因他们吃惯西餐，于是我常做西餐陪客。

上海早期的西餐，是随着上海开埠、洋人东进而带来的西方饮食风味与习惯。它与咖啡进入上海同步。西人用餐习惯，餐尾必来一杯咖啡消食，以此法吸去餐肉之油腻。沪上有关洋人的西餐馆备咖啡一项，多有记载。

南社社员、杭州居沪文人徐珂在《清稗类钞·西餐》条下，有如此记载："国人食西式之饭，一曰西餐，一曰番菜，一曰大菜。席间刀、叉、瓢三事，不设箸。光绪朝，都会已有之。至宣统时，尤为盛行。我国之设肆西餐始于福州路之一品香……"如说"光绪朝，都会已有之"，那最早只能追溯到光绪元年（1875年）。那时候，都会有西餐也只有洋人所开。王锡麒在其《北行日记》(写于1879年)中有这样的记载:“乘马车游徐家汇,在黄浦之东,洋楼数十间,花木缤纷,铺设精洁,外国酒馆也。有洋妇二在彼宴聚,园丁不令入,云来馆饮外国酒者,始含笑谢。入屋,洋酒数十种,菜蔬十余味,别有风致。”

看来,王锡麒是中国人在中国土地上最早尝西餐者之一,感受“别有风致”,也就是说与中餐之味大相径庭了。西餐引起国人好奇,于是一些中国商人也开始办起了西餐馆。据史料记载:在上海最早开起西餐馆的,如徐珂记载的“一品香”外,还有“海天春”番菜馆,两家均于1882年开办。记于1888年9月30日的《钥月馆日记》写道:“赴海天春吃大餐饭,粤人仿夷式而制此,亦尝所未尝。”

中国人仿西人模式操作,其制作西餐水平也算到位,故有“尝所未尝”之感叹。在上海滩上开得较早的西餐馆还有“密菜里”、“一家春”、“一枝香”、“杏林村”、“四海春”、“一字春”、“金谷春”、“玉楼春”等等。到了宣统元年(1909年),类似的西餐馆已经有了十八家。

这些西餐馆有洋人开的,也有中国人开的。外国人开的西餐馆所取的名字也十分中国化,以吸引中国食客的光顾。

餐馆凡有特色的,必有一定的市场,因为它投食客喜新厌旧之所好。中西结合,中外交流,使得上海人中爱吃西餐的人越来越多。到了20世纪30年代,西餐更是风行于上海滩,出现了不仅闻名沪上,而且闻名于海外的西餐馆,如“上海西餐社”、“红房子”等,而遍布霞飞路一带的俄式西餐馆,更是许多老上海爱去的地方,所以不少上海人称霞飞路为“罗宋大街”。喝罗宋汤,吃西餐,品咖啡,成了他们生活的一部分。

# “红房子”旧事

“红房子”不见了，那个风味还在吗？

从美国归来的几位办过报纸的“老上海”，他们都是四九年离开上海去美国定居的。到了上海，就像是久别母亲的孩子，兴奋了几天，忙着找自己童年时代和青年时代熟悉的地方。吃饭的时候，点名要到红房子西餐馆去，而且说是要去吃焗蛤蜊。

二十世纪七十年代，我也去过“红房子”，吃过那里的焗蛤蜊，给我的印象是：肉嫩、味美、葱花香，蛤蜊壳里漂着一层黄色的油花，但吃上去并不感到油腻，只是觉得小小的一两只，吃得不过瘾，在那个年代只是价格贵了，也不可能海吃。

我知道“红房子”的名字，好像是在五六十年代，我还是在读小学、中学的时候，那时从陕西路到淮海路去，经常从它的门前走过。给我的印象，路边的一幢矮楼，除了房顶是黑色的，墙面全是红的，大家说这矮红楼是吃西餐的地方，那时我不知道西餐是什么味道，只知道面包之类东西我不爱吃，其实，那时也没有钱上这么个“洋餐馆”去。一日三餐大米饭，早上有大饼油条吃已经不错了。

随着年龄的增长，才慢慢知道“红房子”的一些历史故事。“红房子”早先的名字叫“喜万乐”，是不是译名不得而知。听说，创办这家餐馆的是一对意大利夫妇，最早经营的是法国大菜，而且是当时法租界上唯一的一家法式西餐馆。

“红房子”从上世纪三十年代中期创办以后，先后易了好几家主人。这当中有葡萄牙人，有美国人，也有俄罗斯人，而且中国人也经营过。我在七八十年代去“红房子”用餐多了些，现在有印象的菜有红葱汤、牛排、葡国鸡等，而烙蛤蜊仍然是它的看家菜，这是传统。“红房子”的烙蛤蜊，是用蛤蜊肉加色拉油、酒、蒜泥、芹菜相伴后烤焙而成，那色、香、味俱佳的名菜立即吸引大家的胃口，一传十，十传百，名气也越来越响。

有一次用餐的时候，我问其中一位老上海，为何“红房子”独钟情于“烙蛤蜊”？他很神秘地说，“红房子”是西餐馆，牛排、葱汤、奶烙鸡等都是西式菜，唯独“烙蛤蜊”是中国式菜，蛤蜊是中国人常吃的，其发明人也是中国人，这道菜是从法国“烙蜗牛”演变而来的，结果，不仅中国人爱吃，洋人也爱吃。

说起烙蛤蜊的来历，据说还有一个故事。“烙蜗牛”也是“红房子”的一道特色菜，其做法与“烙蛤蜊”大致相同，但早先的蜗牛是从法国进口的。由于二次大战战火蔓延，使得欧陆与中国的交通变得困难，从法国进口蜗牛一时无法供应上。这个时候，一位年轻的中国烹饪师想出了一个用蛤蜊代替蜗牛的想法。于是，他用中国的蛤蜊作为原料，配以多种佐料，用心烤焙，反复实践，终于做成了一道中国式的“烙蛤蜊”，其味也不比“烙蜗牛”差。一道新菜终于亮相在大众的面前，经过一段时间的考验，获得了食客们的首肯。

“红房子”有了烙蛤蜊，生意红火不息，其名声也远播海外。

# “三毛之父”一百岁

我为张乐平漫画集配文字，荣幸且乐融融

五年前，承蒙张融融先生的抬举，丁言昭女士和我合作为他父亲《张乐平画笔下的三十年代》漫画集配文字。此书凭着张乐平近两百幅精妙绝伦的画作赢得了读者的欢迎。

五年后的今天，适逢“三毛之父”张乐平百岁纪念；又是“三毛”(漫画形象）七十五周岁生日。此书又添加若干新的画作再版，相信修订再版后的《张乐平画笔下的三十年代》同样会获得广大读者的欢迎。

《张乐平画笔下的三十年代》肖像惟妙惟肖，内容广泛生动，它涉及旧上海社会生活的方方面面，读来生趣盎然。如“七十年前的三毛”、“七十年前的上海”、“都市风情”、“小说插图”等，无限广阔且又生动形象地展现了三十年代的社会百态、人物群像，每一幅、每一组画作虽独立成章，但内容的精髓却是血脉连贯、精气相通的；犀利的笔触无情地鞭挞着社会的不公和号称“东方巴黎”的旧上海虚假繁华下的罪恶。

我不是画家，写前辈大家“三毛之父”的纪念文章我不够份，但作为一个读者、一个从小看“三毛”长大的“粉丝”，每一次读张乐平的画作都会勾起我童年的许多回忆。

上世纪五十年代初，我居住在虹口。虹口公园（鲁迅公园）的外围不是后来的砖墙和现在的开放式铁栅，外墙是高高的黑色沥青竹篱笆，篱笆墙边沿马路摆满了各式各样的小书摊，看书、买书虽然都很便宜，但身无分文的我只能躲在一边偷看，常常会遭到摊主的大声呵斥。那时家境贫苦，父亲是新建立起来的政府小公务员，收入低微；母亲是从宁波乡下来上海的“打工妹”，帮水电路海军基地的军官家属和富裕人家打毛衣、洗被单，有时候我身上有一两毛钱是母亲给我放学回家买山芋当晚饭的，我也会省出一点去换书看。“三国”、“水浒”、“三毛”是我最爱看的，尤其是“三毛”，也许是与我当年的年龄相仿吧，他的遭遇令我同情，他的聪慧令人发噱，忍俊不禁。“三毛”给我智慧，“三毛”伴我度过了艰涩而又快乐的童年。

半个多世纪过去了，但“三毛”的形象一直深深地植根于我的脑海之中。今年是“三毛”七十五岁，比我足足长十岁。七十五岁的“三毛”依然像当年一样生动活泼、栩栩如生，“三毛”有着顽强的生命力。正如评论家所言：张乐平的笔墨成就，中国漫画界是数一数二的，要论中国漫画人物的艺术生命力，三毛是最长寿的。

张乐平漫画的强大艺术生命力，完全是来源于生活。张乐平年轻时也有过艰辛的生活经历，他曾说：三毛就是他。老百姓欢迎它，是因为这些作品反映生活，再现生活，生动地表现了老百姓的喜怒哀乐，哀庶民之哀，乐庶民之乐，这是一切艺术作品之所以能长存延世且具有强烈感召力的秘诀所在。

张乐平的创作历程、创作经验对于现今的漫画创作是一个很好的借鉴。

（注：2010年7月28日是张乐平三毛形象发表75周年，也是张乐平先生百岁诞辰）

# 旧上海浮世绘与江栋良

在我编的《永安文丛》中，无意中竟选了他六十多幅画

我知道江栋良的名字不过才五六年。那年我在编《永安文丛》，在系统地浏览了118期全部的《永安月刊》后，“江栋良”的名字从此深深地印入我的脑中——一个从上一世纪30年代初始直至80年代一直活跃在中国画坛的漫画大家。他画笔下的旧上海众生百态引起了我的极大兴趣和喜爱，我一连在“文丛”中选用了江栋良六七十幅漫画作品。

三年前，江栋良的后代要为父亲编一本画册作为他百年诞辰的纪念。江栋良的三子江之华为觅其父旧作，历时两年，足迹遍及上海各处图书馆、文史馆，遍访父亲健在的旧友同事，在老作家沈寂先生的引荐下也认识了我。《永安月刊》是一本创于1939年至1949年的纯文学刊物，因它为商家所办，并没有引起文学史家们的多大关注，目前全套完整的刊物在国内存量也寥寥无几，因此发表在这本刊物上的漫画更少有人问津，直至江栋良百年纪念画集的编纂才有机会让其发表在《永安月刊》上的众多旧上海的“浮世绘”重见天日。

据江栋良百年纪念画集主编沈寂先生回忆：七十年前，他的成名作《盗马贼》就是江栋良先生为其配精美插图的；七十年后，他又受江家后代委托主编其父百年画集。这文坛佳话冥冥之中也是一种天意。

沈寂先生评价江栋良和他的漫画是“默默无闻，赫赫有功”。江栋良先生成名早，二十出头就活跃于上海画坛。1936年，时年24岁的江栋良就在大新公司举办的“上海漫画展览会”上展出了他的作品，江栋良那些揭露日军罪恶和汉奸丑恶的漫画给还是中学生的沈寂留下了深刻的印象。1937年“七七”卢沟桥事变，“八一三”日军又在上海开战，上海军民抗日呼声高涨，上海文化界也以笔作刀枪起而应之，《抗战》三日刊、《呐喊》周刊、《七月》、《高射炮》、《民族呼声》等进步刊物应声出版，其中以《民族呼声》为影响最大，封面刊名由郭沫若题字，封面每期几乎都配有江栋良所作的大幅抗战漫画；加上文字作者强大：柯灵、胡绳、罗稷南、司马文森、费穆、郑伯奇、王任叔等等，一时为上海市民所热衷。“孤岛”时期，大批文化人内迁，坚持的文化人继续以笔抗战，江栋良主编的《漫画周刊》经常发表漫画家米谷、王敦庆、董天野、黄也白、陆守松等人的作品，针砭时弊，抨击黑暗，笔风犀利，深得上海市民喜爱。

江栋良生于苏州，但从15岁起就在上海洋行任职，是地地道道的上海人，他熟悉上海的风土人情，在他的笔下，各式各样的上海人都有：官僚、小开、大亨、流氓、姨太太、少奶奶、千金小姐、妓女、舞女、明星、二房东、巡捕、黄包车夫……这些人物源于生活，栩栩如生。老报人秦绿枝评价江栋良“最拿手的是画上海社会风情，阔佬、恶少、生意人、白相人、少奶奶、姨太太、交际花之类的人物，经他简笔勾画，无不神情毕现”。江栋良从1932年起有十多年时间在上海“明星”、“新华”、“中华电影”公司担任美术创作，他熟悉电影圈的明星、导演。由于影人在广大民众中有着广泛的影响，江栋良的这方面题材也颇有人气。他创作的“影人私生活”，自说自画；他的“银坛术语”、“摄影场切口图解”专辑等，文字鞭辟入里，画面生动有趣，轰动一时。如《笼中小鸟》、《养人机》、《自甘堕落》等篇什讽喻“包养”、“吸毒”等坏风气，即使用来讽刺今日娱乐圈内的邪气，也绝不过时！

江栋良创作勤奋，作品数量惊人。仅以他与龚之方合作的《上海小景》为例：龚作文，江配画，先后为香港《文汇报》作画1700多幅。一千多幅的漫画长卷为业内人士称作江栋良一生中“最杰出的漫画”，“是上海美术界的骄傲”，“中国美术史的珍贵遗产”。除漫画之外，江栋良还创作了大量脍炙人口的连环画和国画作品，竟有四五十部之巨，其中许多为国人所熟知，如《杨乃武与小白菜》、《林则徐》、《陈化成》、《甲午海战》、《黛玉焚稿》、《聊斋志异》、《郑成功》、《詹天佑》、《鸦片战争》等等。

江栋良的漫画和连环画，是中国美术界的宝贵遗产。在他百年诞辰之际出版他的纪念画集，是一件功德无量的大好事。在今天，他的作品对于回望历史、扬善抑恶以及比照、审视现实生活中的人与事，都仍有一定的借鉴意义。

我们不应忘记这位不计功名、默默耕耘的漫画家。

# 《梦幻人生》琐忆

我们是不应该忘记这位杰出的艺术家的

在我主持《文汇月刊·中外银幕》栏目与《中国电影时报·星星》专刊时，在我选择中国表演艺术家作为长篇连载的人选中，石挥，对我来说，一直是一个有强烈诱惑力的名字。我曾试图请一些上一世纪四十年代在“中旅”、“文华”时期的老一辈艺术家来写，他们曾与石挥同事，也是最有资格、最为合适的绍介者。但他们都年迈，不便于长时期的采访、收集资料，他们都鼓励我来写。他们表示会全力配合，提供方便。因为他们确信：在中国电影、话剧表演艺术领域，石挥是出类拔萃的，被称为四十年代的“话剧皇帝”是当之无愧的。他们的鼓励是真诚的，因为他们同情石挥：一个出色的表演艺术家在他壮年时期却不能充分施展他的才华，在五七年的“反右运动”中被错误地划为“右派”，最后不得不走上投江自尽的悲惨道路。

石挥跳入黄浦江结束自己的生命的年龄是四十二岁；我开始写作《梦幻人生》的时候也正巧是四十二岁。人生壮年，我有精力，我有时间，有责任担当起老一辈对我的期望。我怀着崇敬的心情并以极大的兴趣走进石挥的同时代人中间，开始探索石挥一生走过的踪迹。我要感谢老一辈的表演艺术家们，在我旷日持久的写作过程中，黄佐临、桑弧、叶明(影片《母亲》、《我这一辈子》副导演，《假凤虚凰》的主要合作者)、程之(石挥生前好友)、白沉、徐昌霖(两位均为“五花社”成员)、童葆苓、顾也鲁、石灵(石挥堂弟)、史原(“苦干”成员)、胡导(上海剧艺社成员)、葛鑫(“中旅”成员)、于飞(“文华”演员)等先生接受了我的采访，使我获取了石挥生平珍稀的资料。左熙明(当年民主十二号轮客运部主任)先生还将他珍藏了几十年的图片拿出来给我看；顾也鲁先生则把他参与拍摄的《鸡毛信》，详细地写成文字供我写作用。

可以这样说，没有老一辈艺术家们的支持与帮助，我是不可能完成石挥传记的。在他们身上，我看到了老一辈艺术家们的认真，以及他们对艺术的虔诚。对此，我将终生铭记。这也是我在写作《梦幻人生》的过程中所获得的极其难得的收获与启发。

《梦幻人生》先期在《中国电影时报》上连载。其间，北京人民艺术剧院院长于是之先生(他是石挥远房侄子)给我来信，鼓励我继续写下去。石挥妻子童葆苓女士给我来信，还为我提供了当年他俩新婚时游玩照片。三十多年来，我们一直保持着来往与友谊，她年事已高，现定居纽约，偶尔与华人“票友”聚首唱和。这期间，她又多次来沪，我们相聚甚洽。

《梦幻人生》成书后，交由上海三联书店出版。我的老师赵孝思先生当时正在三联担任副总编辑兼编辑部主任，他承担了作“右派”人物传记的责任，现在看来，这一点顾虑是多余的。书出版后，中央电视台来电要求我配合做一档“石挥人物专辑”。第一次来电，我婉谢了，我当时的理由是，我与石挥是隔代人，没有资格谈论他，我就推荐了白沉、叶明等。相隔几年，他们又直接来找我，从北京飞上海，还带来了黄宗江老人，我记得是在文新大楼的32楼茶室相见的。黄老先生我熟，八十多岁了，意外突访，不好推诿，作为作者，我谈了写作石挥传的感受。

我没有想到的是，石挥竟还有海外的知音。书出版后，我接到一位日本中年妇女的来信，说她在书店里买了两本书，她是石挥迷，在日本看过他的电影，非常喜欢他。她还要来上海见我。后来，她带老父来上海旅游，我们在花园饭店见了面。

中国戏剧大师黄佐临先生说：“石挥不仅是个罕见的优秀演员，他的戏德也特别可贵。”他还称石挥为“稀有的表演艺术家”。法国电影史学家米特里说：“我参观了中国电影回顾展，发现了中国电影，也发现了石挥。”日本电影评论家佐藤忠男说：“作为一个导演，石挥是一流的。”

我们是不应该忘记石挥的——他曾经给了中国银幕与舞台上这么多优秀的、难忘的艺术精品！

# 百年南社遗风

白桦新作研讨会在江南小镇震泽召开

初秋，友人邀我游吴江震泽。足以引起我兴趣的是，那里不仅是著名南社的发祥地，而且今年正好是南社成立一百周年纪念。吴江博物馆有“南社遗墨”展，九月还在台北巡展，引起了台胞的高度热情。震泽是江苏文化名镇，历史上有许多文人墨客曾在这里驻留，现在江苏省文联的创作基地与《文学报》的全国创作基地也都设在此。感受人文震泽，领略闻名遐迩的“震泽八景”，实不失为秋游的一大乐事也。

也许很多人并不知道，著名的太湖古名称却叫“震泽”。据记载：它的得名与大禹治水有关，明朝窦德远编纂的《松陵志序》言：“禹治水源至此，故曰震泽底定，言底于定而不震动也。距邑西南九十里，有桥曰底定。”

一百年前，一批以柳亚子为代表的书生以“诗歌文学”结社，用笔作武器，传播民主、自由新思想，向封建专制王朝发起猛烈的批判，体现了中国传统知识分子不畏强权的独立人格与铮铮风骨。

“文有南社，武有黄埔”，一文一武，所向披靡。南社的这一传统得到了毛泽东主席的充分肯定，柳亚子与毛泽东诗词唱和三十年就是明证。

南社风骨也许是吴江震泽之古传。我在这里略记震泽人杰数例为证：范蠡，范蠡勉励勾践卧薪尝胆的故事为国人所耳熟能详。他在帮助越王立国之后，深悟“越王为人长颈鸟喙，鹰视狼步，可与共患难而不可共处乐，可与履危，不可与安”，决然请辞，宁与西施出三江，入五湖，“筑别业于震泽”。如今，位于蠡泽村的“范蠡钓台”就是震泽著名的八景之一。张志和，唐肃宗时待诏翰林，授左金吾卫灵军参军，后被贬，赦还后坚不复仕，自称“烟波钓徒”，以舟泛宅，终日垂钓。然他从不设饵，可见他志不在鱼也，过着“一水环镜，震泽清净”的闲云野鹤的隐居生活。如今震泽的“张墩怀古”也是著名的震泽八景之一。陆龟蒙与皮日休均在震泽驻寓过，人称“皮陆”。这两位喜好乡野闲适生活的诗人，不满封建黑暗政治。皮日休认为为官者“若不为尧舜之行者，则民扼其吭，捽其首，辱而逐之，折而族之，不为甚矣”，竭力主张“上剥远非，下补近失”；陆龟蒙退职隐居后在震泽钟情养鸭，如今的震泽的花头山之北，相传是陆氏养鸭栏，亦名养鸭滩……震泽，湖光山色，人杰地灵，难怪柳亚子在为震泽中学所作的校歌中称震泽为“太湖灵区”：“太湖湖水连天阔，中有灵区号震泽。”

今天的震泽在经济腾飞的同时，不忘文化建设。一个仅数万人口的小镇，有一个“晓钟文学社”并办有一份精美的文学刊物《青豆》，数十位爱好文学的青年近二十年来一批又一批地从震泽走向全国。不少作者都在省内外的文学刊物上发表作品，成为震泽新一代的文化生力军。我去震泽时，幸逢震泽镇政府与《文学报》社为著名八旬老作家白桦先生在国内新出版的三部近作《蓝铃姑娘》（小说）、《长歌和短歌》（诗歌）、《不再重现的图画》（散文）举办研讨会，来自全国各地的文学评论家四十余人，盛赞白桦创作成就，年逾八旬，创作热情不减，尤为可贵的是，他以火焰般的热情创作了脍炙人口、振聋发聩的长诗《从秋瑾到林昭》，《文学报》还以两整版的篇幅刊登了此佳作。与会者在称誉白桦作品的同时，还称赞震泽政府扶植文学创作、推进文化建设盛举。小镇大举动，可敬可佩，不失为南社革命遗风也。

# 美 神

章诒和说:“我崇拜这样的女人:活得美丽,死得漂亮!”

今年是梅兰芳嫡传大弟子言慧珠诞生九十周年。

四十三年前,言慧珠在华园自己的沐浴间内悬梁自尽,正是她风华当年。江青说:“言慧珠死也死得反动!”章诒和则说:“我崇拜这样的女人:活得美丽,死得漂亮!”女人评价女人如此不同,歧在立场是也。

两年前,上海戏曲学校在上海市委宣传部的支持下召开了言慧珠表演艺术研讨会,并举办了言慧珠京昆艺术专场汇演,由言门高足华文漪担纲言校长压台大戏《墙头马上》,获得京昆界一片叫好。远道从香港赶来赴会的著名京昆艺术家、评论家杨明先生想起自己在七年前奔走京沪宁江城各地,力促有关方纪念言慧珠,遗憾的是“主事者闻言噤声”。由此杨先生感慨曰:今日中国社会正在走向昌明和谐!称立头功者徐辛捷校长“功德无量”。

言慧珠是京昆界的瑰宝、明珠。历年来京昆界对她的赞誉之声迭起，从梅兰芳到许姬传、李万春、梁谷音、张洵澎、蔡瑶铣等都有极高的评价。其中有的赞语可谓到了近乎完美之绝境。如梁谷音称“言慧珠似花如玉，艺色俱全，娇媚艳丽，风流孤芳”；杨明称她是“百年京昆艺坛独一无二的维纳斯女神”；蔡瑶铣则这样评价：“有人说：上海是张爱玲的上海，是陆小曼的上海，我觉得上海更像言慧珠的上海：精致、个性、张扬，正面是光彩夺目，背后是淡淡的忧愁。”

言慧珠是美神，美神是不应该被遗忘的。但多年来，我们美丑不分，视美不美，文化戏曲界“闻言噤声”太久了。

“闻言噤声”也者，是已过往的左倾文艺思潮的作祟，是文艺“双百方针”的逆行。言慧珠生前的愿望很简单，诚如她在五七年的《文汇报》上发表的呼吁：《我要演戏！》，一篇千字呼声，差点让她遭受灭顶之灾。她的张扬的个性被时势认定是“个人主义”、“资产阶级思想”。一个视戏若命的名角，没戏演，“浑身长毛了”，这不等于是要了她的命？“文革”前夕，她力求适应“革命形势”，下农村，住茅舍，排《沙家浜》，演阿庆嫂，只想上舞台，但江青的一句话“言慧珠别想来沾我的边”即判了她的艺术上的死刑。“文革”一来，华园又遭毁灭性抄家：金银首饰、家产积蓄全被洗劫一空，言慧珠瘫倒在地，呼喊：“天理，天理何在！”华园虽好，不是生存之地。几日后的一个夜晚，言慧珠携幼子言清卿双双跪在丈夫俞振飞面前，“托孤”继父，挥泪泣别十岁独子，撒手人寰，惜哉，悲哉！

言慧珠的悲剧，是极“左”时代的悲剧，这个时代已一去不复返了。

噩梦烟逝，天日重光；改革开放，和谐春风。今天，言慧珠的风采已由言门弟子们重回中国的戏曲舞台。

粉墨人生妆泪尽。今年是言慧珠九十周年诞辰纪念，可以预见：言慧珠的一系列光彩夺目的戏剧形象一定会更多地出现在中国的戏曲舞台上。言慧珠在天有灵，一定会含笑九泉！

# 三江口怀人

我坐在中信大厦的咖啡室里，大厦与灵桥像一对父子

我坐在宁波三江口中信国际大厦的顶层咖啡馆里。也许是近子夜，咖啡馆里只留下我一人，俯瞰甬城，灯火点点，甬江、姚江、奉化江波光粼粼，古老而熟悉的灵桥就在我的眼下。服务生料我是归乡客，很有耐心，还特意为我放起了轻音乐，什么曲子我不知道，但那幽幽的曲调勾起了我浓浓的思乡情绪。

巧得很，参与中信国际大厦设计与建设的是我的一位忘年交朋友、建筑师张乾源先生；而眼皮底下灵桥的捐资者与建造者正是张乾源的父亲张继光。现代化的中信国际大厦像一个巍峨的儿子，依偎在饱经沧桑的灵桥老父身边。中信国际大厦是宁波第一高楼，而灵桥则是宁波的第一古桥，晚清在沪的甬商们仿外滩的外白渡桥建造。古今两大建筑交相辉映，成了宁波江厦一道亮丽的风景线，难怪宁波人骄傲地说："走遍天下，不及宁波江厦。"张继光是我国近代城市建筑的奠基人，1901年，他创办了上海协盛营造厂，他所主持的著名建筑有：法国东方汇理银行（今外滩中山东一路29

号)、大清银行、中国实业银行、中国联合银行、中国盐业银行、申新纺织九厂、福新面粉厂、兴国路太古铜皮屋顶(现兴国宾馆一号楼)及众多沪上花园别墅……

子承父业。张乾源1951年毕业于之江大学建筑工程系。从新中国成立起,他一直奔走在建筑工地,参与了我国许多著名建筑的设计与建设:北京苏联展览馆、上海中苏友好大厦、上海联谊大厦、龙柏饭店、花园饭店、波特曼大酒店、上海商城、锦江乐园、建国宾馆、东方明珠电视塔、新民晚报老大楼、宝钢、曹杨新村、彭浦小区……

我多次与张乾源先生坐在星巴克咖啡馆聊天,老人健谈,乡音沁人心脾。在他八十大寿那年,他完成了七十万字的大著《建筑综合论——我的建筑生涯六十年》,我国两位建筑理论界的权威张钦楠、郑时龄都给了张乾源的这本巨著很高的评价。此书被美国麻省理工大学、明尼苏达大学、普林斯顿大学、华盛顿大学图书馆收藏。在《香港宁波精英成功之道》一书中,他与包玉刚、邵逸夫、范徐丽泰、董建华等名列其中。

张乾源先生知识渊博,业务精湛,但在我的心目中,他的人品尤为高尚,具有中国知识分子的人格魅力。他的建筑设计曾获得过多项国家大奖,受到过党和国家领导人周恩来、朱德、胡耀邦、谷牧等赞扬。上世纪80年代初,他被国务院选派去欧洲考察并作访问学者,当时任副总理的谷牧只特批经费1500美元。一年后,张乾源考察讲学归来,不仅如数归还国家1500美元,还多交了600美元。谷牧在他的归国报告上批示:“成绩很大,为国争光。”1955年,他被评为上海市劳动模范。第二年,他设计彭浦工业小区连续修改了9次方案,为国家节省了500亩土地,受到市领导的表扬。当年的上海《青年报》在头版发表了《向张乾源学习》的社论。出版社专为他出版了《第九个方案》的连环画,发行量高达200万册,轰动沪上。他连续三年被评为市劳动模范,在出席全国劳动模范大会上,朱德元帅鼓励他说:“你很不容易,祖国的未来靠你们,你要做新时代的工程师,为祖国和人民服务。”

晚年的张乾源为培养青年建筑才俊,设立了“张乾源建筑综合论研究生教育基金”,并多方募集资金成立了“宁波同乡教育基金会”。两年前,我就想写写张继光、张乾源父子,可惜写了一半,惊闻张老因病不幸去世,哀戚之余,以此表达我深深的悼念之情!

# 一出咖啡店的戏

旧上海的咖啡馆是洋场的一个缩影……

在我有限的阅读范围内，我时常看到有一些旧上海的知识分子在咖啡馆与友人谈事、聊天、写文章，但是以旧上海咖啡馆为题材的作品并不多。田汉先生创作的话剧《咖啡馆之一夜》就是一部以旧上海咖啡馆为背景，发生在咖啡馆里的爱情故事。

旧上海的咖啡馆是洋场的一个缩影，是一些受到西方文化熏染的旧知识分子爱去的地方。从旧上海的咖啡馆，我们可以看到上世纪二三十年代那些文化人的生活状况和那个时代的文化氛围。正是如此，田汉先生的话剧《咖啡馆之一夜》才显得那么弥足珍贵，可是令人遗憾的是，许多人并不知道在旧上海的话剧舞台上曾经有过这么一出戏。

从田汉先生的描述来看，其故事就发生在亚东饭店隔壁的一家咖啡馆里。据我看到的文字资料，亚东饭店很可能就是旧上海静安寺路（今南京东路）上的东亚饭店。“亚东饭店隔壁的咖啡馆”也很可能就是“新雅茶室”。在那里有茶，但不知道有没有咖啡。

据田汉本人作品的记载，以及他的30年代的朋友们的叙述，田汉与他的文坛友人们常去那里的。有没有咖啡不重要，创作可以根据自己在其他咖啡馆的生活体验作印象移植。

《咖啡馆之一夜》的故事发生在1920年初冬，民国九年。中国的民间的爱情观还是处于很浓厚的封建传统之中，但是在上海，西方的文化已如潮水般地涌入。在这样的时代背景之下，一个讲述咖啡馆情变的故事就显得特别有意思。它是都市与乡村、传统观念与现代观念相冲突的青年爱情故事。

这个话剧中有五个人物：19岁的咖啡馆侍女白秋英，22岁的大学生李乾卿，另外两个是李的同学林泽奇、郑湘荃，还有李乾卿的新女友陈小姐。整个故事的戏剧性就发生在李乾卿与他的青梅竹马的女友、新女友陈小姐之间的三角爱情。

李乾卿与白秋英从小生活在乡村，是好友也是恋人，两人的长辈也是世交。李乾卿考取了上海的某所大学，临别之时，两人情语绵绵，幻想着未来将白姑娘接到上海去，建立一个在都市的新生活。然而，时过境迁，李乾卿在大学里结识了新女友陈小姐，这是一个具有新时代观念的都市姑娘，具有罗曼蒂克的时代新女性的特征。从乡村到城市大学的李乾卿也渐渐地接受了新的观念，新欢替代了旧爱。

苦苦地梦想着与李乾卿大学毕业后在大都市里过新生活的白秋英，一直没有男友的音讯，于是她来到了上海。为了谋生，她进了咖啡馆当了侍女。具有戏剧性一幕的是，在这样的一个都市的寒夜，在生着火炉的都市咖啡馆里，白秋英意外地接待了一对恋人：李乾卿与陈小姐——他俩是在看完了夜戏来到这家咖啡馆消夜的。这令白秋英做梦也没有想到：她苦苦寻找的恋人竟与另外一个女性在一起！

这使她震怵，令她感到天地旋转，令她想到这世道的多变与不公。李乾卿的同学林泽奇也是一个恋爱上的失败者，他在这样的一个寒夜来到咖啡馆，他是想借酒、借咖啡因来麻醉自己。醉语之中，他与白姑娘共诉世道之酷寒，人心之不可测。于是，两颗孤寂的心似乎又重新找到了安慰和藉靠……

旧上海的咖啡馆在不同的人的目光中，有不同的理解。有的人将咖啡馆视作是梦幻之地，是温柔之乡；而在白姑娘的眼睛里，“芳烈的咖啡馆，分明是一个荒漠的沙漠”！

田汉的话剧《咖啡馆之一夜》其价值在于：它撩开了罩在洋场咖啡馆华丽店堂上的温情脉脉的面纱，赋予了它在时代变革的进程中深刻的社会内容，以及在大千世界中人与人之间的丰富而复杂的关系。

# 咖啡馆里《一侍女》

洋场咖啡馆里的侍女，与旧巴黎拉丁区侍女同命

现代文化人爱在咖啡馆里读书、写作，与人叙谈，旧时文化人也有此爱好。外国有，中国也有。在咖啡馆里生活，自然也会诞生有关咖啡馆题材的作品。英国作家乔奇·莫亚的《一侍女》，中国作家田汉的《咖啡店一夜》均是。爱孵咖啡馆的中国作家同样会对外国的咖啡馆题材产生浓厚的兴趣。郁达夫所译《一侍女》就是一例。

上一世纪巴黎拉丁区咖啡馆里的侍女，与上一世纪上海霞飞路咖啡馆里的侍女有着同样的命运。正是取向于人类生活的共同体验，文学作品才会在不同的国度与民族间产生共鸣。

《一侍女》描写的是一位命运凄凉的爱尔兰姑娘，拖着病体进了一家咖啡馆当侍女，客人的烟、酒（有时还要陪喝），熏得她的病体日益衰弱。她哀叹："这有什么法子呢？我们生在世上，不吃究竟不行，而此地的烟气很重，老使我咳嗽。"

"我"在听完戏后，想寻些短暂的娱乐，被姑娘招进了咖啡馆小

憩。在与侍女的交谈中，“我”被侍女的命运所深深地吸引，“我请她喝杯酒”，她说酒对她身体不利，倒是可以请她吃一盘牛排，于是两人边吃边聊……

一面之缘，竟是一见钟情。“我”一夜未眠，“夜深人静，一个人在马路上走来走去，心里尽在想刚才的女孩子”，当夜，“我”就写就了一首恋诗：

只有你和我，我且把爱你的原因讲给你听。\何以你那倦怠的容颜琴瑟的声音竟是如此的可爱，如此的芳醇？\我的爱你心诚意诚，浑不是一般世俗的恋情，\他们爱你，不过是为你那灰色的柔和的眼睛。\你那风姿婀娜，亭亭玉立的身体，或者是为了别种痴想，别种邪心。\而我爱的是夕阳残照的风情，我爱的是衰飒绝人的运命……

在这首诗里，“我”所表达的对侍女的爱，其实就是对她的同情与怜悯，自然也有侍女姣好的面容与身材。凡爱都是极为主观的，有着强烈的个人色彩，就如这首诗一样。

郁达夫的译作在上海文学杂志上一出现，即刻引起了上海滩上文人们的注意，尤其是一些常爱孵咖啡馆的文人们的兴趣。因为在一部分上海文人们身上也有着与《一侍女》中“我”一样的情调，如同田汉先生在《咖啡店一夜》中所描述的一样。

作家张若谷在读了《一侍女》后表示，这部作品不仅“使我鉴赏到了一篇好文章与一首美妙的诗，而且更助进我到咖啡店去的意兴与趣味”。他同时还幻想着有一天他到巴黎拉丁区，一定要去那家咖啡馆，而田汉先生则公开登出广告，要发起办一家书店，并附有一间精美的咖啡店，同时“训练懂文学趣味的女侍，使顾客既得好书，复得清淡小饮之乐”。

上世纪二三十年代的旧上海，随着西方文化的引进，在上海的一些主要街区，如静安寺、霞飞路一带，由法国人、意大利人、俄国人等开的咖啡馆一时兴起，许多上海文人们爱去那里与朋友们消遣、聊天，同时更喜欢与外国的、中国的女侍们谈笑，这样的情景在上海文人们的作品中时常能读到。这是当时的一种文学氛围，也是文人们的一种嗜好。在那种氛围下，有罗曼蒂克的情调，有文人们所期待的种种幻想，这种情调与幻想或多或少地反映在他们的作品中了。

这也是上海的文化人喜爱乔奇・莫亚《一侍女》的缘由，而郁达夫的翻译正应了当年上海闹咖啡风潮和提倡咖啡文学、咖啡座谈的文化趋势。今天的上海滩，各式各样的咖啡馆面街林立，遍地开花。在这样的氛围中我们重读《一侍女》，真有一种时光倒流、美好依旧之感。

# 苏州河上大鱼岛

在上海的市中心有座“岛”?!

你知道大鱼岛吗？我敢说上海人中十有八九不知道它的名字，不知道它的所在。我要是说大鱼岛就在你的身边，就在上海的市中心，你更会觉得惊讶：上海？市中心？是的。要是你休假日有暇，请你到江宁路的苏州河边来，站在桥上，你就能看到大鱼岛。

竖在大鱼岛上的标示牌这样写道：“大鱼岛：它可是苏州河第一大岛。在岛上有一座观景阁。大家看，它的形状像上海市的市花白玉兰，所以观景阁又名玉兰阁。登上玉兰阁举目瞭望苏州河，美丽的景色尽收眼底。”因为住在近邻，我会隔三差五地在清晨或是黄昏，散步在大鱼岛。登上玉兰阁四望，展现在你眼前的，确是一派美丽的景色：波光粼粼的苏州河水绕过昔日的苏家湾、谭子湾向着黄浦江而去；比旧时不知要清澈多少倍的河水拍击着游艇码头，轻抚着岸柳；河水中倒映着各种颜色、各种不知名儿的花的倩影，以及河对岸的幢幢高楼；轻盈的白色、蓝色的小艇时不时地在你的身边驶过，剪出一长串“八”字形的波纹；如果你的运气好，你还会看到纺锤体轻盈身影的海鸥，尾随在汽艇的身后，一忽儿俯冲而下，一忽儿仰首而上；河边的莫干山路艺术街上，你可以看到来自世界各地不同肤色的艺术家背着画框，穿梭在梦清园的树丛中；每天的清晨，三三两两跑步的、打球的、舞剑的晨练人，把这红花绿叶的世界打扮得虎虎有生气，使这自然、人间充满了活力。那一天清晨，我陪同美国来探亲的妹妹登上大鱼岛的玉兰阁，瞭望四周，她很兴奋，她要我将眼前之景用摄影机拍下来，说她要带回美国去，让女儿、女婿也看看如今上海的美景。还有一次，我陪七十多岁的表姐走在岸边的林荫道上，她一定要我带她去西区看看。年轻的时候，她在大隆机器厂工作，如今，就在原厂址的地基上建起了一幢幢漂亮的高楼。她说，上世纪五十年代，她从宁波乡下来到上海打工，居住的地方就是现在她脚下的苏州河边的棚户区，她的一个儿子出生时的胎包就丢在苏州河里，那时的苏州河就是上海这个城市的一个大垃圾筒。我陪着表姐指指点点，不时流露出对自己住处的得意之色，表姐很幽默，她揶揄我说："有啥稀奇的，五十年前我就住在这里了，只不过是住腻了，不想住了，才让你住的。"说得大家笑了，表姐也笑了，我听得出，在她的笑声中有泪也有歌，有昨天也有今天。

记住昨天，珍惜今天，明天才会更美好。大鱼岛的游艇俱乐部还未开张，听说正在筹备之中，我想明天一定会鸣鼓迎客。

# 梦清·梦清

梦清不是梦，绿波觅鱼踪；岸柳映倒影，游艇入梦中……

梦清，这个新名词可能许多上海人还不太知道。不过，我想很快就会家喻户晓的。仔细看这几天的报纸和电视新闻的人，一定会看到“梦清”这个词。

梦清是一个公园，名叫“梦清园”(又称“活水公园”)。它是上海市政府明年即将新辟的五块绿地中的最大的一块，占地八公顷，位于昔日苏州河畔闻名的潭子湾、苏家湾，如今的中远两湾城的中央地带。

梦清，一个富有诗意的名字，一个充满理想的名字。梦苏州河水清啊，它凝聚了几代上海人的梦想。

记得上海市政府刚提出要根治苏州河的污水时，说实在的，我的心里与不少市民的心态一样，充满了疑惑：这流淌过几代人的浊流恶水，能彻底根治吗？我几乎天天从这条发黑、发臭的河水边走过，日夜闻的是令人恶心的腥味，打我从上幼儿园开始直到二十世纪九十年代，我足足闻了半个多世纪，久闻不知其臭，说是习惯了，不如说麻木了更为确切。尤其是生活在潭子湾、苏家湾边的人们都清楚地记得，这里的煤球厂、机器厂……整天将污水往苏州河里倾倒；连老百姓的马桶水也直接排入苏州河。像这样经年流淌的臭水河，如今却要让它变成清清的碧波，能行吗？

不久前，我陪一个海外来客漫步在两湾的游艇码头。岸柳成荫，绿草茵茵，西斜的夕阳照在波光粼粼的河上。忽然，我的朋友从岸边的水泥墩里发现了五六条像火柴棒那样大小的小鱼。“鱼，鱼——”我们不约而同地叫了起来。

“看不懂，看不懂，苏州河里竟会有鱼。”我的那位海外朋友也是一位老上海，他竟连呼“看不懂”。苏州河里真的出现了鱼，这不是奇迹吗？

在短短的数年时间里，苏州河变清的奇迹就这样发生了。那天早晨，一辆长龙般的平板卡车，载着一艘白色漂亮的游艇拉进了两湾的游艇码头，引来了许多人的热情目光，啧啧称赞。可以想见，在不久的将来，五颜六色的游艇就会在苏州河上劈波斩浪，载着中外游客们的笑声穿越在阳光、煦风里……那时的苏州河就成了中国的塞纳河、多瑙河。几代上海人“梦苏州河之清”的宿愿就变成了现实。

四十年代，我的父亲在苏州河边的砂皮厂当学徒。他在当时的《申报》上写过一篇名叫《五十年后的上海》的小文，他理想中的半个世纪后的上海是：苏州河水清清，两岸楼群林立；楼上楼下，电灯电话……

父辈的这一愿望在今天看来，却是太普通、太低的要求了。今天、明天的苏州河的美好前景，一定是我们的父辈们连做梦也想不到的。站立在苏州河畔，远眺华灯初上的苏州河两岸：岸上、水里的灯光连成一片，晶莹闪烁，煞是好看。清风拂面，浪击耳鼓，兴奋之余，口占小诗一首：

梦清不是梦，
绿波见鱼踪，
岸柳映倒影，
游艇入梦中。

# 苏州河咏叹

旧苏州河，乌黑的泪痕，流过母亲洁白的胸襟

我爱选择在夕阳掉进苏州河西头的时候，漫步苏州河。橘黄色的霞光染在黛青色的石库门屋顶上，古铜色的桥梁也因晚霞泛出兴奋的光亮，我认为，这是苏州河最美丽的时辰之一。

在这个大都市生活了五十多年，又长期在苏州河畔居住，和这条河有着浓浓的、永远无法排解的依恋情结。就是在安东尼奥尼那部著名的黑白片里，那黑浊的水，那颠晃的小船，那袅袅的炊烟，以及船上的光屁股孩童……都会唤起我的同情和理解。我曾写过一首名叫《苏州河》的长诗，发表在外乡的一家文学刊物上，诗与杂志均找不到了，但记得诗中有这么几句：

苏州河，
乌黑的泪痕，
流过母亲洁白的胸襟……

长期居住在上海的人，都称苏州河为“母亲河”。这条河很长一段时期来黑浊不堪。但尽管如此，她毕竟还是母亲的“泪痕”。母亲年轻的时候却不是这样的。她曾是一位多么美丽、善良的江南秀女。她从碧波粼粼的太湖私奔而来，向往都市、向往太阳升起的地方。她富有且风韵万千；她瑰丽且长袖舒舞；她款款而行，足迹遍布江南乡镇，哺育了多少农家稻米香谷，盈满无数渔家虾篓渔网……当年的“东芦浦”(今石门路)、“西芦浦”(今古北路)、“护界河”(今西藏路)、潭子湾(今曹家渡)……都是她派系的子孙。

我曾看到过一张她从前的照片，是在早年侨居上海的英国妇人阿绮波德·立德夫人的书中：碧波的苏州河上，有四五条带篷的小舢板，犹如绍兴水乡的渔船；一排青砖、黑瓦、白墙的农舍，连着金黄色稻草屋顶的茅房；空场地上晾着农家的白布单与渔网；辽阔的蓝天、白云的背景下，是一大片茂密的树林，成群的鸟儿从树梢掠过，透过画面，我们几乎可以听得到它们聒噪的叫声……

那个时候的苏州河，就像是一位村姑，尽管她的发丝有些散乱，衣饰尽是些蓝花土布，但处处显露出她的纯真与天然。

但她也走过一段弯路。自从她嫁与都市，特别是十九世纪中叶西方的炮舰撞开了上海的大门之后，夷患就接踵而来：高鼻子大兵的皮靴，恣意踩在她的身上；装鸦片的恶浊趸船，布满她的四肢；在她的周身，那众多冒黑烟的工厂在制造金币的同时，也将污水泼向她的血脉……

子不嫌母丑。母亲再脏也是母亲。

今天，随着新世纪的到来，母亲返老还童，又焕发了青春。那簇簇嫩草、绿树是她新长的青丝；那团团绿萍，是她重现童颜的笑靥。丽日下，龙舟、游艇齐发；春风里，锣鼓、彩旗共鸣；浪拍船舷，绿波欢跃，是她青春的踢踏舞步……

就在那一天苏州河赛舟的黄昏，我又漫步在苏州河畔。路过桥堍，看见一位中年男子在拉小提琴。拉的什么曲子我并不知道，但听得出他的技艺是很熟练的，琴声很是委婉，和这流畅的苏州河水与眼前的绿茵茵的花圃景色十分协调，可我看到在他的脚边放着的小提琴空盒里零星地放着些硬币，我一下子明白了：这是一位卖艺者。琴声很美，但一接触“卖艺”，却有些不习惯，“卖”？不就是生活窘迫么？但转念一想，我这个观念是否有问题：他们卖艺，不单单是为了钱，他们作为一种生活的方式，为城市增设了一道风景线。

想着，想着，我把手伸进了衣袋，硬币在我的手心转动，但我没有丢下去。不是出于吝啬，不是怕丢面子，而是，我担心这硬币敲打路面的声音，打断了这琴声，破坏这苏州河夜色的宁静……

# 苏州河畔

一梦醒来，如今的苏州河长发翩翩，花枝招展了

长年住在苏州河畔，常做苏州河的梦。梦长梦短，梦深梦浅，前前后后大约做了三十余年。如今一梦醒来，苏州河变得长发翩翩，花枝招展，俊美俏丽了。

三十多年前，我还是一个二十多岁的青年，那时候在报馆做编辑。报馆在外滩，家住厦门路，每天沿着苏州河上班，沿着苏州河下班。一天来去两次，前后走了十多年。那时节，苏州河畔给我留下印象最深刻的有三样东西：粪、垃圾、夹竹桃。我每天从粪码头与垃圾码头边走过，也从零零落落地生长在河畔的夹竹桃边走过。虽然我从小对夹竹桃并没有好印象，但这是我每天仅能看到的一点绿色了。

童年，我在浙东沿海长大，从小生活在祖母身边。祖父的老屋后面有两只大粪缸——这是祖父养活他几亩田的“生命肥”，而两只粪缸的周边就簇拥着一片夹竹桃林。夹竹桃开花的时候，粉红粉红、大朵大朵地连成一片，很是耀眼。我们一帮子小伙伴常常是

一边偷吃着祖父田里的萝卜，一边去摘夹竹桃花。祖父心疼的是他的萝卜，抡起扁担来撵我们；祖母心疼的是我，她一边给我洗着脏手，一边对我说："夹竹桃有毒，不能摘！"虽然至今我还不明白夹竹桃何以有毒，毒到什么程度，但我对夹竹桃的坏印象始终未变，心里老是在想，祖辈的话总不会错，难怪呢，毒的、臭的、脏的东西总是在一起。而苏州河在人们的心目中也成了"脏、臭、毒"的代名词，不仅两岸没有绿色，而应该是碧绿的河水也是恶臭不堪。我曾写过一首名为《苏州河》的百行长诗，发表在一家文学杂志上，开首三句就是这样的："苏州河/乌黑的泪痕/流过母亲洁白的胸襟……"那时的苏州河是一条流泪的河，一条哭泣的河，它与绿色无缘，与欢歌无缘。

如今苏州河畔，高楼林立，绿荫成片；河面如明镜，倒影成两片。也许我真的与苏州河有缘，三十余年间，我四次乔迁新居，最终又回到了苏州河畔。我之所以最终选择在苏州河畔安居，河清岸绿是其中的重要原因。五年多来，水清岸绿，给我的生活、给我的心灵所带来的欢愉是无法言表的。清晨起来，沿着河边的林子走一圈，有许多不知名的鸟儿在你的头顶鸣唱，在炎热的夏天，你还能听到呱呱的蛙声呢；黄昏夕阳，沿着河边的林子走一圈，看橘红色的阳光将树丛染成金色，看汽艇掀起层层碧波，如果碰巧，你还有可能看到常在外白渡桥盘旋的江鸥翱翔，随后……我喜欢在绿树丛中的长椅上看报看书，将暖暖的阳光拥在怀中，有时候，一片绿叶落入书中，我就合上书本夹起绿叶上楼，权将它作为我的书签；有时候，我有意在林子中点数各种树、花的名称，但实在是太多了，点不过来。那天我问绿化组的负责人，到底有多少种类，这位有心人居然第二天给我送来三大张绿化品种的名单，我一数，竟有近两百种之多。我是植物外行，看着这么多怪名字不禁哑然失笑：书带草、蚊母、小叶女贞、胡颓子、合欢、华盛顿、醉鱼花、伞房决明、龟背冬青、山麻杆、八角金盘、狭叶十大功劳、十三妹……

有两百来种红的、黄的、紫的、白的、蓝的……花树陪伴你左右；有五花八门的鸟鸣送进你的耳鼓，你难道不会心花怒放么？有这么多着色各异的花仙子在倾听你的读书声，你难道会感到寂寞么？兴许它们也想读书呢，要不，书带草、十三妹、小叶女贞、合欢们怎么常来扯你的衣襟呢？

# 家乡随风而去

有谁的家乡消失的？我就是。我泪眼蒙眬……

每个人都有自己的家乡，都有对自己家乡的一番浓浓的情意。远去海外的游子，一提起千里之外的家乡，就会热泪盈眶；一旦回到家乡，就会趴倒在地捧一抔泥土亲闻。家乡的山啊家乡的水，常在游子的梦里走。但有几个人会失去家乡？家乡在版图上永远的消失，会令游子是一种什么样的心境？没有失去家乡的人是体会不到的，而我却是一个失去了家乡的人。

丰田车在浙东临海傍山的公路上疾驶，而我的心翅比这丰田还飞得快。距离家乡还有数里地，我就急急地让开车的朋友停在山腰里，我要先远眺家乡的面貌，以缓解我心头的思乡之情。然而，令我意想不到的是，家乡竟不见了！我愕然，我惶恐，我不解。我的三眼溪呢？我的西皇庙呢？我的秧子山呢？我瘫坐在山坡上，百思不得其解。一位山民从我身边走过，他告诉我，为了与宁波北仑港配套，整个下洋乡都被外资开发了，说是要建造一个石油基地。下洋被夷为平地，仅仅是不到两年的工夫！

我痴痴地呆坐着，鼻子一酸，眼泪在眼眶里滚动，耳畔响起了一首儿歌，声音软软的，“踢踢坂坂，坂过南山，南山扑通，智人买牛，牛蹄马脚……”这是祖母教我的，我至今也不懂这儿歌的意思，但朗朗上口。冬天下大雪，我们一群堂兄堂妹就围着祖母坐在“火炕”(浙东的一种床，下面烤火)上，玩游戏；口燥了，几个小孩轮着出去，从水缸里捞冰块和着白糖吃。屁股烤火，嘴里含冰，其乐无穷。

西皇庙是一座破庙，庙的一角和围墙已坍塌，听大人们说那是东洋人丢炸弹造成的。五十年代初，我有几年小学是在西皇庙里读的，学校里的坐椅不够，我们还要从家里带凳子去上学。学校里没有操场，体育课就在海涂里上，拔河、跑步，小肚腿一半陷在泥里，一节课下来，人像条泥鳅，往海里一冲，痛快淋漓。

最有趣的要数在海涂里拾黄泥螺与捉青蟹。黄泥螺在海涂里爬的，满目皆是，俯拾即可，十分容易；而青蟹则相反，它虽然也是爬行类，但很是狡猾，很少露在泥面上，钻在蟹洞里很难捉。正是它的难捉才显出它的珍贵。有一次，我捉到一只大青蟹，祖母做面拖蟹，足足烧了两大碗。其味鲜美无比。这使我想起宁波籍女作家苏青，她在《谈宁波人的吃》一文中说青蟹之鲜美远超阳澄湖大闸蟹，“到镇海去买些青蟹来下酒，倒是最理想的。青蟹与上海所售的阳澄湖大闸蟹比起来，觉得其肉更软更松脆。”如今在上海的餐馆里，青蟹更是海鲜中之珍肴。

家乡去不成了。返程的路上下起了小雨。东海洋面上，水天间灰白色的一片。我不知是烟雨蒙蒙，还是我的泪眼蒙蒙……

# 重返刘家桥

刘家桥曾是一个村落，在如今的广中路

刘家桥是一个村落，是一个有着数十户农户的村落；也有一座桥，一座小小的石板桥。它曾经是在上海的市郊，而现在应算是市中心。当年的刘家桥菜畦一片连着一片，杂草拥围的池塘，蛙鼓声声，鲫鱼游弋；竹篱笆、白墙黑瓦、果园、水井、奶牛场、教堂，一条蜿蜒的小河穿越而过……刘家桥在现在上海的版图上消失了，但它在我的脑海中却是一幅永不消失的油画。

刘家桥，位于现在的中山北路广中路交界处。上一世纪五十年代初，我生活在那里。

半个多世纪过去了。刘家桥像一个纯净的村女嫁与城里壮汉，一幢幢高楼，是她高挑的儿子，一个个玲珑的小超市，是她娇小的女儿。巍峨的内环线高架是她巨大的臂弯，将她的儿女们紧紧地搂在怀里。

重返刘家桥，我像一只长年流浪在外重返故里的老犬，这里闻闻，那里嗅嗅。少年时代，我背着书包沿着蜿蜒曲折的小河，穿越田埂去上学。春天，我与小伙伴们一起在河沟里捉蝌蚪；夏天，我们用面粉精、长竹竿捉“知了”，有一次跌落小河里差点送了小命，幸亏一位路过的小伙子下水将我拉了上来。由于贪玩，上课常常迟到，所以在老师的眼里我是一个调皮的孩子。当时的学生品德评语分为“甲、乙、丙、丁”四等，甲为优，乙为良，丙为差，丁为劣。老师与家长都唬我们说，谁得“丁”就要开除，所以得“丁”的学生几乎没有。而吃“丙”的学生在班上总有“一小撮”，回想起来有点不好意思，鄙人在一年级的时候，倒是吃过一次“丙”。因为害怕回家挨老子的“板子”，自己自作聪明地蹲在马路边，用口水将“丙”字擦去，改成了“乙”字。可惜这蹩脚的伎俩被老子一下给识破了，结果挨了一顿揍。

少年时代唱的歌也带着那个年代的色彩。新中国成立不久，我常常看到荷枪实弹、戴着钢盔的士兵，一卡车一卡车地从东江湾路、广中路驰过，附近的靶场上时时响起镇压旧社会恶霸、流氓的枪声，而我们却在老师的辅导下一遍遍地唱：“镇压反革命，大家一条心。”“孙中山活转来，东洋乌龟死下来。”……入夜，探照灯的强烈光亮射向漆黑的夜空，天空中也时时响起敌机的嗡嗡声，战争的余响令我们幼小的心灵充满恐惧。那时的刘家桥没有电、没有自来水，夜半骤然响起空袭警报，父亲总是惊慌地把煤油灯放到桌子底下，说是不让敌机看到地面上的亮光。现在回想起来真有点好笑。

重返刘家桥，我爱跟那些上了年纪的老头、老太聊天。偶尔有一两位知道刘家桥的昨天。说起刘家桥的点点滴滴，他们的眼神明显地放出光亮。他们似乎从刘家桥的昨天中忆起了自己的少男少女时代。今天七八十岁的老人，那时也不过是二三十岁的青年。那天我与一位路边的修鞋匠聊天，他清楚地知道当年的小河、果园、奶牛场的方位。我蓦然想到，当年将我从小河中捞起的人如今也不过是他这个年龄，兴许就是他救了我一条小命。世界上冥冥之中的巧合事多着哪，天晓得。我脱下皮鞋，请他给我打了两个后跟，临走时，我还买了他一双皮垫。

临别时，我频频回望。我不知道什么时候再来刘家桥，不知道是否能再见到弯腰埋头干活的老鞋匠，心中不免掠过一丝苍凉。

## 海鸥来访

海鸥，你好！你怎么会光顾我的阳台呢？

在我的生活经验中，这应该说是上海五十多年来的一个奇观：海鸥飞越昌化路桥、江宁路桥，深入上海的腹地！在以往的岁月里，我只是在吴淞口、外滩、外白渡桥一带看到过海鸥的倩影，它们在苏州河与黄浦江的交汇处嬉戏、觅食，而从未看到过海鸥居然会沿着曲曲弯弯的苏州河，穿越乌镇路桥、昌化路桥、江宁路桥，一路飞来，深入到上海的腹地。

那天，我站在29楼的阳台上，眺望苏州河，眺望河对面的梦清园。突然，在苏州河的上空飞来了一群鸟，先是一只，继而两三只，后来是十来只的一群。当初我以为是鸽子，并不在意，但当它们飞进小区，从我的脚下飞过的时候，我竟失声叫了起来："海鸥！"那灰白色宽大的翅膀，那美丽的纺锤型胴体，我太熟悉了。我的叫声也引来了妻子的好奇观望。

惊喜之余，我立刻打电话给我们的摄影记者周学忠，建议他有便来拍一张照片：海鸥飞临小区，深入上海腹地。背景是林立的高楼、江宁路桥和新建成的梦清园。我跟他说，这是一个好的新闻图片，如果拍成，我乐意为之做一个标题试试，大意是：苏州河水清有鱼，海鸥上海腹地觅食。这位勤劳的、上了年纪的摄影记者，居然第二天一早便来到了江宁路桥一带苏州河畔苦等，几个小时过去了，竟没有捕到一只海鸥的影子，害得他怪我给他“吃药”。我只得给他解释说，你去得太早，或许是阴天，天太冷……我也不知道这些解释是不是理由。在后来的日子里，我又几次看到海鸥飞临梦清园、江宁路一带的倩影。正是海鸥在上海腹地的不多见，才会令人少见多怪哩。

我第一次看到海鸥是在1949年。父亲领着还没有上学的我路经外白渡大铁桥。我清晰地记得当时的情景：大群的海鸥在大铁桥附近上下翻飞，我还扶在铁栏杆边观望（我当时还没有铁栏杆高），看海鸥有的就像鸭子一样浮在水面上，这令我想不通，是鸟怎么还会游水？父亲告诉我，这是海鸥，不是一般的鸟。同时我还看到了令人惊心动魄的一幕：当运载棉花的卡车从大铁桥上驶过，一群衣衫褴褛的孩子飞快地爬上车去，拼命地扒棉花，当警察吹响警笛的时候，他们迅捷地四处逃窜，其情景就与美国《生活》杂志的摄影记者杰克·伯恩斯当年在外滩拍到的《警察抓到偷棉花的孩子》照片一模一样。

海鸥、偷棉花的孩子，这是我人生最早的记忆之一。

在往后几十年生活在苏州河畔的日子里，我也曾领着我的儿子、女儿常常去看这“不是一般”的鸟，也给孩子讲昨天与今天“不是一般”的生活。

苏州河水清了，河里就有鱼了；河里有鱼了，上空就有鸟了。这就是生态。水清，树绿；鱼跃，鸟飞……在这样的环境中生活的人们，其心境也如这清水、绿树、跃鱼、飞鸟。

海鸥来了，春天来了。多么美好的春光啊。我期盼着海鸥驮着阳光，挟着春风天天来访！

# 好友潘虹

犹豫再三，我还是决定说一说她

犹豫再三，我还是决定说一说潘虹——其人其书。

我一向不愿意拿朋友的事说事，这次是个例外，因为潘虹不仅是我的朋友，而且还是一位公众人物，一个从事表演事业的艺术家。

记者生涯三十年，与明星们也打了二十多年的交道。有的人打了多年的交道，永远是工作关系，成不了朋友；有的人打交道并不算多，却成了朋友。潘虹属于后者。个中道理并不复杂，一个“诚”字解得。民谚有道：“心诚则灵。”在我的眼里，潘虹是一位心诚之人：对世事，对艺事，对友事，她都可戴“心诚”之桂冠。与她交往并从她的《潘虹独语》、《潘虹电影表演艺术》（分别由上海人民出版社、香港勤+缘出版社出版）两本书中，我们都可以体会到这一点。举一个小例子：十多年前，上海的大街小巷都挂着她的大大的广告照片，是她为霞飞化妆品做的广告：“中国一号演员用霞飞中国一号”，霞飞一时成为国内的走红化妆品。彼时彼刻，流言四起，财、色均有。其实，真正能打动她为霞飞做广告的，是一个只有十多个残疾人的福利厂力创中国名牌的勇气与精神，是她参观了这一小小的“残福厂”后同情那些残疾人而下的决心。据我所知，潘虹信佛，是真禅法师的最后一个“居士”，她常做为佛教捐款之类的善事，她为霞飞做广告也正是出于对残障人的一片善心。

2006年10月26日是我六十岁生日，也是我退休的日子。潘虹正巧难得从外地摄制组回上海。因为她忙，我们原先约定的饭局退掉了。电话里，我无意间说出了我退休的日子，不料她却说要专门为我设一生日宴请，这令我很感动。记得十年前的10月26日，那晚，我们一起在珠海出席书展签名售书，在朋友为潘虹设的饭局上，大家为潘虹祝酒。不料，她却话锋一转说今日是她朋友的五十大寿，为我祝酒。夜晚的舞会上，她再次让全场为我庆贺，还带头请我共舞一曲。此等让风头诚举令我感动不已。退休的那天，在报社同仁为我设的酒宴上，我动情地说过，在我这一甲子的人生旅程中有若干位让我感动、感激而又记忆深刻的女性。应该说，潘虹是其中的一位。其实，作为记者与明星的工作关系，我并没有为潘虹写过多少报道，印象中也只是写过一两篇有关她影事的并不起眼的小文章，她还几次婉拒我要“写写她”的要求。在我的印象中，她不事张扬，低调地、诚恳地从事着她所钟爱的表演艺术。

潘虹是我国优秀的表演艺术家，她曾在国内外获得过电影大奖。十年前，电影界为她举办过一次“潘虹表演艺术研讨会”，在这次会上，集中了国内一流的表演艺术研究专家，多侧面地对她的表演艺术作了一次认真而权威的研讨，研讨的成果汇集了一个专辑，就是这本二十多万字的《潘虹电影表演艺术》。对应这样的权威研讨，潘虹是够格的。她为中国“文革”后的历史新时期，为我国的电影艺术贡献了多部脍炙人口的优秀之作：《杜十娘》、《人到中年》、《末代皇帝》、《寒夜》、《最后的贵族》等。一年前，她又在话剧舞台上成功地出演了曹禺的名作《雷雨》中繁漪一角，赢得一致好评，充分展示了她在表演艺术方面的实力派形象。

潘虹在电影表演艺术中所获得的成就，来自她对艺术的真诚的挚爱。她曾在《感谢生活》一文中这样说过：“从我进入殿堂的那一天起，艺术之神的光辉、神圣、至尊，成了我年轻生命中不可熄灭的神灯。我崇尚它、朝圣它、追求它，它带给了我梦幻和激动，也带给了我痛苦和煎熬。我纯真的少女梦，就是在这无与伦比的美的追求中度过的。美，在弥漫、在飘逸；美，也在忧伤、惆怅。它们无时无刻不激动着我的心房，充涨在我的周围。”梅香寒中来，虹彩雨后得。只有对真正的艺术怀着一颗虔诚的心，并不怕探索之路崎岖与艰辛的人，才会获得艺术之神的垂青。

文末我想说的是，中国不乏像潘虹这样的在建国后新成长起来的新生代优秀表演艺术家，但缺乏的是对这样有成就的表演艺术家的认真研究、总结与扶持，这不能不说是我国至今在电影领域举步维艰、难以成为世界电影大国的重要原因之一。多年前，我曾有过与潘虹合作成书的念头，像西方电影界那样对电影明星、艺术家进行坦诚、有力、多方位的探讨与研究，我也曾试图作了一番认真的案头工作，也曾草拟了近百个有关潘虹生活、艺术方面的问题，但由于种种原因，一直未能如愿。我想，如有可能，我还是愿意做这件事——不但是为朋友，更是为一位有成就的、观众认可的电影表演艺术家。

当然，也为我自己。我长久以来一直有一个梦想：借一名合格的中国艺术家作为载体，完成我理想中的真正的中国人物传记，像《邓肯自传》、卢梭的《一个孤独的散步者的遐想》那样，来阐述我对电影艺术、电影家个性以及生死、爱恨的理解，完成我所追求与渴望的自己的作品。

# 陈氏兄弟

陈氏兄弟，在上海创业，有了不起的业绩

陈氏兄弟：哥哥陈榕生，弟弟陈铁铭。哥哥今年三十六岁，长弟弟五岁。榕生毕业于厦门大学日语系；铁铭毕业于中央民族学院台湾文史专业。

“文革”开始的时候，哥哥八岁，弟弟才三岁，正统的科班学习几乎等于零。然而，陈榕生却奇迹般地以全福建第一名的日语高分考取了厦大；铁铭也以名列前茅的优异成绩考取了中央民族学院。

令人更不可思议的是，兄弟俩均出身木工，与锯子、斧头打了好多年交道。哥哥是师傅，弟弟是徒弟，哥哥带着弟弟走街串巷，足迹走遍福建境内，以帮人家打家具挣钱糊口——这是“文革”留给他们幼小心灵的印记，也是他俩漫长的人生之旅的第一课。

尽管在噩梦般的岁月里，陈氏兄弟以出卖体力粗活换得在艰难时世间一丝喘息，但在他们的血脉中，依然流淌着中国知识分子自尊不屈、自强不息的因子。

他们的父亲毕业于台湾一所名牌大学的土木工程专业，是一位爱国的知识分子，一九四八年回归大陆。“文革”一开始，陈老先生被戴上莫须有的“特务”的帽子，发配农村。一家六口蛰居在一间仅六平方的斗室之中。六平方，只能容纳比一张大床多一点的东西。晚上睡觉，床上一批，床下一批。一家人的生活全靠父亲三十多元的补助费。

小小年纪的陈氏兄弟，被迫走上了拉大锯的木工之路。

白天，兄弟俩外出打工；夜晚，兄弟俩坐在一张小板凳上，听父亲给他们上日语课。斗室墙壁上的一块小黑板，使他们沐浴了灿烂辉煌的知识之光，使他们看到了黑夜尽头的前程与希望。

八十年代初，厦门大学日语专业招收研究生，榕生斗胆去报考，结果以二十分之差落榜。他再接再厉，上集美华侨补习学校读书，夜以继日，发愤攻读。第二年再考，以全省日语单科第一的成绩中了状元，名字也上了省报！

弟弟铁铭也考上了中央民族学院，毕业后分配在中央机关任职。

陈氏兄弟一介书生模样，生性沉静，文质彬彬，为人忠厚却不苟言笑。尤其是哥哥榕生，很少言语，但办事果断且能吃苦——这为他日后从事对外贸易奠定了良好的品德与素质基础。

知识，给陈氏兄弟平添了腾飞的翅膀；对外开放的政策，又给陈氏兄弟提供了施展才华的广阔天地。

几年前，已从事多年外贸工作的哥哥陈榕生和他的合作伙伴看准时机，成立了私营性质的厦门大洋实业有限公司，开拓了以食品贸易为主的多种经营项目：菇品、花岗岩、房地产……范围广及深圳、福建、浙江、上海等地，产品出口日本、东南亚各国……

陈氏兄弟像当年干木匠一样，再次携手——当然是今非昔比了：新的境界，新的天地，他俩的足迹再也不是在陋巷旧弄中穿行，而是遍及大江南北，走向了海外……

哥哥榕生作为一个大集团公司的董事长，坐镇总部厦门，决策于千里之外。公司每有新的投资项目，他必亲临实地，握巨微于胸，明辨利弊，一锤定音。几年前，他来上海宝山区考察，原打算与当地政府洽谈开办一家建材工厂。在轿车内，镇干部指着一块空地告诉榕生，原一家香港公司曾与他们签了意向书开发房地产，后因港方资金迟迟未到位而告吹。榕生取来意向书琢磨，当场拍板要下这个地块，镇干部们将信将疑：大洋是否有此实力？不料，榕生拿起电话挂通厦门，当即先期汇出五百万人民币，令镇干部们大为感叹！紧接着，便委托弟弟坐镇宝山，开发“泰和新城”。

而弟弟铁铭，作为大洋公司的重要投资项目之一的上海“泰和新城”房地产公司总经理，日夜忙碌在工地，在上海的北郊、彭浦以北的获泾河畔，建起了一座占地三十万平方米集医院、中小学、托儿所、幼儿园、商场，生活设施齐全的居民新区——泰和新城。他们还投资一千万建造了从彭浦至泰和新城的公交701专线，为上海的城市建设作出了贡献。“泰和新城”以良好的生活环境、房型结构、适合工薪阶层的消费标准，赢得了上海市民的欢迎。他们的第一期工程居民楼已告售完。一位港商数次冒着酷暑，赶去“泰和新城”建房工地察看，洽谈购房业务。他为该公司职员的优良服务素质所折服，他说：“就冲着大洋公司职员的素质，我信得过！”该公司的职员百分之八十以上是大学本科毕业生及研究生。

陈氏兄弟严以律己，以全新的现代管理方式治理企业，艰苦创业。沪上今夏连续高温达半月，为百年未遇，铁铭和他的职员们顶烈日，奔走工地，夜晚就睡在没有空调的闷热房间里。哥哥榕生来到工地察看，见职员们生活、工作条件如此艰辛，当即派员给他们职员的每一个宿舍安上空调，让他们在白天辛劳之后有一个较为舒适的环境。

严格管理，付之爱心；不徇私情，奖惩分明。陈氏兄弟在公司里树立了良好的表率作用。去年，大洋公司对职员中有特殊贡献的三名职员授予“特等功臣奖”，开庆功会，给予三房一厅及十万人民币重奖，极大地激发了全体职员争贡献、视公司为家的积极性。

方向对，路子正，大洋公司的事业像滚雪球一样越滚越大。现在，大洋实业公司属下有多家食品和进出口贸易公司，有自己的综合加工厂、公寓楼、办公楼和厦门最大的冷冻仓库，其容量是整个厦门市冷冻库的总和。如此规模的私营企业，在国内也可算是首屈一指的。

事业的忙碌与繁重，使得榕生与铁铭再不能像儿时那样常厮守在一起。年迈的父母如今侨居美国，一家人难得见面。月前，哥哥从日本洽谈商务回来，兄弟俩在虹桥机场候机室匆匆一见。榕生告诉铁铭：公司新近又引进了一套价值五千万人民币的烤鳗鱼设备，计划在近年内建设自己的养鳗基地。鲜美的烤鳗鱼，在不远的将来，会源源不断地流向日本、东南亚及全国各地市场……

陈氏兄弟，是新一代知识分子奋斗的缩影；在他们身上，我看到了中国走向繁荣、走向世界的未来！

# 我的“三只手”朋友

他想写一本自传，书名叫：《扁担人生》

上海人说一个人是“三只手”，那是不光彩的。“三只手”是小偷、扒手的代名词。但我迭位朋友的“三只手”却是多功能的代名词，是光彩的：一只手做生意，一只手搞翻译，一只手写文章。依我的判断，迭位仁兄的三只手中，做生意迭只手长一点；另外两只手差不多长。要是让一位漫画家搭伊画一幅漫画，那一定是一只“怪兽”。

和迭位“三只手”仁兄相处，最大的优点是轻松。坐在咖啡馆里品茶、喝咖啡、“茄三胡”，无所不包。当然，我们的话题还是有很多共同兴趣的，除了时事外，还有创作作品、翻译作品，他的三只手中至少有两只手，我们可以有共同兴致的。当然，他在做生意中遇到的人与事，我也是很愿意听的。我以为，人与人相处，平等、放松至为重要。人的一生要和多少人打交道？如果打交道前，先要将对方放在“天平”上称一称，看看有啥个好利用的，一直“莱勒”动坏脑筋，算计，勿要“吃力煞咯”，上海闲话讲“要弄煞塌咯”。

“三只手”毕业于上海外语学院，学的是日语。当初他学日语，以为在所有外国语种中日语是最容易的，甚至不读也好看得懂，因为上面有很多中国字，许多句子看一下就可知道个大概了。其实，并不是这么回事。进了学校就得硬着头皮读下去，他正是读了日文，才有了与日本人做生意的资本，才有了往后的日本的家，才有了今天的日本来来去去……所以，人生有很多偶然性。如果，他当年学的不是日文，或是其他文，那他这几十年也不会跟日本有今天这么多关系。依我观察，日本待久了，连模样也像起了日本人，坐在咖啡室里，跟日本朋友打起电话来，叽里呱啦的“木西，木西”，人家还真以为他是日本人呢，他那有点秃顶的脑袋、圆圆的脸盘，看上去，还真有点像“田中角荣”哩；日本待久了，他的太太也有点像日本女人了，见人彬彬有礼，一弯腰，笑嘻嘻，接听电话“嗨，嗨”的有礼貌。学了日文，又在日本实地练摊，他的日文日益纯熟，自己又喜欢写作，于是他在生意间隙搞翻译。最令他得意的是上一世纪九十年代中期，他引进、翻译了电视剧《东京爱情故事》，时隔近二十年了，当年的小青年、今天四十上下的中年人都被女主人公的爱情故事迷昏了，感动得一把鼻涕一把眼泪的。一年前，上海滩重放了这部电视剧，依然是有不少痴情男女看得“痴”。当年看过此剧的小青年现在已是中年人了，只见他们在报纸上写文章，如何如何记得“赤名莉香”之类的话，可见此剧影响之深。

与“三只手”交往，我还很感慨他有那么多的经历和人生故事。他也有一股子韧劲。

“文革”中，他在云南插队落户，一次，在原始森林里砍树，一棵大树倒下来，铺天盖地黑压压的一片，瞬时不见了一大群砍树的人影。一查，压死了好几位兄弟，人家以为他也“拜拜”了，不料，他却从大树的爪子里爬出来,活了命。

那个革“文化命”的时代,吃不饱饭是常事,“三只手”当年还是小青年,饭量大,他看着“泔脚缸”,在想:现在爷娘在世还有点饭吃,将来爷娘过世了我“哪能办”,转念又一想,有了,有了迭只“泔脚缸”,我“死勿塌哉”。

一只发臭的“泔脚缸”居然给了他活下去的勇气!听了迭段真事体,朋友们的心里都有点发酸,大家都诅咒迭个该死的年代。在那个混乱的年代,我当兵去哉,那个时代去当兵是学生仔最好的出路了,隔日还有肉吃,所以,我没有这样的经历,也没有“三只手”此类的念想,只得说,佩服,佩服!

“三只手”朋友的“生意手”,可能还得益于他的遗传因子。他们“祝家庄”里的长辈很多人在旧上海做生意,而且,生意还做得不小。旧上海做生意的人,到了新上海大抵没有好结果。五十年代的“三反五反”不说,六十年代就是灭顶之灾。所以,在“祝家庄”里有许多风风雨雨数十年的惊心动魄故事,一旦他想写下来,都是很精彩的、现成的小说和纪实体裁作品。他也写了一些,大型文学刊物也常有刊登,但他因忙,加懒,写得也不多,这很可惜。我常鼓动他要多写。白桦老师也说他“要多写点”。

年青时他在云南,后来去日本,他说,云南一上海一大阪,在地图上巧成一条直线,像是一条直直的扁担。他多次声言要写一本自传,书名叫:《扁担人生》。传主:祝子平。

我们真诚地期待着,不要光说不做!

# 人，诗意地生活

每天清晨，她，一杯咖啡，临窗一首诗……

这个标题不是我的，是我抄来的。德国哲学家海德格尔说："诗是真正让我们安居的东西。"（《人，诗意地安居》，郜元宝译）。安居在诗里，生活在诗里，这是多么富于浪漫色彩的情怀啊！

两年前，我就欠了一篇文债，不是欠别人，而是欠自己，因为我受了感动。那是我参加了成雅明别具一格的新书发布会——准确地说，是她的《手掌上的星光》诗歌朗诵会。两年前的那个初春之夜，能容纳数百观众的礼堂里济济一堂，有九十多岁的老人，有十来岁的学生，有作家、导演、明星、记者、教师、军人、银行职员，还有特地从医院里赶来的癌症病人……与通常的作品讨论会不同的是没有礼品、没有饭局、没有车马费，他们都是诗的信徒，从上海的各个角落赶来，在台上朗诵自己爱好的诗。整个礼堂里诗意融融，情意融融。女作家陆星儿带着病痛上台，含着泪光朗诵了成雅明的诗《生命的歌》："不知何时起／我的窗前多了／一抹绿色／一条攀绿的藤／越过井沿、石阶／悄悄地向上爬着”“太阳出来了/湿漉漉的藤上蹦出几片叶子/青翠的叶子闪动点点光泽/一首生命的歌/为我的生活画版/抹上亮色”。今天，陆星儿已带着对生活无比留恋的诗情，无限惋惜地离开了人世。我想：这首诗正是一曲绿色的挽歌，像湿漉漉的青藤为她的墓地增添了翠绿。

就是两年前那个令人感动的春夜，礼堂里流动着诗的韵律，隔壁是一家歌舞厅，伦巴探戈，节奏强烈；再隔壁是一家酒家，美酒佳肴，觥光闪烁。在上海这个大都市的星空下，美舞、劲歌、烈酒与诗意一起流动。女作家王小鹰很有感触地对我说，像这样的诗歌朗诵会比一般的作品讨论会不知要强多少。

我也深有同感。两年后的今天，成雅明出版了她的第二本诗集《爱情无季节》。当她拿到新书的当天，正是她的导演夫君李歇浦的生日，也是他刚完成新作并获得好评的电影《邓小平·1928》的喜日子。她对爱人说，这是献给你生日和新作诞生的最好的礼物，令拍了多部好电影的夫君很是感动。这一天，阳光灿烂明丽，在成雅明的眼里，太阳要比往日亮。一大早，她就兴冲冲地捧着她的新诗集往医院赶，她要把第一本书送给她的一位好友——一位正在与生命作顽强抗争的癌病患者，她的教育战线上的好友谢素心老师。就是这位谢老师，两年前从医院里跑出来，在那个星光满天的春夜，在诗意浓浓的礼堂里，她上台用诗一般的语言讲述了她与病魔作抗争的经历。她是初三毕业班的班主任，她为了让她的学生们安心去迎考，隐瞒了自己的病情，一直挺立在讲台上。而背地里，她却请来了一批好友聚会，她说她也许是最后一次请客了，一定要做东。今天成雅明将第一本新书送到她的病床前，对热爱生活、爱好诗的谢老师来说，无疑是一帖精神良药。生活在诗里，生命就充满了阳光。

就这么一片阳光/无声地夹进所有平淡的日子/于是，生活的每一天/都拥有了一份/浪漫情怀

——成雅明《阳光》

# 巴城紫蟹肥

菊黄蟹肥，湖中尝蟹别有风味

西风起，蟹脚黄，正是吃蟹好时节。适逢友人热情相邀，说是请我们去阳澄湖“湖心亭”尝蟹，甚喜。于是，五六友好挑一空日子一同驱车前往。路况好，车疾行，凉风习习，秋高气爽，心情同一。车环大湖而行，忽想起云逸《阳澄烟雨》诗：“极目水连天，阳澄何处边，秋来烟雨里，好放渔家船。”

到达巴城离晚餐还早。主人说，时间还早，先带你们去拜访一个人。谁人？同好均纳闷。主人说，到了他家你们自然会知道。只见主人带我们来到了一座庙，大家这才知道是巴城的蟹王庙。在大门口迎接我们的是一座高高的雕塑——巴解，大家都知道这是传说中的“第一个吃蟹的人”。鲁迅曾说：“第一个吃螃蟹的人是很可佩服的，不是勇士谁敢去吃它呢？”那巴解可算是历史上传说中的“勇士”吧。

相传巴解吃蟹与大禹治水有关。大禹治水派壮士巴解去督工。每当夜晚，民工们常被一种“虫”咬醒，疼痛异常，而且是满沟满地的都是这种“夹人虫”，爬满了民工的帐篷。巴解于是令民工在沟里放火烧水，将“虫”烧死，结果是满沟里发出一股异香。巴解第一个吃了这种“虫”，不料其味鲜美无比，民工也随之大吃起来，巴解还令属下取来了酒。从此，此“虫”成了人们饭桌上的佳肴。人们命这种“虫”为“蟹”:“解”字下面加一“虫”。历史上说，大禹治水成功则封巴王驻防于此城，不知巴王与巴解是否是同一人？相传，巴城已有两千五百年历史，春秋时期，吴王阖闾为抵御越国和淮夷的进攻，以阳澄湖为屏障，在湖东、南、北筑城十二座，巴城即为其一。巴城因巴解“第一个吃蟹人”而得名；巴解也因此得了“敢为天下先”之美名。

我是宁波人，宁波、绍兴一带也有许多这样的河蟹。我听说的“第一个吃蟹的人”是鲁迅的同乡——绍兴师爷。此种蟹在当地也是满沟满地爬的。绍兴师爷取来一大破缸，里面放满盐水，让此物爬进破缸，其物因吃饱咸水而死，师爷一尝，美味异常，遂成“咸蟹”。人们争相食之，宁波一带的“咸蟹”则得天下名，“绍兴师爷”也从此名扬天下。这当然均是民间传说，是否还有第三、第四……个“第一个吃蟹人”则不得而知了。

访罢“蟹王庙”，主人则引我们去“湖心亭”尝蟹。所谓“湖心亭”，则是主人在养蟹的湖中央建了一竹屋，竹排所筑曲桥前往，坐在湖中，边吃蟹边看满湖边爬行的蟹倒是一件美事。“泼醋擂姜兴欲旺，饕餮王孙应有酒。”(《红楼梦》中贾宝玉语)“堆盘色相喜先尝，助情谁劝我千觞？”(林黛玉语)有蟹，连贾宝玉、林黛玉都要上酒。主人早就备好了红、白、黄三种酒。友人中均没有“酒仙”，只得烫一烫黄酒罢。

酒助谈兴。几杯酒下肚，友人你一言他一语，话题均与蟹有关。

一个说：中国最早记载“蟹”的是《周礼》，上称“蟹胥”。“胥”是一种“酱”，查吕忱《子林》记载：“胥，蟹酱也。”可见宁波人之美味蟹酱自古有之。北魏贾思勰在《齐民要术》中也有“藏蟹法”记载。

另一个说，有关蟹的记载，古之有《蟹志》（陆龟蒙）、《蟹谱》（傅肱）、《蟹略》（高似孙），如果查一查唐诗宋词则有关记载蟹的诗则俯拾皆是。

一个说，据《中国药用动物大全》记载，蟹有数十种可以养生补身的功能。其中适合在座老年人的有：治风湿性关节炎、腰酸背疼、跌伤淤血、黄疸等等。

另一个则说了一个“武则天梦蟹”的野史。夜里，武则天梦见两位冤死的皇妃来索命，要紧关头，她梦见一只八爪大闸蟹赶走了二皇妃，救了武则天一命。武则天醒来之后，遂派钦差亲临姑苏修皇家别院，专事每年秋冬收购阳澄湖大闸蟹，快马专递洛阳皇宫。据说，在武则天的寝宫专有用蟹壳做成的辟邪的摆件。

主人趁着酒兴，跟我们谈了他这几年做房产、养殖大闸蟹的种种故事。听得我们个个竖起耳朵、感慨不已。每当菊黄蟹肥季节，各色与他的生意有关的上级部门、领导都会到这里来，而且是“不请自来”，他最忙的时候一天要接待好几批，白天吃蟹，晚上在他的别墅里打麻将，还要小姐服侍……人间之“秋风”要苛于自然界之“秋风”好几倍。他说，你们都是我交往多年的老朋友，有的老人还是我尊敬的前辈，而且都是搞文字工作的，如果你们有兴趣，我倒是可以将这数十年的经商体验告诉你们，你们若能写成小说，我这里有现成的材料……

主人讲的话，我们都相信：麻将“四方桌”是一个大世界，吃、喝、玩、乐是一桌人，杂色人等在四方桌的舞台上演绎着各自的人生。

# 蟹 忆

那一年，那一次，大闸蟹的味道特别好

巴城是阳澄湖边上的一个小镇，是吃蟹的好去处。它凭借着阳澄湖之天然优势，每当菊黄蟹肥西风起时，从全国各地涌到这里来买蟹、吃蟹的人立时就多了起来。

我多次陪海内外的友人去周庄一游，几乎每次都要顺道去巴城尝蟹，也喜欢去名闻遐迩的临湖巴城蟹王庙一走。我也是在那里第一次看到了大禹治水时代的一员大将——巴解的雕像，也是第一次听到了有关蟹的传说。

据传早在大禹治水年代，阳澄湖湖水泛滥，百姓遭殃，于是，大禹就派大将巴解前赴阳澄湖治水。巴解到达阳澄湖的第一桩头痛的事，就是遍沟遍野的“夹人虫”。这种“夹人虫”凶狠无比，两只硕大的钳子咬得治水的士兵与民工的手脚又红又肿。巴解无奈之下决定治水之前先治“虫”。治水大军用火攻，用滚烫的水灌沟，杀死了大量的“夹人虫”。但这种被杀死的“虫”却发出一股股诱人的异香。人们都不敢吃，而巴解却敢于做第一个尝“虫”之人，他吃了一只之后感到鲜美爽口，于是就鼓励别人也吃，有人端上了酒甏，人们边喝酒边嚼"虫"，于是，阳澄湖畔上演了人类第一次野外别有风味的"蟹宴"壮剧。

从此，"夹人虫"就成了人们饭桌上的佳品。人们将它命名为"蟹"——大将巴解的"解"字下面加一个"虫"字。小镇也因巴解之故而被称为"巴城"。

阳澄湖大闸蟹还给我的甜美生活增加了无比的乐趣与回忆。

1974年秋季，我从海军部队新闻干事的岗位上转业到地方上当记者，月工资只有40多元。当时社会上刚出现9英寸的黑白电视机，售价是330元，而且还要凭票供应。妻子车间里一百多号人只有一张票，于是大家想出个摸彩的办法。一张小纸编上一百多个号，谁摸到"1号"，谁就拥有这张票，谁也就拥有了这台黑白电视机。一百多张号纸放在纱筒里，女工们排着队挨着次序摸，结果我妻子摸到了"1号"。大家嚷着说"不算，不算"，理由是这号纸是我妻子写的。于是，由别人写了新的号纸，进行了第二次摸彩，结果又是我妻子摸到了"1号"，大家更是嚷开了："哪有这么巧？肯定有花头，重来！"

我的妻子想，这么贵的电视机不买也无所谓，重来就重来吧。她说："你们去摸吧，我不摸了。"于是，一百多号人一个个地摸，摸到最后，谁也没摸到。只剩下"1号纸"静静地留在纱筒里。这就是说，"1号"非我妻子莫属！

不想买电视机的妻子攥着"1号纸"跟我商量：要不要买？

我大声说:“买！这是老天给的！”

第二天，一台崭新的黑白电视机就搬进了我那狭小的石库门亭子间。我跟妻子说，今天是我们的大喜日子，好好庆祝一番。于是我们在苏州河畔的小贩那里买了两斤阳澄湖大闸蟹，正宗的阳澄湖大闸蟹：金爪，黄毛，青壳，白肚。售价在当时看来很贵：1元8毛钱1斤。我们家里真像过节一样，不，比过节还要喜悦，家门口、楼梯上挤满了看电视节目的邻居。酒香、蟹香、菜香、饭香，香飘小弄……在我的吃蟹史上，我印象中这一顿蟹味道最佳。

# 与乒乓有约

## 童年，我与小白球有缘，还得过县冠军

在作家和记者的朋友圈中，几乎无人知晓我曾是一个疯狂的乒乓球迷。每当我向他们吹嘘起我的乒乓球战史的时候，他们便会忍不住哈哈大笑，说："你这双十指不点阳春水的手，居然会抓乒乓板？吹牛！"

其实，我还真获得过由国家体委郑重颁发的二级运动员证书呢！乒乓球，伴随了我童年的美好岁月。我最早接触乒乓球，是在上一世纪五十年代初期。那时我在浙东乡下念小学。教室设在破败不堪的庙宇里，体育设备也是少得可怜，一只摇摇欲坠的土制篮球架，几块请木工锯成的长方形乒乓板，乒乓桌也是不知从哪里拖来的旧床板……

少年好动。除了夏天在河里游泳外，一年四季的体育活动便是在破旧的乒乓球桌前度过的。每当夜幕降临，庙宇的屋顶上停满了呱呱乱叫的乌鸦；破壁残垣的间隙里，老鼠乱窜，横梁上还不时爬过青蛇，小和尚单调的敲木鱼声和各种怪异的声响从横眉竖

眼的四大金刚的背后传来，给黄昏的破庙小学徒增了几分恐怖气氛……尽管如此，我们还是挡不住这小小银球飞旋的诱惑，直到朦胧的小球在夜色中消失，才恋恋不舍地离开乒乓桌回家去……

小学校里每年要举办乒乓球比赛，名列前茅的总是我们几个在乒乓桌前“泡”得最长的小伙伴。我是学校里出名的“左撇子”杀手，那不入流的胡乱抽杀，常令对手难以招架。

一九六三年，我考入松江二中。我一进校便遇上了全县乒乓球锦标赛。由于刚进校，我的乒乓球水平还没有“暴露”，也没有报名，排名表出来后，上一届的冠军“轮空”。于是，体育老师问我喜欢不喜欢打乒乓球，我说喜欢；他又问我要不要参加比赛，我说要。就这样，他就将我排在上届冠军轮空的位子上，第一个上场，好像是有意要让我这个无名小卒充当给冠军热身的“替死鬼”与“炮灰”。

充当“炮灰”的小卒子，一旦过了河，也就“伸头一刀缩头一刀——横竖横”了。冠军见我是一个无名小卒，也就不把我放在眼里，打球明显地轻敌。竞技场上的轻敌是败局的祸根。冠军打得松懈，而我没有思想包袱，打得十分顺手，第一局就给了冠军一个下马威。等他清醒过来的时候，已经来不及了，那时候是三局两胜制，我以21比17拿下了决胜局。

无名小卒淘汰了一号种子选手，立即成了当年全县乒乓球锦标赛的一大新闻，我也由“炮灰”成了一匹“黑马”。

此后的战局，我越打越勇，一路领先，居然最后登上了“冠军”

的宝座，“炮灰”竟成了“冠军”，令众选手们目瞪口呆，同学们也纷纷前来祝贺我。

紧接着，我又参加了上海市第四届运动会，在郊区组的乒乓赛中我又进入了前十名。在这次运动会上，我先后击败了国家三级、二级运动员多名。按规定，我有条件跳越少年级、三级，而直接进入二级运动员行列。比赛结束，我获得了由国家体委颁发的乒乓球二级运动员证书与一枚标志其等级的徽章。

少年时代的爱好，数十年后居然还有“余威”，年前单位组织乒乓赛，我居然还“杀”掉了好几位青年对手，拿了个“亚军”。

爱好体育运动，是上了年纪的人的健康投资。这些天晨跑不小心扭了腿，这更令我怀念起在乒乓桌前疾步的日子。日前，我还专门去体育用品商店买了一块上好的“红双喜”乒乓板，准备日后再度挥拍上阵。同行中友人彭瑞高、修晓林、朱全弟等均是乒乓高手，且每周有多次厮杀，也多次邀我加盟。为健康养生计，我决意重操“旧业”，呈以此小文权作与同好的“战书”：待我腿脚扶正之日，重振雄风，杀它一个“不吐核”（山东语：措手不及）。

# 公啡今昔

听老歌，怀旧情，去公啡……

双休日。朋友约我去喝咖啡，问我：愿去哪家？我说：去公啡。

很早就想去公啡咖啡馆，自从多伦路上辟出怀旧的文化名人街后，一直想找个机会去“公啡”坐坐，去那里领略一下重再捡回的旧上海的遗韵；也想去看看曾孕育了一代文化名人、有着左联“摇篮”之称的著名公啡咖啡馆。

公啡咖啡馆始建于二十年代初，老板是一位犹太人。馆名何以叫“公啡”？查了资料，问了夏征农、杜宣等几位老人，均不得而知。兴许是当年犹太老板的名字谐音罢。在二三十年代，上海的许多店名、路名，以外国人名字命名的甚多，如多伦路的原名窦乐安路，就是以一位外国传教士的名字命名的。

公啡成为当年中外白领、文化名人休闲、集结之地，却是师出有名的。左联的筹备与成立，均与公啡有着密切的关系。进步文化人选择在公啡集结，一是出于公啡系外国人开办，出入的多是外国人，不易被“包打听”注意；二是当年的窦乐安路是一条十分僻静的马路。据阳翰笙回忆说:“从1929年10月中到1930年3月,左联筹备组织的几个月期间,文化支部根据上级党委的指示,指定冯雪峰同志负责跟鲁迅先生经常联系。接头的地方,多半就在北四川路底公啡咖啡馆。”这说明,公啡已成了当时进步文化人的秘密联系的地点。鲁迅先生住在窦乐安路附近,来公啡自然就十分便利。鲁迅先生不喝咖啡,而且,他对坐在咖啡馆里“或则高谈,或则沉思”的文化人有过调侃,而且曾声言:“我是不喝咖啡的,还是绿茶好……这样的咖啡店里,我没有上去过。”但就在鲁迅先生写下这样的文字的一年多后,他为了进步的文化事业还是上了公啡。据夏衍回忆说:“我清楚地记得1929年底,一天很冷的下午,鲁迅先生亲自到公啡咖啡店出席了筹备左联的聚会,跟潘汉年、冯乃超和我交谈得非常融洽。左联的筹备会一般每周一次,需要时隔两三天就碰头。地点固定在公啡咖啡店二楼一个包间里……1930年1月下旬,就在公啡咖啡店起草了左联的纲领,协商了发起人名单,并一致决定3月正式召开左联成立大会。”鲁迅先生为了进步文化事业,常去公啡咖啡店,但他坚持喝绿茶。

旧公啡经营了二十多年,于四十年代停业。时间又跑过了五十多年,历史进入新千年。在这新旧世纪交替之际,人们的怀旧之情绪日浓。随着多伦路上文化名人街的开辟,在公啡的旧址上,新公啡重又开张迎客。

新公啡的新店名“公啡咖啡馆”由上海文化老人夏征农挥毫书写;杜宣先生还为新店书写了两条条幅“万里江山来醉眼,九秋天地入吟魂”，其意可能是坐在今天的新公啡里的一种缅怀先人、感触当今之心绪罢。

原公啡所在地的那幢洋楼已经拆除，旧址上矗起的是一幢上海时装商厦。原公啡是在旧洋楼临窗的二楼，现在改在了地下室。但厅室却十分宽敞：旧包厢样式依旧，小间里还专辟了左联陈列室：旧杂志、旧照片，浓缩了旧日的岁月。尤为可贵的是，据年轻的大学毕业生马经理介绍：新店里的木窗、壁炉、壁龛、镜子等饰物，均原封不动地移用了旧址上的原件。这些旧物均有上百年的历史了。特别是壁龛、壁炉上的天鹅、葡萄、贝壳与玫瑰花雕刻，虽经历了上百年的岁月风雨，至今仍栩栩如生，体现了当年店主所钦慕的洛可可风格。这些旧物，陡增了公啡浓重的怀旧气息。

坐在新公啡里，听一曲老歌，看一部老片子，会见一些老友新朋，聊一些老事新事，热气升腾的咖啡香，飘逸着生活阳光的甘美！

# 东海边攀岩

平日爬格子的作家们，面对峻峭的岛岩，跃跃欲试

在我的印象中，攀岩运动是一项新兴的体育活动。在我国过去的体育竞赛中，似乎没有“攀岩”一项。常在电视上看到国外的攀岩运动员轻如飞燕、捷似苍鹰的雄姿，心里默生敬意。有一位国外攀岩爱好者，居然带领未成年的一双儿女，有志培养他们成为一生的攀岩者，我既为他的精神所感佩，又不禁为他们一家人的安全捏一把汗：这是在真正的大自然的险峰峻岩上“攀”，任何“一失足”，都会带来“千古恨”的冒险啊！

没想到，我这辈子居然也与攀岩有缘——当然，不是在野外的恶水险境中，而是在风景秀丽的崇明森林公园内，而且是在安全系数几乎百分之百的情景下，稳当而“攀”。回来后问身边的同事、朋友，几乎没有一个有攀岩的经历，由此我亦感到得意与自豪。

那一天，在崇明的森林公园内，正举办上海市首届攀岩竞赛。去崇明参观访问的上海作协的作家们，正巧赶上这次活动。这个

“岩”不是天然的，而是用类似“岩”的材料制成的“假山”、“假壁”。人造的峭壁建在森林中，虽不是高耸云天，也可谓巍峨壮观。

在崇明东道主朋友的鼓励下，几位作家均一一勇攀。他们的动作虽不算敏捷，但勇于攀登，令人赞叹。女作家王周生居然“巾帼不让须眉”，也攀登了一回，使我敬佩，也促成了我一试的决心。

人工“岩壁”实际上由三大块连成一片：垂直、平面、再垂直。经过三阶段即可达到顶点。最难的是平面壁，人像“壁虎”一样吸附在上面，没有一个轻捷的身子与高超的技巧，是不可能到达顶峰的。我们几位均在“平面壁”上退下阵来。

垂直壁较为容易，尽管我已年过半百，腹部也丰，但朋友们还是夸我动作较快，观者感觉轻松。我想，我的这一点体力与技巧，也许借助于年轻时曾是一名“业余运动员”的缘故吧。三十六年前，我在松江二中念高中时，曾获得全县乒乓球单打冠军，荣获“二级运动员”称号。三十六年后，居然“宝刀”不老，与年轻人较劲，又获文新报业集团乒乓单打亚军。

攀岩热了身，出了汗，又活络了筋骨，增加了活力。长期坐办公室，少运动，这对身体健康是不利的因素，也是为晚年的“老年痴呆症”埋下隐患。崇明攀岩给了我启示：多参加体育活动，对健康有益。以后有机会，我还要约朋友们去崇明岛，到森林公园攀岩去……

# 狗 品

人要有人样，千万不要人模狗样

人的品行叫人品，那狗的品行则叫狗品了。人是高级动物，狗是低级动物，狗品则是要靠人来调教的。

试看以下两例——

小区的儿童娱乐场里，两个孩童在玩球，不一会儿，两人却吵了起来——为的是争一个球。孩童的争吵声引来了一位牵狗的胖女人。她也不问清两个小孩为甚争吵，却责怪声起。她指着一个大一点的男孩说，你比弟弟大，怎么不让着他一点呢？这个“小一点”的是她的孩子。明明是她的孩子的不是，却先责怪别人家的孩子；明明是“小一点”的孩子要去争人家“大一点”的孩子手中的球，家长却要人家“让”着他，这算是什么教育孩子法？胖女人手中牵着的叭儿狗好像也是“狗仗人势”，朝着人家的孩子“汪汪”地叫个不停，算是示威。

“大一点”的孩子家长走了过来，不声不响地捡起球，领着自己的孩子走了，一场大人间的争吵算是避免了。我想，如果另一位家长缺乏修养，也去责怪别人的孩子(她是完全有理由责怪的)，那么，一场大人间的“战争”顷刻火起。

无独有偶。没过几天，那个胖女人的狗与邻家的狗发生了冲突。邻家的主人上前为两只狗劝架，那只叭儿狗却一个前冲，把人家的手抓出一道血痕。这叭儿狗也真不知好歹，人家是好心来劝架的，难道你也要学你家的主人不问青红皂白，先咬人家？

看来，有什么主就有什么狗了。主的人品歪，她所豢养的狗的狗品也正不了。

黄昏时分，从弄堂里跑出一位中年男子来，他手中牵着一只大黄狗，其模样怪吓人的。人和狗沿着苏州河边一路小跑。在一个僻静的小林子处，那男子左右顾盼，见近处无人，便撩起短裤，撒了一泡尿，又跑；不一会儿，那黄狗“二郎腿”一跷，学着主人样，也是一泡尿。真是人狗同品，把大地当作它们共同的公厕了。

常听有养狗者说，他家的狗是多么地听话，屙屎、屙尿从来不乱来，主人训导它在什么地方，它就在什么地方，从不随地大小便。看来，狗品确是要人来训导的。人不训，狗乱屙，狗是没有罪的，畜牲毕竟是畜牲，人不能与畜牲比同。

所以，人要学人样，千万不要“人模狗样”，否则，人品也成了狗品了。

# 剧作家之死

这位剧作家与我有数十年的交往，一个纯粹的人

近年来，我先后为我的几位前辈忘年交朋友蒋君超、白杨、史伊凡、凌子风等写过悼文。写这样的文字，心如铅重。今天，我却要为我的第一位同辈朋友、上海大学影视学院副院长赵孝思写悼文，内心哀伤，莫此为甚！

一九六三年秋天，我与赵孝思同时进松江二中。不过，他当教员，我当学生。他那年毕业于上海师范学院(现在的上海师范大学)，我进高中部念书。他长我五岁。同是青年辈，又都热爱文学，热爱写作。我们师生间常在学校文学小组里活动。学校作文竞赛，每年他当评委。在他的指导下，我还得过一次作文竞赛二等奖，得意了好几天。同样的爱好，使我们之间的友谊与联系一直保持至今。

一九六八年春天，由于他的力荐，我以最后一年的年限入伍进了海军东海舰队。我的那一点在学校中打下的文学基础，使我在部队中发挥了作用：替文工团编短剧，写朗诵诗，后来又担任专职新闻干部。可以说，赵孝思对我的人生道路的选择，起到了重要的起步作用。

赵孝思一生勤于写作。他长期住在静安寺赵家桥一幢老石库门旧房子的底层，由于地势低，春夏两季下大雨，屋里常积水。他常常双脚浸泡在水里还在不停地写作。曾轰动一时的电视连续剧《上海的早晨》，就是他在那种情况下写成的。根据周而复的同名长篇小说改编的《上海的早晨》是粉碎"四人帮"以后较早出现在上海电视屏幕上的优秀电视连续剧之一，对八十年代、九十年代上海电视剧创作，起到了积极的推动作用。他的其他一些作品，如反映香港金融界生活的电视连续剧《大家属》、《香江金梦》和传记文学作品《徐玉兰传》等，都不同程度地受到了观众和读者的欢迎。

赵孝思为人正直，品行端正。朋友和同行们都朴素地评价他是一个"好人"。他长期担任中学教师；后又调任上海三联书店副总编辑；再后，出任上海大学影视学院副院长。他育人、替人做"嫁衣裳"，他付出，他乐于助人；但他从不讲索取。有一段时间，他觉得吃东西感觉胃胀，但他一直以为是胃疼小毛病。他从西郊的家里每天长途奔走于北边延长路的上海大学之间：上课、批改作业、为毕业生联系工作单位……毛病一拖就是三个月。直到两个月前，他的朋友、上海世纪出版集团社长陈昕同志发现他严重消瘦，急找人送他去长海医院检查，已至癌症晚期。

人生是一出剧。一生写剧的赵孝思以他的品行完成了一出人生正剧：正直、真诚。

师长、友人去矣。但他的正直为人、真诚待人的做人准绳，是为我辈楷模！

# 远去的背影

一位恩师，一位出色的编辑、电影评论家

他的背有点驼，走起路来有点倾斜，但尚未成陈村自喻的“弯人”。这都不影响他赶路的步速：迈大步，且快。与他的老人年龄不相称。他的腋下永远夹着一只黑色的皮包，这里几乎装着他的全部：来稿、自稿、退稿，杂志、书……文学艺术界都知晓他的大名；从上世纪五十年代开始到八十年代，他先后创办了声名显赫的《大众电影》、《文汇月刊》、《中国电影时报》（后改为《文汇电影时报》）。

他于我，有知遇之恩。上一世纪七十年代，我做了七年“夜猫子”——夜班编辑，几乎与世隔绝。八十年代初，《文汇月刊》创办，我开始在他手下当“学徒”，跟着他在文化界跑稿子，有幸面见了一些“泰斗式”人物：夏衍、钱锺书、沈从文、冰心、陈荒煤、阳翰笙……我的第一本小书《中外诗话》就是在他和他夫人姚芳藻的关照下出版的。文学青年的第一个春梦，其欣喜之情可想而知。那时我住贵州路，他住凤阳路，一条马路之隔，我是他家的常客。看着他家的一子一女从红领巾到做父亲、母亲，直到现在，他子女的子女成了大学生。

在我的心目中，他像一个小孩子，有小孩子脾气，爱哭。也许因为太熟，走得太近，我与他就没大没小，说话随便。有一次闯了祸。那时，报社里一人发一张躺椅供大家午睡，我与他头背头瞎聊。他说某某人文学上无啥成就居然当上了作协的“理事”，他为自己没选上而愤愤不平。我说：某某人不管怎样还出过几本书，而你呢？（以书认功，差矣，足见当年吾之幼稚。）没想到我的信口一言刺痛了他的内肋，惹得他立时跳了起来，大叫大哭，弄得我一时也慌了神。后来，我在民主生活会上做了一点自我批评，重归平静。

他重名，但不重利。不重利的重名未必是坏事。他对那些不理事的挂名“理事”很在意。有一次在北京开作协代表大会，他依然没能“理事”，引起许多作家的不满，刘宾雁先生上台发言为他鸣不平。他自己的心里也十分难过。现在想来也可理解。我也为他鸣不平，一个长期忠心耿耿于事业且有贡献的人，不给他应有的名分，反而遭受不公正的待遇。五七年戴了“右派”帽子发配到边疆去看葡萄园，人饿得连活的青蛙也吃，他却没吃过一颗葡萄。那些会溜须、会迎合的人，却“名”上青云，不理事的人却多重“理事”，他一个能认真理事的人却遥遥不可“理事”，于理何在？何公之有？

他的晚年是在医院的病榻上度过的，停止了走南奔北的快捷的脚步，甚至停止了思想。如火焰般炽热的激情与动力，消失殆尽，犹如风中的残烛。他似乎得了“自闭症”，见了平素最熟的人也不说话。几年前，我与姚芳藻一起去看望张瑞芳老师，瑞芳老师说：“这个梅朵怎么搞的，我去看他也不说话。”但也有例外，若有友人与他谈及当年的《文汇月刊》等，他的目光依然会发出亮光，话也比平时多。

一年一度春风暖，又到了梅花飘香朵朵开的季节。老梅已经离开我们一年了。远去的背影若隐若现时常出现在我的脑海之中。谨以此小文作我的心香一瓣：我脱帽，我鞠躬，向我尊敬的长者深深地致意。

# 星儿二三事

她与人交往，中间没有墙……

做编辑就有这样的好处：好文章先睹为快。凌晨两点半，读完王安忆“忆星儿”，冰是冰，火是火，活了陆星儿。按捺不住想写一年前的旧题目：《星儿二三事》。

我和沪上女作家交往不多，偶尔有地方请去搞什么活动，才有幸与她们面对面。面虽对着，但心隔着。苦于她们的可亲与我的可爱两两感受不到。唯有星儿，这种隔阂感如同一张薄纸。于是，我感受到了她的可亲，我自觉她也感受到了我的可爱。偶有机会在一起，我与她交谈也相对多些。

很多年前，我在《新民晚报》“夜光杯”上写过一篇文章：《儿子·舞伴·我》。写了我与儿子的一段轶事。那时儿子才八九岁。有一次，我们单位举行舞会，我与爱人同去了。在我请来的朋友中有一位女士，善舞。我也略善舞。于是，我与她频频起舞，乐而不离舞池。回到家后，爱人便调侃我舞技如何如何之好，和某某配合如何如何之默契。趴在书桌上的儿子不动声色地听着我们的谈话，却一边在翻我的通讯录，翻到我的舞伴某某，便将她的电话改了：3改成8；7改成2。绝！儿子维护母亲的天性明澈可鉴，弄得我以后一连几天一直打不通某某的电话。

星儿看到我的那篇小文后，在电话里大笑不已。我们在电话中多的是谈小孩、各自的儿子，她言语中处处洋溢着一个母亲的温情；自然，她一定也感受到了我，一个父亲的舐犊之情。在电话里她还跟我开玩笑说，这个改电话号码的细节一定要“卖”给她，以后她写小说要用。

这以后有一次，我们在苏州。一大群人爬山、爬坡，吃饭、喝茶，开心的累。斜阳西下时，我与她相对坐在一段旧城墙上。她跟我说，她想有机会采访我，想请我谈谈上海中年男子的情感生活。她告诉我，她发现：一个中年男子如果特别溺爱儿子，那这个男子一定在感情生活中有所缺失，得不到某种满足。我无以应答。我想，这大约是出自一个女性作家的目光对男性的判断吧。

星儿在我的印象中，是这样的一个人：在与人的交往中，中间没有墙，如王安忆所说的“见面熟”。星儿并不美丽，但美丽却出自心儿。有的女人美丽在外，有的女人美丽由里发出，星儿属于后一类。

再以后听说她生了病，而且是不好的病。在病后的电话中我们只是瞎扯别的，我压根儿不敢问起她病的事。她住院后，我也没敢去看她。一个平素交往不甚密的男子陡然出现在病房里，生怕她起疑。有一次，突然看到她有两篇散文同时出现在报纸上，是写她病中出院的心情，写树，写花，草木寄情，清纯透彻。我一激动，便在《新民晚报》上写了一个短评，称两篇散文是“清晨一股越过小河、越过山岗的风”。

最后一次见到星儿，是她从莫斯科回来后。我和爱人同去曙光医院看一位医生朋友，在大门口遇着她。她说她去看住院的母亲。依然是那种生气勃勃的样子，大声说话，大声地笑。看着她说笑，不知怎么的，我的脑海中总是跳着这几个字：“心儿在歌唱，星儿在歌唱。”其实，大家都明白，彼时彼刻，于她，于我，于热爱星儿的朋友们，心儿都在歌哭……

# 石挥有墓

一个迟开了22年的追悼会，没有尸骨，却有了墓……

石挥有墓？这怎不令当年熟悉石挥的影艺界老朋友感到惊愕。石挥怎会有墓呢？ 48年前，石挥神秘失踪，消失在茫茫的大海之上，一个蜚声中国电影、话剧界的大家，最后死无葬身之地，其哀戚戚。

丁酉年那个不平常的秋天，石挥等14位上海电影制片厂的导演、演员受到不公正的待遇，被错划为右派。时隔22年后，即1979年3月2日，上海的报纸上刊出了一条消息，称“上海电影制片厂复查改正错划右派的工作，最近已经全部完成。原被错划为右派的吴永刚、吴茵、项堃、白沉、陈歌辛、石挥、凌云、杨华、沈寂、房珊、郑礼华、纪雷、曹明等14位同志，全部得到改正”。

在随后举行的改正工作宣布大会上，每人戴上了一朵大红花；而在为石挥迟开了22年的追悼会上，却没有石挥的一块尸骨……

今天，石挥确实有墓了——这是友人从天津给我带来的消息。友人从天津来，他在那里参观了中国年画之乡杨柳青，参观了杨柳青八大家之一的石家大院，拜谒了我国著名表演艺术家石挥的墓地，并给我捎来了墓地的照片。

石挥的墓地是由天津市政府部门花巨资建造的。与石挥墓地比邻的还有他的慈母石太夫人之墓。

为石挥建立墓地，是天津市政府部门的善事与义举。这墓地之下虽然没有石挥的一块尸骨，但对于尚在世的他的亲人们和崇敬他的“石挥迷”们，不啻是一种福音；而对石挥的在天之灵，也是一种落叶归根的慰藉。

这些年来，随着社会的发展和人们观念的改变，许多城乡为提升当地的文化形象计，也为开辟新的旅游景点项目计，重新恢复和修缮了历史名人的故居，这都是无可厚非的。但依我见，在为数不少的文化名人中，以上的举措其意义更在于正本清源，拨乱反正，恢复历史的本来面目，在历史与人们的心目中得到应有的尊重——尤其是那些曾经为中国的文化发展建树过功勋而受到过不公正待遇的人。石挥就是这类文化名人中的一个突出的例子。听天津的朋友说，当地政府还计划要为石挥建立“石挥纪念馆”，在馆中展示石挥在电影、话剧等方面的大量作品与杰出的成就。为石挥造墓，建石挥纪念馆，这些都是值得称道的善举。

今年是中国电影百年纪念，也是石挥诞辰90周年。石挥25岁来到上海，参加中国旅行剧团成为一位职业演员到他42岁离开人世，他的所有的成名作都是在上海完成的：《雷雨》、《日出》、《正气歌》、《家》、《秋》、《秋海棠》、《夜店》(以上均为话剧);《假凤虚凰》、《太太万岁》、《鸡毛信》、《天仙配》、《宋景诗》、《关连长》、《我这一辈子》(以上均为电影)……石挥和这些名字联系在一起,也与“上海”联系在一起。可以这样说,上海,是他的第二个故乡。我想,在中国电影百年纪念、石挥诞辰90周年之际,我们上海的电影文化界似乎也应为纪念石挥做些什么。

# 鹤发童心“拾荒人”

圈内人叫他“凌疯子”，这全因他对电影之“疯迷”

提起电影导演凌子风，我总有一种负疚感：一年前，我答应为他写本传记，可是，一直没能抽出身来和他进行一番畅心的“神侃”。

凌子风，在中国影坛可算得上是一位有色彩的人物。熟悉他的朋友们，取他大名的谐音，又昵称他为“凌疯子”。“疯子”自有不少“疯事”。由此，为他写传也系我之心愿。

和凌子风接触，最令我感兴趣的，是他超然脱俗的个性，以及他那随处闪烁着智慧火花的艺术情趣。

凌子风的北京三里河寓所，我又戏称它为“鸟屋”。这里既是主人生活、接待南北来客的居室，又是鸟儿们自由飞翔的天地。凌子风爱鸟、养鸟，我是早有所闻的。养鸟的朋友我也认识不少，然而，像他这样的养法也实少见。他的寓所是由两套公房打通而成，六七间房间，曲里拐弯，通道相连，窗户由铁丝网罩着，显得宽畅而又幽静。“鸟鸣林更幽”，满屋啁啾婉转的鸟语更添居室的野趣。细心的朋友还会发现：在门框边、墙角、窗台上，主人还钉上了各种各样的枝枝桠桠，这些造型别致的枝桠，既可权作室内装潢，又可以让鸟雀随意栖息、觅食。初去凌子风家做客的朋友，一边品茶，一边还在提心吊胆：说不准什么时候，那只欢悦飞窜的红嘴“相思”，冷不丁往你的茶杯里撒下一滴“鸟屎”……

凌子风是学画出身。他喜好工艺品，又是一位出色的工艺师和收藏家。但据我所见，他又是一位“拾荒人”。他经常将一些丢弃在路边的破烂捡回来，经他一番洗涤、雕刻、干燥、上色后，居然成了一件玲珑剔透的工艺品。那块长方形的枯树皮，中间雕出一座庙宇状的洞穴，再安置一只盘膝而坐的白瓷小和尚，将它钉在墙上，电灯拉线的底坠不偏不倚地正巧打在小和尚的脑门上，发出悦耳的“叮咚”声。“凌疯子”笑着介绍说:“这是正宗的‘做一天和尚撞一天钟’……”

要是在夜晚，你在他的卧室小坐，你立刻会被满屋星星点点的光斑所吸引，犹如置身在星光万千的太空中一样。惊奇之余，你一定会赞叹那盏奇妙的、别具一格的挂灯。你会问他：是从哪儿买来的？要多少钱？这时，他的夫人韩兰芳会替微笑不语的凌子风解开谜底。原来，这是一顶极普通的竹编“斗笠”，是凌子风出差海南带回来的。斗笠倒置着悬挂在空中，使室内产生了若明若暗、疏光斑斓的特殊效果。如果你轻轻地转动一下斗笠，那摇曳的灯光，犹如“卡拉OK”舞厅中旋转的彩灯一般……

一顶旧斗笠，一块烂树皮，一根枯枝桠，在凌子风的手中，幻化出无穷的想象、思想和色彩，使本来平淡无奇的居室，平添了色调与雅趣。记不得哪一位哲人说过：艺术家是由一群疯子所组成的。从“凌疯子”的身上，我看到了他对自己所崇尚的艺术的痴情与迷醉。

# 梦幻般的斯琴高娃

她给我留下了很深的印象

当记者的，常和人打交道。有的人，你会长久地记着她。岁月的流逝，冲不淡烙印般的印象。

我第一次和斯琴高娃见面，已经有近十年了。但她留给我梦幻般的印象，却清晰如昨。

那是在八一电影制片厂简陋的平房里，这里是她的临时的家。草原上长大的斯琴高娃用家乡最好的奶茶来款待我：粗厚的茶砖煮沸之后，加上奶粉，一股浓郁的醇香扑鼻而来。那天，她跟我谈了许多有关她童年的趣事。她告诉我说：她从小就迷恋于歌舞。多少个月光皎洁的草原之夜，在马头琴悠扬的旋律中，她跳着自编的"盅舞"。有一次，她看完电影《追鱼》，那银幕上的"人鱼"长袖飘拂，跃入水中又浮上水面，简直令她想入非非，出神入化。痴迷于"人鱼"的斯琴高娃，居然也学起了"人鱼"，"扑通"一声跳进了臭水沟里，人没有飘飘欲仙，却值得一身臭味，挨了母亲一顿痛骂……

好客的斯琴高娃坚持留我吃晚饭。我真佩服她的酒量。那晚，不约而同来了好几位电影界的朋友，她一一与朋友们干杯。晚饭后，趁着酒兴，举办了一次小型家庭舞会。她边歌边舞，即兴唱了《恋歌》、《告别歌》，热情、爽朗的歌声，仿佛把客人们带进了辽阔的草原、奔放的马群之中……

脸色红润、醉意朦胧的斯琴高娃，忘情歌舞，欣喜亢奋。朋友告诉我：她只有在进入艺术创造，或是在朋友们的聚会中，才会置身于如痴如醉的梦境之中。例如，她为了体验一个“村妇”的感觉，大白天穿一身破衣服，提着篮子，头发蓬松地上市场去，在密集的人流中穿行，旁若无人。不相识的人会以一种惊讶的目光看着她，相识的人却笑她有点疯疯傻傻。

生活中的斯琴高娃却有她的痛苦与不幸。那天，我们谈得很晚。她从自己当红卫兵，随其他七位男同志从草原步行串连去延安，谈到她如何匆匆地进入生活，有了一男一女孩子，以后又怎样感情不和而离异……

谈到伤心处，她哽咽着说不出话，和刚才朋友们聚会时的神情判若两人。她坦诚地对我说：“我的艺术生活与现实生活是一对深深的矛盾。拍戏时，我可以进入一种如梦似醉的忘我境界；而一旦回到现实中来，一种孤独、惆怅之感又立刻向我袭来。有时我真想一个人躲起来痛哭一场。只有没日没夜地拍戏，才会找到精神寄托，那时，我才会感到自己是幸福的……”

临别时，她送我两张角色造型照。一张是风姿绰约的少妇：笑靥甜柔，媚眼夺人；另一张是垂垂将暮的老妇：白发凄凄，一脸悲苦。我非常欣赏和喜爱这两张反差度极大的艺术照。我保存至今。

近十年来，我们有过多次见面的机会。最近的一次，是她远嫁瑞士以后。那一天，她来上海住在樱花度假村。她来电约我去。我带着儿子去看她。她拿着照相机一个劲地给我儿子拍照，一连拍了十多张。在她那陶醉的眼神中，深深地潜伏着一丝淡淡的悲凉。她跟我多次谈起过她的子女。由于常出外景而不能照顾他们，她感到深深的内疚。如今，她出国在外，作为母亲对子女牵肠挂肚的思念，更是常人所难以体会的。

春雨淅沥，夜有所思，遂成以上小文。愿远在海外的斯琴高娃看到此文，做个好梦。梦回故里，梦回草原……

# 听到刘晓庆的消息

那是她刚从牢狱里出来不久……

从报纸上不断听到刘晓庆的消息。最近一则消息写她“谦虚得像个小学生，随和、平易近人，没有一点想象中的大明星架子，这是剧组很多人给刘晓庆下的评语”。剧组是一个有很多文化人的地方，我想这个判断大致不会错。

自从刘晓庆恢复“自由身”以来，我不止一次地从媒体上听到对刘晓庆的如此评语。很有感慨。脑子里总是会浮现出一些想象：比如说，想象刘晓庆曾一度生了一场大病，处在深度的脑昏迷状态，长达400多天。一个高明的医生给了她一针强心剂，突然，她醒了。她睁开眼重新看清了这个世界，她看到这个世界变了，于是她也变了，变得清醒了，变得换了一个人。再比如说，想象刘晓庆曾经是一只坐在井底的蛙，朝天看，呀，天不过锅盖大呀！今天，她重新坐在了井沿边，唱着摇篮曲，无限崇敬地仰望天，呀，天好大呀！

我最后一次见到刘晓庆，是在她家里整整待了3天。像按时上班一样，一早到她家里，晚上回招待所。那时节，她正星夜制作那本轰动一时的《从一个女明星到亿万富姐儿》。她写一段，我阅一段，她母亲帮她誊一段，秘书再帮她打印一段。在这之前，她两次打电话给我，邀请我赴京去“再制造一个原子弹”，就像当年制造《我的路》一样。我将此书介绍给了上海的一家出版社。出版社征询我的意见，我说：不犯大错，档次不高，绝对赚钱。现在回想起来，好像自己做错了一件事似的。从《我的路》走到《亿万富姐儿》，路不是越走越宽，而是越走越窄；路不是越走越富，而是精神越来越贫瘠。在这之前，我和刘晓庆在华亭宾馆见面，她告诉我，她正在准备写一本书。我说，好啊，要写一本与当年《我的路》一样让读者叫好、称赞的书，还像当年一样用平视的目光和读者交心，不要老站在高处俯视下面，总觉得自己是“最，最最……”她说好！“我要写我的月亮的背面。”结果，“月亮的背面”没出来，却出来了“亿万富姐儿”。上世纪80年代中期，《我的路》3万字，稿费是300元，喜得刘晓庆在电话里跟我大喊：“我有钱了，我可以用它买一个大床，我请你吃饭！”《亿万富姐儿》的稿费是108万元，是《我的路》的3600倍。300元的《我的路》是用心写的，所以它引来了一片同情之声，喝彩之声；《亿万富姐儿》是用钱写的，它引来的却是一片批评之声，喝倒彩之声。两相比较，损失最大的还数刘晓庆。得到了钱，失去了“上帝”(观众)，失去了当年《我的路》时的一片同情与支持。赚钱，并不是坏事。国家要富强，企业要发展，家庭要小康，都离不开钱，但赚钱的心眼偏了，钱反过来就会害赚钱人。想想那个时候，作者的头脑发热，媒体的头脑发热，出版社的头脑发热，我们做编辑的，就在这一股热烘烘的热浪中，也跟着一起热。现在有没有这种热？我们不妨冷静地想一想。

几天前，一位当新闻研究所所长的朋友对我说，现在刘晓庆倒有很多东西可写。我想了一想，觉得有道理。歪写，不对；禁写，也不对。两个极端。刘晓庆现在倒是可以写一篇《重走我的路》，再发出一次“做人难，做女人难，做名女人更难，做单身的名女人，难乎其难”的感叹。难在哪里？不在旧日明星被满街追捧的困惑，也不在做单身名女人的被说三道四，而是难在逾越自身的障碍，难在敢于洗涤、剖析自己的灵魂。就像在《我的路》中开首表白的那样：“很久以来，我就想有一天写出一个真实的我，为观众，为朋友，为一切爱我的人们，也为我自己。”关键是心态平和、真实。

# 心灵的花圈

## 我很怀念和她一起喝咖啡的日子

4月6日上午，我打电话去询问卧床多时的史伊凡女士的病情，不料，接电话的却是刚从美国赶回来的陈冲。

陈冲在电话里用低沉、哽咽的语调告诉我："姥姥……已经过世了。"

我哑然，半晌说不出话来。脑海中立刻浮现出一幅清瘦、慈祥的老人的面容，回想起这些年来我们交往的一幕幕。她是我的一位尊敬的长者，又是一位亲密的忘年交。

在老人家"家徒四壁"的简朴的房间里，我和她常常是一杯咖啡、一支烟，又说又笑，一谈就是几个小时。冬日里暖和的阳光和室内融融的暖气，又平添了浓浓的谈兴。

老人家常常指着她房间的地板说："陈冲小时候，喜欢睡在我的房间里，打地铺。"因为在陈冲的眼里，爸爸、妈妈的房间就是办公室的延伸，她宁愿睡在姥姥的地板上。在这里，她可以翻捡到姥姥的各类文艺书，以及可以听到姥姥讲的许多迷人的童话……

在我看来，姥姥是陈冲的“守护神”和“发言人”。年轻时代的史伊凡曾是一位文学写作里手，写过不少小说和散文，解放后曾是华东作家协会的会员。她和诗人徐志摩，作家沈从文、丁玲，科学家吴健雄等，都是朋友。

少女时代的陈冲兴许是受姥姥的影响吧，也曾梦想过成为个作家。姥姥告诉我说，陈冲小时候，为了收集词汇，准备了两个小本子，一本给姥姥，一本留在自己身边。每当姥姥读书、看小说的时候，陈冲总是朝姥姥的手里塞上一支笔，并关照姥姥：“姥姥，把书中好词句别忘了给我记下。”姥姥也总是应允着，照着外孙女的要求去做。每当老人向我回忆起这段抄录“豪言壮语”的生活时，总觉得好笑。陈冲后来在回忆这段经历时也说：“我浪费了少年时代最美丽、最自由的想象力，写了无数篇豪华而空洞的充满英雄主义气概的作文。没多久，我就觉得没有意思了。”

在我与史伊凡女士的交往中，我也常常听老人充满自豪和幸福的口吻回忆起她的青年时代的生活。

1926年，史伊凡女士还是一位年仅十五六岁的中学生。她被大革命的洪流激荡着，从中学里逃出来参加了北伐。“一二·八”事件爆发后，她参加了上海医学院组织的第四救护队，在前线救护伤员。1938年，赴英国伦敦大学深造。在伦敦街头，她和朋友们组织义卖和大型舞会，将筹集到的资金汇到国内，支援国内同胞的抗日斗争……

史伊凡女士的爱人张昌绍教授也是一位造诣很深的医学专

家，也曾在英国留学，获得过医学博士和哲学博士的学位。夫妻俩放弃美国方面的优裕聘禄，毅然回到烽火连天的祖国。在重庆歌乐山，史伊凡女士在草棚的居舍里，一人办起了一家现代医学出版社，用自己的稿酬和资金，出版了张昌绍教授通俗的医学著作:《磺胺类药物》、《青霉素和链霉素》和《现代药理学》等。当时，在抗日战场上，死于伤口感染的士兵不少。这些书给他们带去了医疗知识。后来，这些书还通过周恩来同志转到了延安，受到了前线士兵们的欢迎。

这些年，老人虽然年迈但身体还是很健康，常常打乒乓球，上楼、下楼的脚步也很轻松，但今年2月却得了急性的黄疸堵塞和其他并发症住进了医院。我最后一次看到她的时候是在医院里。那天，我和爱人去医院看望她，老人正在输液。老人见我们去，很高兴地和我们开玩笑。她说:“你来了，我很高兴。你一来，我什么药也可以不吃了，毛病全跑了……”她还答应我，等陈冲回来，再上我家来玩，还开玩笑说要把冰箱里的东西全吃光……

没想到，老人这么快地离开人世而去。陈冲从此失去了一位至亲至爱的好姥姥，我失去了一位可以常常倾心相叙的忘年好朋友。但她那清癯的身影和朗朗的笑声，会永远留在我的记忆中。

# 又见卢燕

她的经历是一部分华人电影的缩影

好莱坞著名华裔影星卢燕女士，偕同她的丈夫黄锡琳先生，结束了在杭州举办的谢晋电影回顾展后，来到了上海。

这些年来，卢燕多次奔走于大陆、台湾、香港各地，为促进中外文化的交流竭尽绵力。几年前，她为北京人艺翻译了《洋麻将》，该剧在首都舞台演出后，颇受观众的欢迎；她还参加了谢晋导演的《最后的贵族》的演出，在该片中饰演母亲一角；年前，她还牵线搭桥，促成了陈冲第一次赴台演出四十集电视连续剧《随风而逝》。

此次来沪，我还第一次听说她三次进青藏高原拍摄长纪录片和她所拍的黄宗英报告文学剧《小木屋》在美国获奖的事。《小木屋》是一篇反映女科学家徐凤翔扎根青藏高原进行科学考察的优秀报告文学。卢燕多年来一直有一个拍摄祖国边疆旖旎风光的强烈愿望，同时她也有感于徐凤翔这位不平常的女性的顽强毅力，不顾自己年迈体弱，登青藏高原，踏皑皑积雪，行程万里，终于完成了长达一百多小时的西藏系列纪录片和报告剧《小木屋》，其中的《小木屋》与《古格王国之幻灭》还分获在纽约举办的国际电影节两枚铜牌奖。

卢燕女士对上海怀有深深的感情。虽然她去国四十多年，还能操一口纯正的标准上海话。她从小在上海长大，那天下午车行在复兴西路上，她能一一数列出周围马路的旧名称，透过车窗，她还惊异地发现自己少女时代就读过的小学。

卢燕于一九四七年赴美，在夏威夷大学攻读财务管理，兼修戏剧。因她出生于艺术世家，自幼受戏剧熏陶，母亲李桂芬是著名的京剧须生，有"反串谭鑫培"之称，乃坤伶中佼佼者，颇受京剧梅派大师梅兰芳赏识，乃延聘为西席，为其女儿梅葆玥启蒙。卢燕在这种戏剧气氛浓厚的环境中，耳濡目染，早就渴望成为一名演员。一九五六年，卢燕举家迁往加利福尼亚州，进入巴沙甸拿戏剧学院深造。毕业后，即开始在好莱坞拍片，她初上银幕就与著名影星马龙·白兰度拍档，出手不凡；六十年代开始在台湾拍片，在李翰祥执导的《倾国倾城》中出演慈禧，轰动港台，并连续三年获"金马奖"最佳主角和配角。这是卢燕艺术生涯的鼎盛时代，在美国也获得了"华裔最优秀演员"称号。

卢燕喜结文化艺术界的朋友。此次来沪，她很高兴能结识青年画家谭根雄先生，这不仅仅是因为斯琴高娃的推荐和介绍，更由于谭先生具有强烈民族风格的画吸引了她，唤起了她浓郁的乡情和民族自豪感。那些江南的烟雨，水乡的村舍，令她想起在中国生活的日子。当她和丈夫获知谭先生的一些作品被美国、日本多家博物馆收藏，并在日本、台湾等地开过画展，连连称赞。临别时，夫妇俩建议谭先生为增进中美两国人民的友谊，为前总统里根画一幅肖像画，由她转送作为里根图书馆的馆藏。

她还告诉我一个有关陈冲的好消息：不久，陈冲要结婚了，对象是一位华裔的医生。我也请卢燕带去我的良好祝愿。

# 穿海绵拖鞋的陈冲

那一年，上海五星级宾馆竟不让她进……

自从陈冲在旧金山新婚后，她的行踪再度成为报纸影视栏的新闻热点。香港报纸五月份传出消息，说："陈冲即将偕同丈夫许彼得来上海探亲。"沪上报纸一转载，关心陈冲的影迷也翘首以待。但陈冲新婚不久，即赴加拿大拍摄新片，回上海的事也一拖再拖。

日前，陈冲因赴泰国拍摄由奥列弗·斯通执导的新片，转道上海作短短的两天逗留。据丁绍光画展的经纪人刘迟君告诉我：陈冲在上海的两天中日程排得满满的，连亲友们的聚餐也不得不取消。那天，我们趁夜餐的间隙，相约在贵都大饭店见面。陈冲与随同的新加坡摄影家王国基先生风尘仆仆地从上海大厦拍摄景点返来。脸上的粉妆及口红也未及抹去——活像一个京剧演员刚从舞台上下来。但一身装束却随便、超脱得惊人：一件短袖汗衫，一条牛仔短裤，脚上着一双旧的海绵拖鞋……陈冲打电话上来说，由于她穿着拖鞋，门卫不让乘电梯上楼，只得在大堂里等候。

在的士里，我对她说："陈冲，你的'本事'也真大，居然穿着拖鞋敢招摇过市，像你这样的女明星不多见。”她笑着说：“我自由惯了，喜欢这样随心所欲。”说话的神态毫不做作，令人想起当年她初考上影厂，在众多的考官们面前一屁股坐在场中央的办公桌上一样。

谈起她的新婚夫婿，陈冲掩饰不住她的兴奋，不无几分得意地对我夸耀“他”的帅。她还告诉我：她的“那一位”是她在上海外语学校的女同学夏向阳介绍的。是这位心脏病博士的高超医技治好了夏的朋友的病，于是小夏把他介绍给了陈冲。她的这位“红娘”如今在美国从事旅游方面的职业。新婚后，陈冲居住在旧金山婆家，每周平均回一次洛杉矶自己的小屋。她开玩笑地对我说：不要写她的小屋空关着，否则，小偷会光顾她的家的。我说：“小偷也许看不到我这篇远隔重洋的小文章。”

陈冲在新婚后不久，接连接受了两个难度较高的角色。在一部名叫《夜潮》的影片中，她饰演了一个扮成各种身份的“女骗子”；在斯通的一部反映越战题材的影片中，她扮演一个有六个孩子的母亲，年龄跨度从三十岁到七十岁，最大的孩子也有四十多岁了。我问她第一次扮演这样的角色有没有把握。陈冲回答说：“有把握。”但她又补充说，影片最终是否成功还须看观众的认可程度。

从我们的交谈中，我发现陈冲在继续酷爱影视事业外，又加强了她的从商意识。她感到今天的上海改革开放之势灼人，她也打算在国内推出独资的以“小花”命名的化妆品系列。看来，在银屏亮相的同时，她也想在商界一试拳脚了。

# 谭兄“三乐”

多年不见，在咖啡室，他向我吐露心迹

谭兄，名根雄，是我年轻时就认识的好朋友。数十年来，我们一直没有中断过联系，他爱喝咖啡，我也有此嗜好。于是，每每相聚，咖啡的浓香总是陪伴我们左右。我们的相聚多半在各种各样的咖啡馆里，谈画，谈诗，谈生活中的人与事，乐而忘返，时常至深夜。这些年来，我们的家和单位经历了黄浦、长宁、虹口、静安、普陀五个区，我们喝咖啡的足迹也几乎遍于市中。

谭兄好作友，一是他的“耿”，二是他的“痴”。他的耿与痴在朋友与画家圈内是出了名的。无论是会议场合，还是切磋之中，他会不顾颜面，说出自己想说的话，因此，有人说他好斗，脾气暴；但从另一角度看问题，他不会趋炎附势，阿谀奉承。他对绘画艺术的痴，则是自小就有了的，还在他读小学的时候，他居然会常在雨天的夜上海，露宿街头，手却不离画笔与纸，临摹匆匆的行人。

谭兄又是个怪人。他从不带BP机、手机，好长一个时段，家里也没有电话，害得想找他的人无法寻觅。连我这样的老朋友居然也有近两年时间找不到他，还是在报纸上看到他在莫干山路的艺术画廊里举办了个人画展，我才找到了他，居然与我的寓所只有一河之隔，遍寻不着，他却在我的鼻子底下。他告诉我，一年多前他在威海路上租了一个偌大的工厂车间作他的工作室，就在我单位的对面，于是，我们重又在他的画室和咖啡馆一次次地“嘎三胡”。

相隔两年后，我发现谭兄有不少新变化，这也许是他已过“知天命”之年的缘故罢。他过去常褒扬我是个乐天派，心态好，有三乐：自得其乐，助人为乐，知足常乐。但他说，光有这三乐还不够，他悟得有“新三乐”：生活上要知足常乐，创作上要不知足常乐，学习上要知不足常乐。谭兄的“新三乐”使我茅塞顿开。

正是由于这“新三乐”的原动力，谭兄在这几年里比以往更起劲地学习与创作。他在大学里任教，带出了一批又一批出色的艺术人才，他自己又是不停顿地创作。他有很好的写实功底，但他不满足自己的画作只是停留在具象的创作上，这几年来他努力融合世界美术新潮流，使自己实现从具象到抽象的探索与转变。这些年中，他完成了三百多幅《紫禁城》抽象画系列，多次参加了国内外的画展，受到了普遍的好评。前不久，美国波士顿出版公司鉴于中国当代艺术在世界之林的崛起，出版了一本大型画册，力荐新中国新艺术，专门介绍了近二十年来活跃于世界画坛的50位中国当代画家，谭兄的《紫禁城》却占了两幅。谭兄不仅自己在美术创作上不懈地探索，而且还携手同好一同攀登，这些年来由他和同行策划的画展不下二十个，为中国当代艺术的发展尽自己的一份微力。

谭兄的本职工作他戏称为“教书匠”。教人家“书”，自己却首先要“肚里有‘书’”。正如他自己所言：在学习上要不知足常乐。他所撰写的众多美术批评文章不断在《艺术当代》、《城市批评》、《艺术界》、《江苏画刊》、《美术研究》等国内有影响力的专业杂志上发表，文如其人，锋芒毕现。真是江山好移，本性难改。

谭兄“新三乐”实则归一乐：自得其乐，乐在其中，其乐无穷。

# 家里飞来一只小鸟

雌性的它很孤寂；来了一只雄性，情形大变……

那一天，我家的客厅里，突然飞进来一只绿茵茵的美丽的小鸟，全家每个人都显露出空前的惊喜，全家每个人也变得空前忙碌起来。鸟儿似乎成了家庭生活的中心。

起先，我们为鸟儿买来一只竹笼子。八十岁的老外婆说：竹笼子不好，时间一长，鸟儿尖利的小嘴会把竹子啄断，逃出去的。于是第二天，我们又去鸟市买了一只更大的铁丝笼子。

刚关进铁丝笼里的小鸟，兴许不情愿被迫关在牢笼里，不蹦也不跳。儿子用最好的红富士苹果喂它，它也不吃，我们也听不见它的鸣叫，只是用两只充满狐疑的小眼睛警惕地看着我们这群陌生人。

几天过去了，它依然如故，只是偶尔啄几粒小米、吃几口水，大部分时间只是静静地站在栏杆上，显得孤寂与忧伤。

于是，我们去请教养鸟人。养鸟人告诉我们：这只浑身绿的小鸟名“叫凤”，是雌性，应该为它配一只雄性伴侣。另外，他还告诉我们：叫凤不吃苹果，爱吃青菜。在养鸟人的指点下，我们挑选了一只活蹦活跳的雄性“叫凤”与它做伴。

这一招，果然应验。几天沉默的小鸟一反常态，又是戏闹，又是欢叫，还不停地追逐亲嘴。客厅里也从此热闹起来。儿子、女儿也兴奋得围着它俩转，又是喂食，又是逗乐。最热情、细心的还是老外婆。每天清早，她的第一件事就是从菜场里买来鲜嫩的青菜叶子，准时喂它们。时间一久，两只小鸟也似乎懂事似的，每当老外婆走近鸟笼，两只鸟儿叫得特别欢畅，上下蹦跳，啁啾不停。而每每这个时候，老外婆也总是得意地自言自语道："不要急，不要急，会给你们吃的！"

我们管两只小鸟叫是老外婆领养的两个"小外孙"，老太太听着只是笑眯眯的不表示反对。

突然有一天早晨，那只雄性"叫凤"，发出一声声短暂而又凄厉的叫声。我们跑过去一看，发现那只雌性"叫凤"直挺挺地躺着，死了。老外婆绷着脸，责怪我们一定是乱塞东西给它吃，或者是放在阳台上让它受凉了。老太太一声声斥责着、埋怨着，我们谁也不敢吭声，只是默默地为小鸟"送葬"。

还是儿子精明，他贴住我的耳朵说："爸爸，快去买一只！"我点点头，二话没说，骑上自行车朝鸟市飞奔而去……不一会儿，我拎着新买的鸟儿，奔进客厅。老太太听见又重新欢叫的鸟语，脸上又出现了笑容。为了吸取教训，她还为鸟笼赶制了一只绒布外套，说是防鸟受凉的"鸟被"。现在，每当天黑，我们将"鸟被"盖下；天亮，我们打开"鸟被"，这已经成了全家每一个人自觉遵守的规范。

家里飞来一只小鸟，打破了我们本来平静的生活；啁啾婉转的鸟鸣，使我们客厅里的阳光更加温煦、明丽……

# 东山关帝庙

这是一块海峡两地同胞的朝圣之地

去福建东山，不能不去关帝庙观光。关帝庙，不仅是东山的一大名胜古迹，而且是海峡两岸炎黄子孙的朝拜圣地。在这里，海内外的观光客终年不断；从早到晚，香雾萦绕，鞭炮震耳。关帝成了人们借关帝之威势镇海妖、保太平的寄托。

据《台湾寺庙大观》记载：目前台湾有几百间关帝庙，这些大小关帝庙均是从东山的铜陵关帝庙分灵出去的。据有关人士考证：早在明、清时期，通过东山与台湾近邻的特殊位置进祀台湾，衍播至今，遍布全岛各地。这一史实，成为海峡两岸历史、文化渊源的又一见证。多年来，台胞纷纷组织观光团、谒祖团来东山朝拜“威灵之神”关帝。台湾高雄市的文衡殿台胞还专门组成谒组团给铜陵关帝庙送来“追源谒祖”的横匾，以尽炎黄子孙对祖宗的一片虔诚赤心。

我观东山关帝庙建筑蔚为壮观：雕龙画栋，重檐复宇；巨形陛石，蟠龙云拥；剪瓷塑像，精致逼真；石雕木刻，巧夺天工。而宫殿式的庙门仅用六根石柱斗拱构成，历数百年台风、海啸、地震，岿然不动。

大殿居中，巨塑关帝神像巍峨屹立，两边大大小小的关帝塑像摆满供桌。庙内管理人员告诉我：这大大小小众多的关帝塑像多数为台胞船民供奉于此，以分关帝灵光保佑平安。据传，明朝万历年间，水师提督施德政镇守铜山水寨，寇犯荡平，海宇澄清，东山与台湾航道畅通无阻，商贾来往频繁。据说有一艘泉州商船，船主陈氏听说关帝神威灵应，特地谒庙进香，请求分灵到船中奉祀。从此，此船生意兴隆。陈氏为感谢关帝庙庇佑，特将船上关帝送到台湾凤山（今高雄市），鸠工兴建文衡殿，成为台湾南部最早的关帝庙之一。

我去东山，适逢厦门影视广告公司组织一批电影摄影、美工行家顾长卫（《红高粱》、《秋菊打官司》摄影师）、黄群学（《围城》摄影之一）、郑长符（《画魂》美工师）等在此拍摄厦华电子形象怀旧广告片。摄制组尊重当地风俗，将关帝庙粉扫一新，开工前必进香、爆竹，果然这几天风和日丽，皆大欢喜。

每逢农历五月二十一、六月二十四，则是关帝节。此时的关帝庙成了东山人的节日。来自汕头、泉州等地的乡间演出队搭戏台、演古戏。数百里外的乡民，上至八十多岁高龄的老太都会涂脂抹粉，穿戴一新赶来看庙会。而当地人则抢着为外地客免费送饭、送水，提供食宿，以示为关帝做好事。而所有的演出费用均为当地的渔民“大款”——船老大承包了。

# 为杨丽萍而忧

她的舞蹈是活的雕塑，我们了解她的艺术就够了……

杨丽萍的舞蹈，是活动的雕塑，是游弋的剪纸，是闷热的仲夏之夜的一袭凉风，是干燥龟裂的河床上突降的一排雨丝……那撩人的《月光》，那甜柔的《两棵树》，给人以美感，给人以高品位的艺术享受。

说杨丽萍的舞蹈是“高品位”的艺术品，是说她的舞蹈有别于“夜总会”、“卡拉OK”场合中的通俗舞蹈；杨丽萍本人也有别于一般意义上的舞星、歌星和影星。她是艺术家，是有望向更高层次飞跃的艺术家。

正是依仗于这种“高品位”的艺术品，杨丽萍才能饮誉海内外。因此，我想：杨丽萍作为艺术家，以她的出类拔萃的艺术品与观众见面，与观众交流，足矣！

然而，我们的忧虑也是由此而生。随着传播媒介的大量介入，不免使人产生媚俗之感：大小杂志争相以她作为“封面女郎”出现；各类报刊不断刊登内容大同小异而无创见的专访；电视台各档节目频频亮相，而且不约而同地对她“选择什么样的男友”、“是否打算经商”之类表示出极大的兴趣，非要刨根究底问个“水落石出”不可……

自然，杨丽萍面对这些进攻性的追问，均一一巧妙地回避作答。

目睹探秘性的采访，我们真担心有朝一日，在报刊上看到“杨丽萍恋爱史”、“杨丽萍与她的夫君”一类文章来。

文能成事，亦能败事。正确地宣传艺术新人，中肯褒贬新人的艺术得失，能引导“新秀”一步步地走向成熟；而一味地追求猎奇，以媚俗迎合低级的欣赏和阅读口味，不仅会降低传媒的格调，也会“捧坏”一个刚冒尖的新秀，使他们从此飘飘然，从“新秀”滑入“速锈”。

今天的杨丽萍需要什么？我想，她需要的是有说服力的对她的舞蹈艺术的探讨与研究；需要的是进一步提高内在的与外在的艺术涵养与表现力；需要的是创造更多更好的艺术精品。而不是传媒的狂轰滥炸，不是以她的绯闻轶事来提高她的知名度。

我们也希望杨丽萍在潮涌般的宣传面前，保持清醒的头脑。永久地让诗与画一般优美的氛围裹挟全身；永久地让自己成为梦幻般的舞蹈的精灵；永久地燃烧在美妙的大自然的律动中。

也诚愿我的《为杨丽萍而忧》成为多余的话。

# 画 师

他是五七年的右派，他留在我童年的记忆里

北仑港，我梦魂萦绕的地方。五十年代初，我的整个童年时代就是在那里度过的。记得那时候的北仑不叫北仑，叫下洋。某日，一个梳着小分头的、年轻且富有才华的画师来到这里。我也不知道他以前是干什么的。依稀听大人们传言：这位画师好像是犯了什么错误，至于什么错误谁也说不清楚。到下洋这个小地方来自然是类似远古的"发配"。

画师就住在旧庙的小阁楼上，兴许过去是和尚或尼姑住的。分配给画师的工作就是整天让他画画。画的内容五花八门，处于"思想改造"地位的画师，此时他的头脑只是一支任人使唤的笔。

此外，画师根据上头的指示还将村里发生的新闻及时用漫画的形式画在墙上，诸如富农与地主小老婆私通啦，哪一家的小高炉升火啦，某某人偷了什么东西啦等等。一时间，五彩缤纷的庙墙成了下洋人心目中至尊的中心。他们每天清早出工、暮归回来必在庙墙前驻步，指指点点，评头品足，看到高兴处，大笑着，你推我搡着，一哄而散。久而久之，这位整天只顾画画、从不主动与人搭讪的画师，也自然成了下洋人心目中的中心。人们渐渐地从开初的戒备心理状态中走出来，开始走近画师。从谨慎、试探性的搭讪到随便的、毫无拘束的交谈，最后干脆和他坐到了一起。从村里的新闻到天下的新闻，画师懂得真多，对世代足不出户的下洋人来说，犹如黑屋里开了一扇亮窗。慢慢地，有人竟开始叫他老师，不知是谁打听到画师姓龚，乡民们不识此字，只念半个字，叫他“龙”老师。

画师一个人生活，日子过得非常节俭，大人们总说龙老师“罪过（可怜）”，几块臭乳腐，几根咸酱瓜，捧进捧出，可吃好几天。有时他也向村民买些蔬菜，但村民们总不肯收他的钱，相反，村民们经常将自家种的新鲜青菜、萝卜送给他，令画师很过意不去，连连作揖三谢。村民家里遇到红、白喜事，也常劳驾画师写个条幅、对联什么的，画师也总是有求必应，从不推辞。

后来我随父母来到了上海，从此断了画师的音讯。

年前，我有幸受宁波电视台邀请，去了北仑港一趟。一别四十余年，今非昔比，感慨万千。顺便，我向本家长者打听“龙老师”的去向。不料，老人笑着说：“死啦！”受人尊敬的画师死了，有什么好笑的？我大惑不得其解。老人笑着告诉我画师临死前的一幕：画师曾嘱咐不要给他开追悼会，如果一定要开，将他的一幅画挂在当中，但在他死前不能打开。

画师死后，好心的人还是为他开了追悼会。遵画师之嘱，追悼会上将他的得意之作挂了出来，不挂则可，一挂气氛为之哗然。这是一幅画师的自画漫画像：整齐如刀切的小分头，一双斗鸡眼。开始有人窃窃私议，稍渐有人笑出了声，随即会场内一片笑声。追悼会就在村民的一片笑声中散去。

画师至死还给村野乡民们带来了欢乐。

画师的惊人之举，令笑声中体味到人生的况味。我一直揣摩不出画师的用意，难道此幅画的画眼在一个“斗”字上？斗、斗、斗的年代一去不复返了。北仑港的今天就是这个年代永远结束的一个最好的佐证。

# 七十年前的宁波

《宁波大观》是一本珍贵的书

大约在七八年前，我曾为《宁波晚报》写过一篇千字文:《喜得〈宁波大观〉》。那是我从发霉的书库里翻得的一本七十年前的旧书，欣喜之余，粗略阅读，遂成小文。不想一篇千字文却引得了多方的关注，有宁波博物馆来索要此书的复印本，作为展品；再有书中提及的爱国商人的子女也来信表示要收藏此书复印件以志纪念；上海宁波同乡会细心的司徒慧云女士视为珍贵的历史资料保存了此书的复印件至今……

今此，宠得宁波同乡会会刊《海上宁波人》约稿，遂使我又想起七十年前的《宁波大观》一书，当年意犹未尽，今次逐章细读，感受良多，我的思绪随书飘至七十年前，领略乡味浓重的“宁波大观”。

《宁波大观》一书出版于一九三九年（民国二十八年），李能为主编；由上海宁波藉商界领袖虞洽卿题写书名。在扉页上，十二位宁波名流题写祝词，有袁礼敦、秦润卿、俞佐廷、乐振葆、乐汝成、金宗城、竺梅先、黄振世、冯度等；题写内容分别是:“乡邦总汇”、“新旧宁波”、“甬之鸟瞰”、“甬声”、“宁波百态”、“包罗万象”、“孤岛活桑梓”、“古莹采风”、“前进中的宁波”等。包括虞氏的“宁波大观”四字在内，十三位名流的毛笔字个个独具风采，足见宁波帮商人多是儒商是也。（以上名流在《宁波人在上海》丛书中多有介绍。）

此书编者着眼于“大观”，着力于资料详尽，图文并茂。此不失为《宁波大观》一大特色。有地图:《鄞县全图》；有照片:《宁波风景线》（一）（二）、《空前浩劫之写真》、《时代健儿的雄姿》；有《宁波名胜纪略》（附导游录）；有《甬上书画名家》；有《轶闻》；有《宁属重要机关长官名录》；有《鄞县八十八乡镇公所管辖地点及现任乡镇长副姓名一览》；有《鄞县邮政局所属局所一览表》；有《宁波旧市区新旧路名对照表（附路名考）》。而书中更多的是由各路记者、作者所撰写的内容详实的各界现状、动态的报道。只要打开书目看一看它琳琅满目的文章标题，就能勾起读者阅读此书的强烈欲望:《宁波光复记》、《抗战以来宁波政治之动态》、《宁波工商业调查》、《鄞县物产及农村状况》、《鄞县乡村电话概况》、《鄞县乡村路政概况》、《战后的甬上交通》、《宁波乡村教育现状》、《鄞县水利概况》、《整治声中之东钱湖》、《前进中的宁波游艺界》、《宁波妇女之新动态》、《战时宁波沿海巡礼》、《宁波八次被炸记》、《甬江封锁线内外》、《闲话宁波新江桥》、《四明谈屑》等。

书中以第一篇幅的重要位置，用四个整页二十五张照片向人们展示了当年宁波的各方实景，给人以强烈的视觉印象，令人反复观赏，回味无穷。如交通辐辏的育王道，向人们展示了当年育王道上的轻便铁道、汽车路、人力车道等；再如擘划整治中的东钱湖、小白岭上的五佛镇蟒塔、号称天下禅宗五山之育王寺、鄞东大嵩江上的金鸡桥、于民国十六年改建的中山公园、江北岸外滩、天封塔、月湖、新江桥等；以及宁波曾八次遭日寇狂轰滥炸等。《空前浩劫之写真》则向人们展示宁波市区各处被日机轰炸之惨状，如大戴家弄之大火、灵桥路被毁一角、新河路小戴家弄被焚时消防队员施救情形、焚烧中的新宝华绸庄及四明银行灵桥办事处等。再有宁波人民奋起反抗日寇的备战情况：操练中的宁波官兵、全副武装的宁波妇女、国际灾童教养院员生抵甬等。

《宁波大观》占百分之八十的篇幅是纪实性的文字，这些史料详尽、采访深入的文字通俗易懂，可读性强，有的文章令人读时有身历其境之感。此为该书的又一大特色。如署名为“彤摩”的作者为孙中山先生来甬讲演时的记录者。孙中山先生讲演了宁波建设的方略是如何根据民生主义与宁波的实际情况相合拍建设宁波。因孙先生讲演时多参与广东话，有多处记录者不能领会其意，于是讲演完毕孙先生即取走记录稿，当天改毕后于翌日刊登于《四明日报》上。孙先生见记录者背驼，于是对他说：“你不用缩写术记录得这样明捷实属不易，但你背脊微隆，有近乎萎靡，此后应该振作起来，成为一个有用的国民！”再有笔者于光绪二十九年间与陈布雷一起应童子试，那年他十九，陈布雷年十七，试题为《孔子与梭格拉底合论》，一位岁数略大的考童说：“岂有此理！怎么把孔子来比外国人？”不料布雷对其言：“只怕孔子还不及梭格拉底啊！”笔者惊异于布雷的思想先进、敏捷，极愿与之交友，后来至民国九年，《四明日报》聘布雷主笔政，笔者任编辑，作为同事，笔者进而感受布雷的笔锋豪气，对海上红绿文人不屑一顾。其他“轶闻”中的“宁波见闻录”、“众志拆城”、“八指头陀轶事”、“青帮始祖”、“神船中之彩绘”等，都是很好看的篇什。如讲到青帮始祖最早系三点会流派，一度流行于长江上游，以及平、津、上海等地。在宁波，则以“红眼”为开山之祖，“红眼”姓名未详，以其眼常红得此诨名。他与上海马德芳为同参兄弟，本居沪，因犯命案逃至宁波。此人有臂力，善游泳，平时爱打抱不平，打架家常便饭，称日必数起。民国四年，沈瓞民任鄞县知事，见《四明日报》上刊有《红眼确系青帮匪徒》一文，沈即将红眼捕至县署，将以讯办。其妻焦急万状，向各方商铺央求向县署具保，因红眼虽以粗鲁成性，但素来热诚待人，并无敲诈行为，各商铺均乐为具保，果获释放。自此后红眼闭门敛迹，唯以小本营业为生。继红眼而起者都不及红眼之具豪侠之气，劫夺敲诈，无所不为也，青帮从此得啻恶名。

构成《宁波大观》另一大特色的是：在该书中以较多的篇幅详细地记录了宁波八次被炸的经历，以及宁波勇士、普通市民同仇敌忾的反抗热情。从四月二十八日上午九时四十五分起的第一次轰炸到五月十四日上午八时四十分的第八次轰炸，短短的半个多月时间内，宁波遭受了八次日机的狂轰滥炸，死伤七百余人，损失三千余万。除去这集中轰炸的八次之外，早在一年半前，江北岸火车站附近已经被炸过一次。宁波，素来是商业和住宅区，并无军事据点，是一个没有设防的城市，“走遍天下，不及宁波江厦”，吾善良的宁波同乡起先只以为日寇的炸弹只会投在温州与海门等地，绝不会光顾宁波，有时虽有日机飞临宁波上空也只是散发些《汪精卫主和言论》等传单，对日机出现连续性的轰炸并无思想上的准备。“幸存的心理，决难以幸存，所以我们宁波终难逃空前的浩劫，接连来被轰炸八次之多，把一座繁华的城市，变成了疮痍满目，死气沉沉了，死的人已经查明者，共计一百七十七人，其他葬身火窟，沉入海底，尚未能记入，重伤及轻伤者五百五十五人，毁损房屋一千五百余间，甬上伟大建筑灵桥亦被毁一洞，第一流企业冷藏公司五层楼焚毁，汽管爆裂财产损失数字在三千万元以上，这一笔账，划上了每一个宁波人的心坎中，是永远不能泯灭的。”在这里，笔者不能一例例详述，只能略记几笔日寇之暴行，以记下日本侵略者欠下我宁波同胞的血债。第一次轰炸，首先中弹的是半边街恒顺咸货行门前，那里是宁波的鱼市场，鱼业荟萃之地，被轰炸时正值营业之时，鱼贩、秤手、摊位、船夫们都聚集在一起，一下子许多人倒在血泊之中；接连的轰炸好多艘帆船起火，血染甬江，惨不忍睹；被炸房屋起火，此时东南风甚猛，风助火势，大火连续蔓延了十个多小时，江东后塘路、半边街、宫前街、灵桥门一带、望江街冷藏公司五层楼、灵桥第一菜市场、演武街……一片焦土，此次最为惨烈，死一百三十五人，伤三百七十四人，毁屋六百三十八间，渔船八艘。敌机的目标很明确：集中在灵桥繁华地段一带，旨在毁我宁波交通及商业区域。第二天正好是五一国际劳动节，时间在上午九时四十五分，六架飞机（比第一天少了一架）又对灵桥两岸投下重磅炸弹及二十颗燃烧弹。五月二日有五架日机前来轰炸，接连三天不断；五月六日“立夏”第四次轰炸；第五次五月九日是日本向北洋政府提出辱国之二十一条之日，被炸的有中心医院、北门第二监狱、英国圣公会，镇海小港有一位五十九岁李母，已在乡下避居两月，前一天晚上来看被炸房屋，准备第二天就回乡里，不幸九日因航船脱误，乃返家中，逢宅中弹，惨死家中，同死者有家佣王三槐、寿云发、阿胡三人……翻开这些日子的宁波报纸，所用的字眼多是“炸弹像用箩倒”、“日机狂炸镇海”等。

一边是日机的狂轰滥炸，一边是军民奋力营救抗击，书中也如实地记载了军民同仇敌忾抗日的民情。据记载：每次日机来炸之时，“本埠地方长官郭司令，陈师长，徐专员，陈县长，俞局长等，均亲莅灾区视察，慰问被灾难同胞，抚辑民众，督饬所属员警，努力施救，一种不避艰险，关怀灾黎的至意，感动了每一个人民，而宁波救护工作人员和消防队员的功绩，却不可烟没……他们不等日机出境，警报还没有解除，都已预备应用物品，迅速赶到了每一个被灾区域或火场，各尽其本职，以敏捷手段救护伤员，努力救火，丝毫没有惧怯精神，其间也有不少女的队员，不让须眉男子，在灾区服务，他们和她们这一种勇敢精神，是足可钦佩和赞颂的。”在镇海口外，有一架日机被击落，狂喜的宁波人个个恨得咬牙切齿：“扯飞机的肉吃吧！”惊慌中的日机飞行员也跳伞自杀了。爱国的商人们还把自己公司的船沉入镇海口，招宝山下船舶入口处也都布满了许多障碍物——梅花椿……爱国抗日细节遍处可寻，所陈事迹历历在目，可歌可颂。

《宁波大观》一书出版于七十年前，在全民抗日的第三个年头，宁波藉的商人们能聚心合力出版这样一本较能反映当年宁波概貌及指向明确、是非分明的书籍，不啻是一种爱乡、爱国之义举。读着书中的众多篇章，使我想起日军占领上海以后，日本侵略者曾多次设法拉拢虞洽卿，劝诱他出任伪职，为虞所拒；日伪也曾要挟秦润卿（秦为《宁波大观》一书题写“甬之鸟瞰”——笔者注）多次担任伪职和筹建维持会和伪商会，秦却蓄须明志，托辞有病，深居简出，拒不接受。类此情形在其他宁波藉商人中多有反映，体现了宁波商人在民族大义上的峥峥风骨的民族气节。

《宁波大观》虽是一本旧书，但今天读来依然可以悟出不少新意，书虽过时，其意深远，不失为一本好书。怀旧怀乡怀先人，吾天下“宁波帮”为中华、为世界所作的贡献，伟哉，壮哉！

# 感伤维多利亚

维多利亚港，是迷人的，也是感伤的

维多利亚港，在我看来，是香港最为美妙的风景区。无论你是站在太平山上向下鸟瞰，还是站在中环的码头边，抑或是在长长的尖东海堤上漫步，香岛及九龙半岛尽收在你的视线之下。

如果你是站在太古城外的海滨公园里朝九龙方向看，几乎每隔一分钟就会有一架飞机呼啸着从你的头顶上飞掠过去。假如你的运气好，正巧碰上从海南岛来的豪华游轮进入维多利亚港，漂亮的大型旅游船在海面上行驶，船体的桅杆上方正好飞过一架飞机。如果你的摄影技术不错，你一定能摄到一张飞机挂在船桅上的照片，在九龙狭小的街口拍摄到一张飞机挂在船桅上的照片，就像在九龙狭小的街口拍到一张飞机停在屋顶上的照片一样。如果你是站在尖东的长堤上看维多利亚港，那么，矗立在铜锣湾、湾仔、中环、鲗鱼涌的众多高楼大厦，在太平山的背景下，就好比是一支支向上疯长的长竹和春笋——这是用钢筋、水泥垒积起来的长竹与春笋。最好你选一个风清月高的星夜，坐在丽晶大酒店的底楼咖啡厅里（香港人称这里是水晶宫），透过玻璃幕墙看出去，脚下是维多利亚港波光粼粼的水面；水面上是一艘艘灯火辉煌的巨轮；对面，整个香岛上上下下都是灯光，灯的山，灯的海，海上海底，波光倒影，真让你置身于一个梦幻般的水晶宫一样。

假如你不是一个诗人，你一定会有一种欲写诗之冲动；如果你是一个诗人，你一定会用诗来赞美眼前的旖旎风景。你也许会作这样的譬喻：香岛，是镶在祖国南边的一粒翡翠色的纽扣；维多利亚港，是母亲宽大的裙摆下的一条彩色花边……六月的维多利亚港，气温在三十摄氏度以上，酷热类似上海的高温天气。但是，从维多利亚港吹来的海洋季风，夹杂着海洋气候重重的潮气，拍打着岸边巨大的芭蕉树叶，也带走了滞留在你身上的几分暑意。

维多利亚港，是美丽之港，维多利亚港，也是感伤之港。

在烈日下的尖东海滨长堤上，我看到“洋乞丐”。这是一位戴一顶破旧的毡帽的西方长发青年，瘦削，憔悴，怀抱吉他低着头在不停地弹唱。声音很轻，轻得几乎只有他本人才能听得到，弹什么曲子我听不懂，低沉、忧伤。在他的脚边放着一只黑色的圆盘，这是希望人们丢钱的地方。我在不远处的一棵椰树下，约莫观察了十余分钟，三三两两的白种人、黑种人、黄种人从他的身边走过，谁也没有去看他一眼，谁也没往他的圆盘里丢钱，人们似乎压根儿不注意他的存在；长发青年也是低着头自顾自弹唱，似乎也不注意身边人们的存在。这个世界好像到处都是墙，人与人隔墙不相望……

在尖东的豪华酒楼里，我看到了“卖身者”在游弋，在一番讨价还价后，一个大个子黑汉子搂起花枝细腰的女子走了；在九龙窄窄的街道边，我和朋友被一位中年女子拦住："先生，看看三姊妹表演啦，很好看的啦！"

在海滨大道的立交桥边，在午后炽热的阳光下，我看到两位席地而坐的盲老人。女者，拉着二胡；男者，手上端一只小塑料盘。那凄凉的二胡曲调令人心酸。我爱人走上去，朝老人的塑料盘中丢进去几枚硬币。我爱人是广东人，用当地语安慰了老人几句，大意是大热天，劝他俩坐到遮阴的地方去。老人也没有什么反应，只是略为一点头，算是谢了……

黄昏，我和香港《大公报》的副刊部主任马文通先生站在维多利亚港边看风景。如果把晨曦初露时的维多利亚港比作是晨妆刚毕的少女的话，那么，晚霞下的维多利亚港是一位雍容华贵的妇人，更具成熟的风韵。马先生从上衣口袋里摸出一包烟，递给我一支。此时来烟，正合吾意，大妙之极(我从进港一天起，将烟丢了，立志戒烟)。于是，烟雾萦绕，浓香一再。我忽然想起了鲁迅先生的话：我没有在烟雾袅袅中，看到极乐世界……

# 甜姐儿

她是我尊敬的艺术家、作家

黄宗英是我敬重的一位老艺术家、作家。八十五高龄的她，住在华东医院的病房里，看书写作会朋友，心静如镜。八十年代我在《文汇月刊》工作时，曾编辑过她的著名报告文学《小木屋》，此作荣获全国第一届优秀文学作品奖。近年来，我时有去看她，为她笔耕不已的写作精神和淡泊怡然的心态所感动。

去年，我编辑了一套五卷本《永安文丛》，因封面上有她年青时代的照片，我特地请朋友彩色放大，加上镜框送给她。这张珍贵的照片她自己也没有保存，连写《黄宗英画传》的姜金城先生也说没有见过。这张照片勾起了老人的回忆，也长了我的见识。

照片上的黄宗英一身茄克皮装、长靴，手握马鞭，英姿勃发，炯炯有神，看上去二十岁也不到的青春模样。"这是我当年演话剧《甜姐儿》的戏装照，是我的第一部舞台剧，也是我的成名作，那时才十八岁光景。"她追忆起当年在卡尔登（后改名为长江剧场，现已拆除）剧场演出《甜姐儿》的情景，脸上荡漾着甜美的微笑。《甜姐儿》上演了很长一段时间，观众热情空前。住在剧场弄堂对面的一位小姑娘受她奶奶之托提着搪瓷多屉饭盒，里面装着腌笃鲜汤、新米饭、百叶包肉和青菜，送到剧场给黄宗英并要她签名。小姑娘说：奶奶和爸爸要请她今后到家里去吃饭，隔一条马路，不卸妆也可以去的。那天以后，小姑娘天天在演出间隙拉她到家里去吃饭。"老奶奶总是把粉蒸肉、火腿干丝塞到我碗里，还常念叨：怪不得介瘦，年轻轻的不能正常吃饭奈能行呢？"黄宗英说。

上海人爱赶时髦。黄宗英回忆道：当年她身上的一套马装引起了许多年轻女子的爱慕，有的人连看几场还带着量衣的皮尺到后台来量尺寸。她的时尚俊美的舞台形象，也吸引了众多年青的上海男子，每天晚上演出结束，总有青年男子来剧场后门等她，有的要一睹她的芳容，有的要约她去吃夜宵，还有的阔家"小开"开着车来接她出去……黄宗英每回忆起十八岁少女时代的这一幕，总是羞涩而甜美地笑了起来："那时候真要把我吓煞塌了。"

黄宗英是我国电影界的一代才女，早年就读于著名的圣约翰大学，十八岁起走红话剧电影界，二十出头便在《文汇报》上发表连载文章《寒窗走笔》，六十多年来，她奔走于海内外，直至今天从未停止过她手中的笔。在我的印象中，黄宗英是这样的一个人：观众喜爱的电影明星，优秀的表演艺术家，才华横溢的作家，一位永远的"甜姐儿"。

# 生命的蓝玫瑰

蓝玫瑰，是灾难之中的生命之花

白杨头戴小白花，臂挽黑纱，泪光盈盈地坐在窗前。什么样的语言和安慰也缓解不了她失去老爱人的悲恸。

华山路上那幢浅灰色的小楼依旧，爬满屋沿的鲜艳的月季依旧，蒋君超那间卧室兼书房的小屋依旧。往常，我一上楼，第一眼看到的是坐在轮椅上笑容可掬的老蒋。如今，我再也听不到他那粗犷有力的嗓音和时而发出的朗朗的笑声。

蒋君超的大女儿小咪托人转告我她父亲去世的消息后，我一直不敢打电话去安慰白杨。我怕再一次去触动她那颗已经受伤的心，况且她自己也在病中，刚出院不久。

大约在十年前，蒋君超一次游泳后受寒，从此疾病夺去了他曾经闯南走北的双腿。一个渴望奔走在摄影场上和外景地的导演，如今双腿瘫痪，这是多么的痛苦与不幸！他四方求医，名医高师一年年登门就诊，他自己也不顾拖着病腿，上北京、下苏南……凡听到能治腿病的高手，他一个机会也不放过，甚至那些名震天下的

“气功师”，他都想方设法请到。我每到他家去，他总是信心十足地大声向我宣告：医生和他打过赌，某月某时他要站起来了！但是，一次次的希望变成了失望。我想：大概就是这虚无飘渺的希望，在支撑着他那年逾八旬高龄的病体，在诱惑着那颗永不泯灭的天真的童心。

蒋君超热爱艺术，热爱生命，就像他一生中最喜爱蓝色的玫瑰一样。即使在最令夫妇俩痛苦的动乱年代，他都没有失去过对生活的信念。他曾告诉过我一件令人感动的事：“文革”中，白杨被隔离了起来，满院心爱的花草也被践踏殆尽，蒋君超悲愤之极，病倒了。一天，他的儿子大声叫着“爸爸”，飞奔上楼。受尽惊吓的蒋君超以为又出了什么事，从病床上惊醒坐起，只见孩子手里捧着一株蓝玫瑰，放在爸爸的面前。蒋君超真是“泪眼问花花不语，对花无语两含情”——这是小院中唯一的一朵花，它是从荒地残垣中生长起来的啊！望着孩子手中的蓝玫瑰，他想起了影片《天方夜谭》中的一句台词：“只要闻一闻这蓝玫瑰的香味，你将会忘却一切，忘却一切……”他坚信：黑夜不会长久，妖魔只能猖獗一时。

心灵的创伤可以暂时忘却，但不能永远。“文革”中老夫妇俩工资被扣，生活十分困难。为了激励儿子晓松读书，老蒋怂恿他背一首唐诗，奖励一碗阳春面，结果，儿子一连背了好几首，几碗阳春面吃得他肚子好胀。

蒋君超一生追求真理，追求光明。上世纪四十年代，他在香港主持一家“胜利大戏院”，经常放映苏联电影，国民党特务还邮寄子弹给他，但他并不怕威胁。一九四九年，大陆上空升起了第一面五星红旗，他响应周恩来总理的召唤，毅然放弃香港优厚的条件返回大陆，香港报纸嘲讽他，用大字标题登出“天下第一号大笨蛋蒋君超”。

这些年来，蒋君超虽然病魔缠身，但他热爱电影事业之心不泯。他还坐在轮椅上构思了一个剧本。他和白杨商量让我来执笔，我说我缺少这方面的实践，遂推荐了我的老师、《上海的早晨》的编剧赵孝思和我合作，夫妇俩欣然同意。蒋君超坐在轮椅上和我们谈剧本，他担心自己表述不清，还特地将自己的构思录了音，放给我们听。此情此景，感人至深，铭记不忘……

今天，人间花鲜，春意正浓，而蒋君超却远去了……但是，华山路那幢浅灰色的小楼里，蓝玫瑰依然争妍怒放！它那火焰般的热情，是主人不屈的精神的象征，它向人间吐露着永远的芳馨……

# 白杨的夙愿未了

在生命的最后日子里，她还不忘银幕

我最后一次去看白杨，她的神色和精神都还不错，只是腿脚不便，坐在轮椅中。她说她请了很好的中医，对看好病充满了信心；她说话的神态和自信令我想起前些年的蒋君超：不仅病情相同，而且都对生活和前景保持着一种乐观的态度。

不久，听她家的阿姨说，白杨进了医院；又不久，有消息说她昏迷了。

白杨走得那样匆匆，匆匆如同当年蒋君超先生。令人徒生无限感慨。

我和白杨、君超夫妇前辈算是“忘年交”。前些年，我和电影界打交道较多，也常去她家里，白杨为人谦和、诚恳，我们平素互以“先生”相称。君超先生去世不日，“杨先生”打电话给我说：“你是我们中年朋友中较熟悉、较了解的，能否为君超写一篇文章？”我当然应允。当天，她便让女儿将君超的材料送来我家。

那些年，白杨和君超和我说起许多事，大多是他们与电影界有关的人与事。

但留给我印象最深的还是他们一家在“文革”中的遭遇。

“文革”中，他们的工资停发，生活维艰，孩子们都是长身体的年龄。老蒋说他哄儿子吃“阳春面”，就怂恿儿子与他的同学比赛，看谁吃得多、吃得快；炖蛋汤，一只鸡蛋放了很多水，打了又打，还骗孩子们说是他“发明”的一种新菜谱，叫“浑蛋”。夫妇俩一边说，一边大笑不已，倒令我从两位老人的笑声中，听出泪水来……

那时候，白杨白天在厂里挨斗；晚上又要遭受红卫兵抄家，吓得她不敢回家，她戴上大口罩，坐在公共汽车的角落里，从起点到终点，从这一辆车转到另一辆车，一直到深更半夜、夜阑人静，才敢回去……

可敬的“杨先生”走了，然而，她的夙愿未了——晚年，她除了梦寐以求想把宋庆龄的形象搬上银幕外，她还想在银幕上塑造一位人民教师的形象。

君超先生去世的前一年，“杨先生”打电话约我去，跟我说，她想在银幕上塑造一个人民教师的形象。人民教师是一个崇高的职业，而现在的教师待遇低，而且人们又对这一职业有偏见，所以不少年轻人不愿考师范学校。她说，她和君超对剧本的故事也有了一个轮廓。她想在剧本中塑造一对孪生姊妹，两人的相貌酷似，但两人的性格迥异；一个热爱教师事业，而另一个则见异思迁……从而展开性格与意志的冲突。

她还郑重地对我说，她和君超商量过，让我来执笔完成这个剧本。

我如实对她说，我对剧本创作缺少经验，过去虽然也发表过几个电影剧本，但都没有成功，但我可以介绍一位擅长写剧本的朋友。当时，《上海的早晨》刚播放过，我就向她推荐了该剧的编剧、上大影视学院的副院长赵孝思同志。她欣然同意了。

凡熟悉白杨的人，都说她是一个办事很顶真的人。那些天，白杨夫妇非常认真地准备了详细的提纲。君超手书不便，他还将他的构思和想法录了音，等我们去的时候就放给我们听。

那个夏日里，我们一共谈了四五次。白天，我们在她的客厅里谈；晚上，我们坐在她家屋顶的平台上，围坐在小石桌旁谈。月白风清，凉风徐徐。“杨先生”娓娓而叙，动情且动人。我看得出、我理解一位老艺术家的创作渴望，艺术即是她的生命，她毕竟有了十多年的耽误啊！她想在她的生命的最后岁月里，再一次在银幕上塑造具有光彩的中国传统女性的形象，一如过去岁月中的《一江春水向东流》、《祥林嫂》等女性角色。而且她想一人任两个不同性格的孪生姊妹，可以在表演上有所创造和突破。人生多遗憾，美梦常难圆。“杨先生”的这一美好夙愿，也终因种种原因未能了愿。

毫无疑问，在中国电影史上，白杨代表了一个时代；就像阿斯泰尔象征着好莱坞歌舞时代的结束一样。老一代表演艺术家们的丰富实践与经验，是中国电影事业的宝贵财富。今天，新时代的电影表演艺术家们，在继承和发扬老一代表演艺术家们的优秀传统的基础上，像长江的浪头一样，簇拥着前浪，一浪又一浪地滚涌而来。抚今追昔，人们是不会忘记像白杨那样许多老一辈艺术家们对中国电影作出的杰出的贡献的！

# 人耗俱醉

雾都重庆，秦怡的回忆令人捧腹……

十五年前，著名表演艺术家秦怡为《笔会》文丛写了一本书，叫《跑龙套》。“跑龙套”之说当然是秦怡老师的谦词，早在抗战时期大后方重庆的戏剧界，她已享有“四大名旦”的美誉。她的许多优秀电影作品如《遥远的爱》、《摩雅傣》、《大地回春》、《母亲》等早已深深地印刻在年长一代的中国观众记忆中。

《跑龙套》一书，感情真挚，文字朴素，不像有的作家的回忆录词藻华丽，文过饰非。十二年过去了，当年读过的《跑龙套》许多章节还清晰地留在我的记忆之中。如她青少年时代的“过年”情结与趣事一直深印在我的脑海中，每年春节我又会想起它（秦怡的生日与“财神爷”同日，又刚过八十八岁“米寿”生日）。比如说过年“叩头”，过年叩头多拿红包也多，一个年过下来，她发了一笔小财，可看几十场电影；再比如说，过年的时候可以整夜不睡，吃夜宵，吃零食。这两件事是秦怡少女时代过年的美好记忆。

四十年代初，秦怡在雾都重庆演话剧。那时候话剧演员的生活十分艰苦：十个人挤一间只有一扇天窗的房子，八个人吃一大盆菜汤，剧团只有靠演出的微薄票房来维持生活。

一九四二年的除夕之夜，剧团为了赶排新剧目，加班加点通宵排演。大家凑了点钱，买了花生米、白酒、大曲，等到休息的时候演员们一哄而上去抢花生米吃，男演员们大口喝着白干、大曲。生活虽苦，但年青的演艺生活充满了乐趣。有一位男演员喝得太猛居然喝醉呕吐了起来。有人赶快拿拖把准备擦地板，突然不知从哪里窜出来两只大耗子，也许连老鼠也饿慌了，只消一会儿时间，地上的呕吐物被两只耗子吃个精光。大家看着这奇迹般的一幕都睁大了眼睛，有人去赶它，两只老鼠却一点儿也不害怕，不窜也不逃，像是喝醉了似的在地上晃悠悠地爬着、滚着，任凭你怎么赶它、踢它，它干脆躺倒睡着了……耗子肯定是吃了男演员呕吐出来的酒物也醉倒了。“耗子喝醉”这一奇观，演员们从未见过，乐得大家一个个仰天大笑。那一年的除夕，那一夜的排演，令秦怡和她的同伴们几十年不忘，每每回忆起一九四二年的除夕之夜，他们都会情不自禁地捧腹大笑。他们说：那一年的除夕不仅醉了我们，也醉了重庆的大耗子呢。

秦怡经历了新旧两个社会，她记忆中的除夕不仅有欢乐，也有痛苦。例如抗战前的一个除夕，她的父亲因被人逼债而走投无路昏倒在马路边；一九四三年除夕之夜，父亲在贫病之中去世，母亲踩着刺骨的冰雪整夜奔走为料理后事而到处借款……

俱往矣，爆竹一声旧岁除，旧桃换新符。

# 让石挥走上银幕

中国艺术家电影传记，他是最好的人选

去年是我国杰出的电影、话剧表演艺术家石挥去世四十周年。海内外的报刊杂志发表了好多纪念这位艺术家的文章；在石挥离世三十周年的前后，香港、上海、北京的电影界还专门召开了有关石挥表演艺术的研讨会，还由中国电影出版社出版了小册子。

尤其可贵的是，在相隔了三十多年之后，香港的电影家们还记得内地这么一位杰出的表演艺术家，报刊还以通栏的标题、整版的篇幅详尽地介绍了石挥在话剧、电影表演及导演方面的成就。自五十年代始，由香港电影界出面组织内地电影家的专题艺术研讨会，享此殊荣的内地电影界人士仅有两位：一位是《武训传》的导演孙瑜，另一位则是石挥了。

数年前，上海三联书店和香港正之出版公司相继出版了拙著《梦幻人生——石挥传》。书出版后，有数家影视制作单位与我商谈以《梦幻人生》为蓝本改编影视剧的事。所幸的是，今年春上，上海电影制片厂与我签订了《梦幻人生》的影视剧改编的版权合同。据徐松子告诉我：她的电影学院的同学姜文，在看了由她转交的此片的策划书和《梦幻人生》一书后，对于扮演石挥表示了浓厚的兴趣。由此，我更有理由相信，让石挥走上电影或电视屏幕成为了可能；我的多年的夙愿也如春发绿芽，有了绽开的希望。

我把这一消息告诉了居住在纽约的童葆苓女士。年近七旬的童女士很快给我来信，表达了她的欣喜之情，并在信中再次向我回忆了她当年在上海与石挥共同生活的一段令她终生难忘的日子；四五十年代的上海对于只有二三十岁左右的年轻人来说，有浪漫，有青春，也有深深的苦痛……童葆苓在信中对我说，她至今还对于她与石挥没有孩子而感到遗憾。

石挥是在他拍摄自编自导的电影《母亲》时，与童葆苓相识的。童葆苓在《母亲》一片中扮演一位会唱戏的少女。自此之后，石挥在艺术上给了童葆苓以很大的帮助。石挥在解放后出色地导演了电影《天仙配》，女主角严凤英很佩服石挥的导戏本领，说她在镜头前戏出不来，经石挥一点拨，她的眼泪顷刻就哗哗地下来了。童葆苓至今还记得，有一次，她在南京演出《天仙配》，石挥专程赶到南京去，为她作辅导，石挥一边讲解，一边表演，童葆苓在一旁听着，听着，入了戏，动了情，伤心地哭了起来……

对于石挥，这位四十年代上海滩上的"话剧皇帝"，上了年纪的上海人都知道他的名字。据老人们的回忆，那时的上海人去看话剧，不是说"去看话剧"，而是说"去看石挥"。石挥几乎成了话剧的代名词。孤岛时期的石挥，以他的一出《文天祥》而轰动上海滩，激起了上海人对日本侵略者的无比仇恨。他的很多作品，如《秋海棠》、《大马戏团》、《夜店》、《假凤虚凰》、《我这一辈子》、《鸡毛信》等等，都成了我国话剧史、电影史上的代表之作。

他的杰出艺术成就获得了国内外艺术大师们的首肯。石挥的恩师、中国戏剧大师黄佐临先生说他是一个眼低手高的“稀有的艺术家”。“稀有”一词，足见石挥的艺术含金量。在我国的表演艺术界，他足可称为是一块“稀有金属”。

我国的人物传记片，在表演艺术人才领域，是一块有待充分开垦的沃土。梅兰芳、周信芳、马连良、周璇、阮玲玉……而石挥也是一位极好的人选。他的孜孜以求，他的勤奋，足可成为今天从事艺术实践的年轻一代的楷模；而他的真实的人生，他在爱情与艺术追求上的曲曲折折，也是中国知识分子的一个缩影。

# 石挥与童葆苓

他俩有一段传奇的爱情故事……

程之同志打电话告诉我：童葆苓晚上要上他家里去，约我去和童葆苓晤面。程之知道我正在撰写长篇传记小说《梦幻人生——石挥传》，有意助我一臂之力，并将此事告知了童葆苓。对我来说，能有机会采访石挥生前唯一的一位共同生活了三年的妻子童葆苓，是早就期盼的。

童葆苓是著名京剧演员童芷苓的妹妹，童祥苓的姐姐，自小受“童家班”严格有素的戏曲训练，十三四岁就上舞台演出了京剧《武家坡》、《桑园会》、《宝莲灯》和《四郎探母》等，是一位颇具功底的京剧演员。

石挥是在拍他第一部自编自导的影片《母亲》时，认识童葆苓的。那年，童葆苓才十八岁，石挥大她十五岁。据童葆苓回忆：当年她还在李万春主办的科班“鸣春社”当演员，在中国大戏院演出。石挥约李万春替他找一个《母亲》中学唱戏的女孩子，他便去看了童葆苓的演出，当即拍板，以后便通过她姐姐童芷苓把她找了去。

石挥与童葆苓由相识发展到恋爱关系，是在《母亲》公映以后。

那时的童葆苓年轻、漂亮，言谈举止充满了孩童般的天真，圈内人爱称她“童不赖”，也颇得享有“话剧皇帝”盛名的石挥的爱慕。石挥尽管在艺术上颇有造诣，在“孤岛”、抗战时期的上海曾主演过轰动一时的《正气歌》、《秋海棠》和《大马戏团》等，但在个人问题上一直不顺心，以至于三十四五岁了，仍是光棍一条。

童葆苓对于石挥的追求与爱慕也心领神会。学生出身且富教养的童葆苓有她自己的婚姻观。她一看不起有钱的资本家；二看不起耀武扬威的军官；对于电影演员，她也总认为穿着时髦，头发梳得光光的。但她见着石挥后，石挥在生活上的朴素，不修边幅，从不见他头上涂抹“凡士林”或“司丹康”一类的美发浆，以及他在艺术上肯吃苦等，给年轻的童葆苓留下了深刻的印象。

旧时代的年轻人的初恋，总是小心翼翼和羞羞答答的。起先，石挥约童葆苓去玩，去吃饭，总是把程之拉上，以遮人耳目，免遭人们议论之嫌。时长日久，石挥开始单独约童葆苓外出，将程之给甩了……

石挥与童葆苓于一九五四年在北京结婚。婚仪十分简朴：开了一个小型家庭舞会，参加者有后来成为著名电影演员的王晓棠等。几天后，又约请了梅葆玖、李少春等好友吃了一席酒。

两人“蜜月”过后，石挥便回了上海。那时，童葆苓在北京总政京剧团工作，而石挥在上海电影制片厂工作。婚后不久，童葆苓即随中国文化代表团频频出国访问、演出，先后去了越南、埃及、叙利亚等国，前后时间达八个多月之久。在以后的几年时间内，两人一直过着牛郎织女的分居生活，一年中难得几次相会。

分居的苦闷时常折磨着这对新婚夫妻。有一次在会上，石挥当着周扬同志的面诉说分居给他们的工作与生活带来的困难；童葆苓也写信给周扬，要求组织上帮助解决夫妻分居两地的问题。在周扬同志的直接批示下，两年之后，童葆苓终于南调，进了上海京剧团。

生活，重新在这一对艺术家夫妇面前展现了一片阳光。他俩好不容易在上海找了房子，童芷苓慷慨借给了他们家具。那些日子，石挥喜滋滋地忙进忙出，买了许多花，把环境收拾一新，两人还满怀喜悦地商量：在这个新“家”里要生一个孩子……

但是，没过多久，反右斗争开始，石挥遭到了批判。那一个天色阴沉的下午，石挥无限依恋地离开了这个家，从此，他再也没有回来过……

据童葆苓回忆：在第一次批判石挥的大会过后，石挥心情抑郁地回到了家。童葆苓见他脸色不好，便问他：“会开得怎么样？”

石挥不多说话，只是连声惊叹：“结棍，结棍！”他还自言自语地说：“一个人要是被打成了右派，连蹬三轮的也不如了！”

第二次批判石挥的大会，他没有出席，以后便传出了他“失踪”的消息。

童葆苓清楚地记得石挥出走前那个下午的情景：那天下午，童葆苓要去陪同一个越南文化代表团参观上海京剧院。正巧，那天家里经人介绍要来一个保姆。童葆苓临出门的时候，只见石挥闷坐在房里吸烟。

童葆苓关照石挥说：“过一会儿保姆要来，你在家里等等她，我要去接待外国客人了。”

石挥听说她要走，霍地站起，失态般地拥吻童葆苓，怅然若失的目光一直注视着童葆苓离去……

那天晚上，童葆苓和衣坐在床上，整整等了他一夜。她那双期盼的眼睛一直盯着房门的把手，幻觉中，把手在转动、转动，石挥轻轻地推门进来……

童葆苓怎么也想不到，就在夜深人静、她在房内苦苦地等他的时候，石挥已乘上曾经体验过生活、开往宁波的“民主三号”轮，趁着茫茫夜色，跳进了大海之中……

石挥的“失踪”，给童葆苓带来了极大的精神创伤。很长一个时期，她时常神思恍惚，神经一度错乱。有一次，她旧地重游，触景生情，突然晕倒过去。她母亲也从此将她接到北京去住。一年以后，当接到上影厂的电报，获悉石挥死讯时，童葆苓大哭了一场。正因如此，在“文化大革命”中，造反派说她没有和石挥划清界线，同情石挥，而遭到无情的批斗，还责令她继续揭发石挥……

石挥的死，是一个悲剧；石挥的一生，是梦幻的一生。石挥与童葆苓的爱情，是一首哀婉、凄凉的交响诗——它也是一代知识分子的缩影。

三十多年过去了，童葆苓至今仍深深地爱着石挥、怀念着石挥。日前，我还接到了童葆苓女士从北京寄来的一封长信，并附来了石挥当年替她拍的照片。她在信中追溯往事，感慨万千，深情地说：“三十多年过去了，真是一场梦。不过，我常做好梦，梦见他回来了，我真希望别醒过来，永远在梦里多好！”

# 书店·书摊·读书人

曾经遍于上海的书摊去了哪里?

读秦绿枝《书摊》一文(刊四月二日《新民晚报》),引出一些感慨。

和秦先生一样,书摊也是我爱逛的地方,而且情形也几乎相同:看的时候多,买的时候少,看到那些花花绿绿的杂志、书刊,令我失望。因为那众多的武打、言情、社会花边,并非我的兴趣。

书摊的增加,抑喜?抑忧?是好事,还是坏事?仔细想想,应该是前者。

如果将书店比作学校的高级班的话,那么众多的书摊则是低级班、扫盲班。常常驻足在书摊前的是众多外省民工、进城小贩,书摊的小老板们也知道,只有他们才是书摊真正的"主顾"和"上帝",而不是那些目光犀利、口味挑剔的读书人。随着上海建设步伐的加快,近年来,外省民工、商贩等各色人等大量涌入,据报载,单是持有"上岗证"的就有近百万之多,总数大约不下二百万吧。这是一支从事繁重体力劳动的低层次平民大军。他们从山区,从平原,从落后的乡村来到灯红酒绿的大上海,观念受到了极大的冲击，他们要求接受文化消费的欲望也日益强烈，但他们的收入又很低微。他们不可能上花园屋顶去笃悠悠地喝咖啡；也不可能上夜总会去卡拉OK一下；甚至连花一二十元买张电影票的事，也算是奢侈的享受了（这要花去他们一天的收入）。最实惠的莫过于花几元钱买一本花花绿绿的杂志，上面武打、言情、社会花边应有尽有，看上几天还能相互间交换，岂不乐耶？他们大多是二十来岁的年轻人，缺少文化，能看懂已属不错了。至于那些书刊海报也大致是给他们看的，不要说秦始皇幽禁生母赵姬、杀害嫪毐不知道，就连秦始皇是何许人也未必全知道。

社会的文化需求是多层次的。让低层次的文化消费者看些花花绿绿的武打、言情杂志，至少可以起到扫盲的作用。至于有负面的影响，我看也不可怕，就像人生活在大自然中，在呼吸新鲜空气的同时，也在吸进有毒的废气。“水清则无鱼”，正面的引导，负面的影响，这是事物的两个方面，历来如此，永远存在。再说二十来岁的乡下民工、小保姆、小商贩，只有读点武打、言情书之类，仅此而已。难道他们会去读钱锺书、《尤利西斯》不成？若是真有那样的情景，有哪一位民工，在一天的劳累过后，在路边的工棚里，在昏暗的灯光下，有滋有味地在读着钱锺书的《管锥编》、乔伊斯的《尤利西斯》，那必是我们新闻记者跟踪报道的对象。

书摊的纷纷出现，也为许多下岗人员解决了部分就业问题。书摊业主为生存计，只能卖些有众多读者群的低档次报刊，若是光卖高档次的文化类书，专为少数读书人服务，他靠什么吃饭？

由书摊想到了书店。书店毕竟是读书人寻梦、留梦的地方。但如今书店的魅力也确实越来越少了，难怪秦绿枝先生要发出"现在逛书店的机会是不大有了"的哀叹。上海现在还剩下多少书店，是多了，是少了，我没有作过统计，不敢妄加断论。但被"蚕食"的痕迹却处处可见：有的本来卖书的地方，却被出租出去，卖电脑、音响、工艺品，有的甚至卖衣服、卖鞋。每问及，必理直气壮地回答曰：电脑、音响是与读书人搭界的！妙也。请问哪一类商品是与读书人不搭界的？鞋、衣、肥皂、草纸；油、盐、酱、醋……统统搭界，统统搬来，岂不成了杂货店？

书店、书店，顾名思义，是卖书的店。希望有朝一日，物归其类，各有所向。电脑还是回电脑商店去，音响还是回音响商店去，服装还是回服装商店去……还书店一个正宗、一个清白！

# 香港的书店

香港七天，我跑了十余家书店

在香港七天，我跑了十余家书店。香港的书店似乎有一个共同的特点，这就是"小"和"挤"。小小书店的店名霓虹灯被湮没在商业霓虹灯的海洋中，若你不是仔细浏览，是很容易被忽略过去的。有的书店还设在地下室里，有的则在店中店里，一切都显得那样局促和拥挤。

香港的书店是全部实行开架售书的，而且每家书店的营业员也少得很，我最多看到有三个，有的甚至只有一个人。例如在太古城和太子道的书店里，只有一个小姐在那里"值班"。通常在书店的门口，或是顾客必经之处，设一"收银台"，任顾客在店堂里看书、拣书，买书者也寥寥，店主也似乎不担心有人会窃书。在香港，到处可以看到这样的警告：不准在公共场所吸烟，不准什么什么，"违者罚款5000元，或送官"，而且一旦被警察抓到，一张罚款单撕下来，是没有商量的余地的。我问香港朋友有没有窃书贼，朋友笑笑说，据他在香港居住二十年之经验，很少听说过此类的丑闻。

香港的书价是十分昂贵的，我约摸估算了一下，香港的书价是内地的五至六倍，在内地买一本书20元的话，在香港要卖100元港币左右。此次朋友托我为他买两本书:《贝聿铭的世界》和《现代主义的泰斗——贝聿铭》，两本书加起来要320多元港币。依我的经验，这两本书的价格，在内地只需50元左右。

我在繁闹的弥敦道附近的一家书店门口，看到一张广告:“本店全部书籍，对折出售”，我喜出望外，便同爱人一道进店去浏览。一看，全部是内地的书，这些书我多半在内地的新华书店见到过，不少书我都有。一看书价，内地本来标着20元左右的，在香港便成了港币70元、80元，一半也要40元左右。

几天时间，逛了香港的书店，填补了我上次未上书店的旧的缺憾，却又增加了新的遗憾：这就是值得花钱买的书实在不多，书架上大多的书是一个系列、一个整套的言情小说。据友人言，这些书的读者多半是中学生，而且几十本排列在一起的同一模式的竟然是一个作者。我真佩服这些“快手”作家，几乎像是生产作坊中成批制作出来的一样。

文学成为商品，在香港显得十分赤裸。

有人曾对大陆和台、港的文学作过这样的譬喻：香港的文学是大杂烩文学；台湾的文学是盆景文学；而大陆的文学则是大江大川的文学。我看这个譬喻有一定的道理，香港是“杂”，充分显示了殖民地文化的特征，缺乏个性；台湾是“小”，精致而缺少气派；大陆才显得“大”，是中华民族文化之根、之源。

# 在泰戈尔故乡作客

我们互相说:“阿穆斯泰!”

“呱咕、呱咕……”在印度到处可以听到一种不知名的鸟儿的叫声。在广场,在街角,此种鸟竟能与猫、狗同食,和平相处,堪称一奇。这种有着黑黑的羽毛、尖尖的长嘴的鸟儿,中国同行叫它为乌鸦,印度朋友却不知道“乌鸦”为何物,只管叫它为“呱咕鸟”。

我们的导游,一位名叫维贾拉特的壮实小伙子,毕业于尼赫鲁大学中文专业。他自我介绍说,印地语“维贾拉特”是“黎明”的意思,“你们中国有一位歌星叫黎明,我就是印度的‘黎明’。”我们说,中国的黎明是歌星,也希望他唱支歌给我们听。于是,他就唱《拉兹之歌》,纯正的印地语,比我们先前听到的更动人。一曲唱完,我们再拉他唱,他又唱《奴里》,大客车里一片掌声,一片笑语。

“呱咕鸟停在你的窗台上,就预告今天会有客人来,”他说,“今天一早我家的窗台上就有呱咕鸟的叫声,果然就来了你们中国客人。”他的词博得了大家的好感。

东方航空公司巨型的空客A340载着百余名中印直航代表团成

员，经过七个小时的飞行顺利降落在新德里国际机场，从此结束了中印两国民间没有直航的历史，为世界上两个人口最多的文明古国架起了空中的金桥。

## 两个熟悉的名字

“有一次我去中国，那些我从未见过的人，把友好的标志点在我的前额，称我为自己人。”这是印度诗人泰戈尔的诗句。给尊贵的客人点上红色的吉祥痣，这是印度古老的礼仪。在印度，我们每到一处都受到了这样的礼遇。从新德里机场到我们下榻的宾馆，美丽的印度姑娘把七色花环套在我们的颈脖上，把鲜艳的朱粉点在我们的前额，一句“阿穆斯泰（你好）”，友好的印度朋友把“从未见过的人”，变成了“自己人”。

在印度，我听到最多的名字是“泰戈尔”与“甘地”，这两位圣人般的伟人是印度人民的骄傲。一九一三年，泰戈尔的长诗《吉檀迦利》荣获诺贝尔文学奖，他又是印度国歌《人民的意志》的作者。泰戈尔与甘地是同时代人，泰戈尔长甘地七岁。印度有严格的种姓等级。最高为婆罗门，其次为刹帝利、吠舍、首陀罗。婆罗门姓以牧师为主，刹帝利以武士为主，吠舍以商人为主，而首陀罗由劳工组成。虽然泰戈尔出身种姓最高的婆罗门，而甘地出身种姓较低却富裕的吠舍商人之家，但两人有很深的友谊。“圣雄”甘地高度称赞泰戈尔的诗作，并称他作曲、作词的国歌不是一般的歌曲，而是一首“至诚的颂歌”。

印度朋友们听说我来自中国的上海，兴奋地告诉我:“泰戈尔也到过你们上海，你们有鲁迅，我们有泰戈尔。”在印度的大、中学校的教科书中都收有泰戈尔的作品，在新德里、孟买、加尔各答等城市都有泰戈尔、甘地的纪念馆。

在孟买，我们参观了甘地的故居。这是一座三层楼的平顶小洋房，坐落在孟买的市中心——这是一条生长着茂密的热带植物的幽静的街道。上午九点左右，灼热的阳光从高大的树木丛中斜照过来，斑斑驳驳的碎影落在墙上。上海的同行说，一见这街道就会使人想起上海的南昌路、茂名路。的确，这些楼房的样式与上海相近，都是殖民地时代的产物。故居的一楼是办公室与接待客人的地方；整层二楼是图书馆，四周的墙上与中间都摆满了印地文与英文版的书籍；三楼是甘地生前的卧室与用过的各种实物：纺车、竹杖、拖鞋等。

存放在故居中大量的历史图片，如“甘地纺车”、“徒步全国”等真实镜头，再现了甘地为民族独立而奋斗的一生，令所有参观者肃然起敬。

## “泼红节”奇观

我们到达印度的第二天，就巧遇一年一度的“泼红节”。

开始我们有点纳闷：走在大街上，车行一路，怎么到处能看到身上淋着红颜色的男人与女人？小孩更是在脸上也涂着红色。我看到马路上有些汽车、卡车、马车也是披红挂彩的，看来它们都不能幸免红色的“袭击”。

印度朋友告诉我：今天是“泼红节”，印地语叫“获利”。人们在这一天相见，互相道一声“获利快乐”，然后就相互追逐起来，红色的涂料就浇到了对方的身上。人们在这一天里，以互泼红色的涂料而欢悦，而笑逐颜开。其形式就像是中国的“泼水节”。

那天夜里，我们在下榻的宾馆里听导游“黎明”讲“泼红节”的传统故事。

泼红节的传统源自印度著名的史诗《摩诃婆罗多》。古印度曾有一位国王，他残暴无道，而且从不敬畏神灵；他有个儿子，却与其父截然不同，不但敬神，又得天下老百姓的拥戴。相比之下，其父黯然失色。暴虐的父亲千方百计想置儿子于死地：从高高的山崖上将他推下，用大象的脚踩他，将他关押起来严刑拷打……但这一切都没有能达到目的。最后，其父燃起熊熊的烈火，竟要将独生子活活烧死。可是，就在烈火燃烧的时候，人们不停地向火中泼水。

儿子得救了，并联合人们推翻了残暴的国王的统治。在王子的领导下，五谷丰登，人们过上了美好的生活。

泼红节就是从人们泼水救王子衍化而来。从此，在印度广大农村，为了怀念人们拥戴的王子和庆祝丰收，每年要举行一次“泼红节”。据说，在印度的农村，这一天的夜晚，人们会燃起篝火，打起手鼓，跳起快乐的舞蹈，欢叫着“获利，获利”，并互相泼着染红的水。

泼红节这天，我们没有机会单独上街，否则，难说不被热情的印度友人泼上象征吉利的红水。

## 孟买印象

从新德里乘飞机,两小时后即到达孟买。

孟买是印度最大的商业与海港城市。与新德里明显不同的是,这里高楼林立,浪拍船舷,呈现出现代港口城市的风貌。漫步海滨大道,使我想起家乡上海。几个世纪前,西方殖民主义者就是从这里登上印度大陆,建立了东印度公司,开始了殖民主义的统治历史。随后,西方殖民主义者又绕道印度洋、太平洋,把扩张之手伸向了广州、上海……

孟买的殖民史类同上海的殖民史。这可以从它的商业发展轨迹与它遍布于市中心的西方建筑得到印证。据印度朋友说,“孟买”一词来源于“孟巴女神”。她是渔民的守护神,三百多年前的孟买是一个小渔村,就像上海,两百多年前的上海也是一个小渔村。

巴克湾海湾是孟买的风光极致地,素有“皇后的项链”之美称。夜晚,我们登上马巴拉山,在五光十色的霓虹灯的映照下,我们相继游览了空中花园、尼赫鲁夫人公园、无声塔。晚风习习,吹散白天的暑热,从马巴拉山上眺望入夜的巴克湾,璀璨的灯光围成了一条弧形,真是一条“皇后的项链”。

马巴拉山上,是孟买的高级住宅区,这里的房屋多数是西方式建筑。不仅建筑结构牢固,而且环境也十分宁静,红花绿叶,树木高大。院子里停放着一辆辆私家车,大门口还有警卫守卫。

孟买的另一个特色是它发达的电影业。印度素有“电影大国”之称，绝大部分的电影、电视都产于孟买。在孟买的西郊，有一座著名的电影城，印度人称它为“宝莱坞”，它始建于一九四七年，其规模仅次于美国的“好莱坞”。家住新德里的小伙子“黎明”告诉我，几年前被选上“世界小姐”的印度姑娘，住在他家的附近，选上“世界小姐”后就迁居孟买，成了一名娱乐明星。

和马巴拉山上的高级住宅区形成鲜明对比的是孟买的平民区。导游带我们去参观一个景点——“千人洗衣坑”。从高坡上向下望去，那里是可容纳千人洗衣的地方，男人们赤着膊在烈日下洗衣、洗布，周围是一大片平民住宅：简单的木板和铁皮搭成的房屋，又低矮又闷热。导游告诉我，这里是平民的洗衣点，收费便宜，洗一件衣服才二三个卢比（一美元合四十七卢比），所以，几乎整个孟买市小饭店的桌布，或者是家里没有洗衣机的人家的衣服，都拿到这里来洗。据印度朋友告诉我，这个千人洗衣坑已经有一百多年的历史了，早在西方殖民主义者统治印度的时候，它已经存在了。

在平民区的附近，没有门、没有窗的列车正从坡下经过，我们看到许多旅客竟手拉着铁杆，站在列车的门外，看上去十分危险。

## 泰妃陵幽思

站在阿格拉堡城墙的望风亭上，看不远处的白色泰妃陵，我的思绪好像回到了三百多年前的莫尔王朝帝国。沙·杰汉皇帝娶了十九岁的倾国倾城的泰妃为妻，生了十四个孩子。那一年，沙·杰汉皇帝携妻出巡全国，途中生第十五个孩子时，难产而死。悲痛欲绝的皇帝答应去世前的泰妃三个要求：抚育好子女；从此不娶；为她建造一座陵园。

举世闻名的泰妃陵就是沙·杰汉皇帝为纪念爱妻所造。泰妃陵前后造了二十二年，每天动用的民工多达两万人以上，几乎耗尽了莫尔王朝的国库。

泰妃陵背靠风景秀丽的阿穆纳河。我们所看到的阿穆纳河水草丛生，河床开阔。可惜的是，水流已不是当年那样的浩荡，只是在河的中央有一条小溪般的河道。当年的沙·杰汉皇帝本想在河的北面造一座同样气派的黑色陵园，在阿穆纳河上架一座桥，让皇帝与皇妃日夜相望。但当皇帝陵园刚刚起造，沙·杰汉的第三个儿子利用兄弟之间的争斗，推翻了父王，并将父王终日幽禁在阿格拉堡里。老皇帝只得静坐在古堡里，远望着爱妃的陵园掉泪，直到老死。

据说，沙·杰汉皇帝建造泰妃陵时，请来了世界上许多有名的设计师与工匠。泰妃陵占地十七万平方米，东西长五百七十米，南北宽三百米；正对面有一个长方形的大水池，两旁是树木、红花、绿草，天上的白云倒映在水池中，来自全世界各地的游客争相在水池两旁拍照留念。

陵园四角各有一座高达四十二米的三层尖塔，这四座塔都向外倾斜，据说设计者为防地震故意为之，为的是万一倾倒时不至于压塌陵园主体。

印度的泰妃陵因其壮观、雄伟，被列为世界七大奇迹之一。它与中国的长城、埃及的金字塔、古罗马斗兽场、巴比伦空中花园、亚历山大灯塔、索菲亚大教堂齐名，同属于我们这个共同生活的地球村的瑰宝。

昔日，畅游长城，我们惊叹于祖先的伟大创造；今天，我们亲临泰妃陵，同样为古代印度人民的奇迹而折服！

短短一周的访问结束了。“阿查格特（再见），中国朋友！”当大客车徐徐开动的时候，友好的印度朋友向我们挥手告别。“阿查格特，印度朋友，中国欢迎你们！”我们告诉前来送行的印度朋友：等你们来中国的那一天，中国的喜鹊一定也会像他们的“呱咕鸟”一样，在我们的窗前“叽叽喳喳”地叫个不停……

# 门缝里看电影

三十多年了,我们何时能看到电影《苦恋》呢?

在一个并不完全开放的电影文化领域,我们只能是在门缝中看电影,我们谈电影,也只能是门缝之见。

我接触中国电影,是在上一世纪的八十年代初,中国的电影文化刚刚从十年文化浩劫的民族大灾难中走出来,对从长达十年,甚至从更长的蒙昧岁月中过来的中国人来说,那个时期的中国电影,好像是枯裂的河床才淋到了一点小雨,仅仅是这么一点,对长期饥渴的中国老百姓来说,也是一个天大的"恩赐"了。如果说,"文革"十年是十亿人民看八部样板戏,那么,那个年代是十亿人民看几部电影了。一曲极为普通的"小花"却可以让神州大地神魂颠倒,大街小巷到处流唱;一篇极为普通的明星自述可以像领袖语录一样四方传诵;一个只拍过一部电影的演员,却可以在一夜之间成为妇孺皆知的大明星。这是畸形的文化孕育出来的社会怪胎。

我就是在这样的潮流中参与其间的,也可算是其间的一个

“鼓噪者”。《中国电影时报》(后改名为《文汇电影时报》)也就是在这样一个大背景下应运而生。中国的两位著名电影评论家锺惦棐、梅朵那时还健在，我一个“学徒”和另一名同事罗君女士就在锺惦棐的北京四合院的家里，筹划创办《中国电影时报》。这份专事介绍中国与世界电影的专业报纸是以文汇报与中国电影评论家协会的名义联合创刊的。在那样一个八亿人民只看几部电影、八亿人民只拥有几个明星的文化氛围中，这份专业报纸也确实“火”了一阵子。刘晓庆、陈冲、潘虹、斯琴高娃、陈佩斯、唐国强等就是在这样的一种文化氛围中火起来的。

“逝者如斯夫”，时间真是流水。日历一下子翻过去了三十年。

站在三十年后的山坡上望后看，钢铁的森林、水泥的高山倒是遮蔽了我们的视线，而在电影文化领域，我们真难看得到有几棵能久经风雨的电影长青树；我们能有几位能像好莱坞时代流传永远的经典作品与举世颔首的电影艺术家？中国电影的现状，就像现状的中国巨人，左脚特别发达，大踏步地向前，向前，右脚却与左脚大相径庭。

我们是会产生电影文化经典作品与人物的国度，但目前尚未诞生；我们一定能看到不亚于世界上其他国家水准的电影作品，但不是现在。

三十年过去了，我在这里特别想提到一部现在的年青人可能没有听到过、也不可能看到的诞生于三十年前的一部中国电影：《苦恋》。今年正好是这部电影的三十周年纪念。不要说今天的年青人没有听说、没有机会看这部电影，就是在三十年前，它也只能是在上层的、内部的、很小的范围内看到。今天，五十岁以上的、关心电影文化的中老年人也没能有机会看到这部电影，可是，它的名字却是人人皆知，它的名字出现在全国几乎所有的报纸、刊物上，也出现在领导人的“文选”中，不是褒扬，而是批判。一部没有公映的电影，却是引起了全国性的“大批判”，这样的批判类似“文化大革命”中的大批判声浪；一部没能与大众见面的电影，却在大众之中批判它，这是不是有点不合常理？有毒消毒，无毒流布，何消之有？更何况说，一部电影作品是否有害不是由一两个人所能定的，它应该由时间与公众来评判，它要经得起历史的检验。

这是三十年前的往事了，如今，时代已步入二十一世纪，社会倡导开放，倡导和谐，我们真诚希望能让这部被著名剧作家吴祖光先生称作“温柔敦厚”的电影作品能早日与广大公众见面。

当今的社会已与三十年前、“文革”时期大不一样了，随着信息社会的到来，随着社会开放度越来越大，使我们有比以前更多的机会看到外来的电影文化作品，特别是来自欧美先进、文明国度的电影作品，看得多了，也有了比较。如果说一个总体感觉的话，就是欧美电影与当今的中国电影相比：要说俗，它比你更俗；要说雅，它比你更雅；欧美电影在题材方面有着更为广阔的选择天地；真实、真诚，不少欧美电影更具有现实的、感人的人文精神力量。我们就拿这么多年来获得奥斯卡最佳电影奖的影片来说，不光是它的投入制作的人力与财力的庞大，更在于它在人文精神方面的深度思考，都具有举世公认的道德原则。这些着眼于人文精神的影片不也获得了很好的票房？电影是精神领域的作品，只要它能深入人心，它就能获得公众的认可，就会有它广泛的拥护者，这就是精神产品的市场。上亿、十几亿美元的票房则是时有的事。一部《阿凡达》的票房就高达二三十亿美元。据报道：一部《木乃伊3》的票房可抵我们一年电影票房的总和。而我们的一些冲着市场的电影，不仅人文思想感情缺乏深度，而且票房也不见得怎么好，有的电影若上了几千万或上亿的人民币，则早已是得意过望了。

中国电影与欧美国家的相比，差距显而易见。这个落后，不是在一两项技术方面的落后，而是总体上的落后，而其中最主要的是在创作思想上的开放度。

前不久，美国电影《阿凡达》引起举世的热潮，在中国的电影界、舆论界也是引起了一片哗然。在这些热议的风浪中，有两种埋怨论调：一种是说我们的电影技术不如人家，言下之意，如果我们也有足够的钱、这样的技术，也能拍出这样的电影；另一种埋怨说，中国的电影人应该汗颜，言下之意，中国的电影人不如人家那么高明。《阿凡达》的高科技当然能引起观众高度的兴趣，但《阿凡达》的成功其主要的原因不在于技术，技术上的高度是可以解决的，器械也可以借，况且，摄影上的技术毕竟不比太空技术；第二种埋怨把板子打在电影人身上也是不到位，电影人的水准当然有别，不如别人的有，超过别人的也大有人在。《阿凡达》的成功其主要的元素则是这部影片所表达出来的现实世界的人文思想。虽然影片的题材是表现虚拟的并不存在的太空世界，但它所反映出的深刻的人文思想却是活生生的现实世界的折射。比如说，善良与丑恶、掠夺与欺凌、占有与反占有等等人文意义都离不开我们生活的这个星球。还有的评论说，这部影片影射、批评美国政府对他国财富的掠夺与对他国内政的干涉，以至造成了民众的不满与政府决策的失败，等等。电影所表现的深刻现实思想是这部影片获得广大观众好评的主因，而不是使人眼花缭乱的特技。从这个意义上讲，光批评中国电影人也不是很公道，因为中国电影所要表达的人文思想的深度与高度并不仅仅是由电影人决定的，白桦先生三十年前的电影《苦恋》至今的遭遇就是一个最好的说明。著名电影导演张艺谋早年的电影《活着》也遭遇到被禁的不公正待遇，他说过这样的话："在大的政治背景下，人像是汪洋中的一片叶子，根本不能左右自己的命运，很无奈的。中国的这类题材是最多的，因为中国人在这几十年时间里最难决定自己的命运，所以，《活着》这类电影我们可以拍好多部，但是很难通过。"张导好像有自知之明。明白了这一点，我们对他以后拍极其搞笑的《三枪》也不难理解了。

和经济、科技等自然科学领域一样，电影文化领域的发展的最根本的元素也就是思想的大解放。目前中国的电影与欧美国家在这方面的差距也就是在人文思想的开放程度上。十九世纪中叶鸦片战争以后，西方文明传到了中国，使中国从长期封闭锁国的封建国度里醒了过来，从此使中国走上了一条民主、文明、开放的道路。历史证明，开放的国策是唯一能使国家兴旺发达的正确途径。电影亦然。

十年“文革”结束之后，中国的文化艺术界曾经开过一次令人鼓舞的第四次文代会，当时主持中央工作的邓小平在文代会上作过一个令作家艺术家兴奋的讲话，其中他说道：作家写什么、怎样写，不要横加干涉。《人民日报》在第二天就发表了题为《文艺的春天》的社论。

文艺的春天不是一种奢望，不是一种不可及的期待。

中国的电影文化之花，也一定会在文艺的春天里怒放！

# 和顾城谈他的诗

他是朦胧诗的代表人物

在关于“朦胧诗”的讨论中，诗歌界很注意顾城的诗。而每一次提到顾城，又必会举出他的短诗《远与近》、《弧线》、《泡影》等为例。意见纷纭，解释五花八门。顾城和他的父亲顾工来访，我有机会与顾城讨论了他的诗。

我们首先将话题集中到发表在1980年第10期《诗刊》上的《小诗六首》。六首发表后，广受关注。《作品与争鸣》作了转载。

我对他说：“现在你在诗歌界的形象，似乎已成了‘朦胧诗’的代表人物了，而小诗六首又成了朦胧诗的代表作了。”他笑了，说：“这六首小诗只是一些小试验，一些测验心理和表现方式的小数据，它们是真实的，又有原始缺陷的。从整个学诗进程来看，他们只是无数等待进化和淘汰的单细胞生物，只是在一座森林低处偶然萌发的枝条。它们是‘我’，但不是主要是‘我’，更不是什么代表作。”

他向我谈了这六首创作经过。1980年夏，他参加了诗刊的青春诗会。每个人都要交诗作，别人很顺利，而他迟迟交不出，交出又通不过。诗刊领导找他，要他写些现实感强、光明点的诗。他说，由于自己头脑淤塞，交不出。最后要定稿了，他就摘了一些笔记性的东西交了上去。

“当《诗刊》要用我的几首小诗时，我很意外。”他说，“后来有人责怪诗刊，那是不了解情况，诗刊领导并不赞成这样的写法，当时发主要是凡参加诗会的人都要交出作品来。其实，我自己也正在摸索中，并无定轨。这六首算是我的过去，我在探索中的一个脚印吧。”

我和他谈《弧线》。从六楼的阳台望出去，蜿蜒的黄浦江、外滩尽收眼底。一阵风吹过，浑身凉爽。“我写《弧线》时，正如现在站在窗前看风景。突然一阵风吹来，我感到白色的鸟在疾风中转弯——由这只鸟留下的轨迹，我脑子里出现了三个画面：分币在我眼中滚动，葡萄藤的触丝在风中延伸，海浪高高在耸起，我把这些画记下来，就成了《弧线》。”顾城向我解释。

“鸟儿，少年，葡萄藤，海浪，这四种物体的组合似乎有很大的随意性。它们之间缺乏内在的有机联系。少妇弯腰去吻摇篮中的婴儿，不也是一种很美的弧线吗？能不能作为《弧线》的第五节呢？”我对顾城说。

“这四个画面，虽然是一种原始的直觉意象，但从总体上说还是有一种内在的有机联系的。”顾城说。

“如果把随意性变成有倾向性的呢？诗毕竟要表达诗人的感情与倾向的。”我说。

“诗的倾向性与目的性包含在内在的基因之中，就像花，它倾向于光明，倾向于天空，忠于潜在的艺术逻辑本身就有一定的趋性与倾向性。‘四人帮’一类文霸名为政治第一，其实是反动政治第一，是消灭一切。”他说，“艺术，诗，是不可替代的，花可以被踏进泥里，但决不会生长在筷子上。”

我们走到阳台上，在辽阔的天空下，我开玩笑说：“上海大厦太沉了，把马路压成了一条弧线，黄浦江也是一条弧线。”

顾城说：“照爱因斯坦的说法，连光也是弯的，没有直线，也许一切运动，一切进取与退避都是采用弧线的形式吧，包括历史与诗的进程。”

我与他谈《感觉》。“天是灰色的／路是灰色的／楼是灰色的／雨是灰色的／在一片死灰之中／走过两个孩子／一个鲜红／一个淡绿。”我说把这首诗归入“朦胧诗”不妥。因为这首诗色彩明朗，就像是莫奈的油画《日出》。雾中的天，是灰色的；雾中的帆，是灰色的；雾中的海，是灰色的……在一片迷蒙的灰色中，跃出一轮旭日，像火球一般通红……

顾城告诉我创作这首诗的灵感：那天他赶去诗刊开会，路遇大雨，忽见雨中一位穿红衣服的小孩在奔，一点红，开会时，他立刻在笔记本上记下了这一感觉。

我告诉他，他的《一代人》是不同凡响的，我很喜欢。“黑夜给了我黑色的眼睛／我却用它寻找光明。”这首诗在诗歌界和读者中引起了共鸣。柯岩说这首诗概括了一代青年的思想现状。它不仅打动了青年人，也打动了有丰富阅历的成年人。

顾城告诉我：这首诗虽然写于1979年初，但孕育它的，却是这十年的不幸日子。1969年，顾城随同父亲顾工一家人离开北京，去山东潍河入海处的荒凉海滩上。社会偏见、饥饿和疾病的无情压抑，迫使少年顾城用一种特殊、敏感的目光来看世界，“黑夜给了我黑色的眼睛”，这是烙印，这是创伤，也是控诉，但光明是不灭的。

我问顾城：“在你的诗歌中，哪些诗是你满意的？”

他说：“要说真正满意的诗，是没有的。我理想中的艺术世界，是在一个人迹罕绝的山巅，而我却总是在洼地里爬行，干些莫名其妙的事，这很可悲。虽然，我很希望，在献出了全部生命和爱之后，能对一个作品说，这是我满意的。”

“那你就说说，你现在比较喜欢的吧？”

“《一代人》可以算吧，就是简单了些。”顾城想了想说，“对了，前不久我写了一首《我是一个任性的孩子》，前边有个题记，比《一代人》又发展了一些：‘我想在大地上画满窗子，让所有习惯黑暗的眼睛，都习惯光明。’这首诗我比较喜欢，它和《一代人》一样，表现了我真正的愿望。”

# 和流沙河谈诗

庐山诗会，与《草木篇》作者谈诗是愉快的

流沙河兄：

读了你发表在《写作》杂志上的《庐山寻诗记》一文，勾起了我对在庐山共同相处的一段日子的怀念。这是一篇朴实无华、形式别具的诗篇。你一定还记得，我们在牯岭饭店明亮的灯光下，盘膝而坐，一起谈诗、诵诗的情景吧。湖南诗人于沙说："诗人论诗，颇多真知灼见。这也许是因为诗人所故，有实践创作的体会。"读了你的文章，我信其说有道理。

最难忘的是从九江到庐山的途中。在九江，赤日炎炎，汗流浃背，汽车到达牯岭镇，天气却阴凉如秋。不知是谁起的头，触景生情，诗人们在车子里即席吟起诗来。我不记得你当时所吟诗的全部，却记得其中有一句颇得大家的好评，即"一元钱买来一个秋天"，从九江到庐山的车资是一元。在座的诗人们一致拍手叫好。

这句诗好，我觉得有点像艾青诗的味道：有哲理，生动，形象，概括了同车人的心情。两小时前，在九江热汗难禁，两小时后，随着大客车慢慢爬高，出现了凉风、细雨，我们开始披上了随身所带的罩衣。八月的庐山，山上山下真是两个季节。“情因景生”，触景生情，发而为诗，常是佳句迭出。

诗人之为诗人，是因为他能想常人所想不到、言别人而言不出的意境、构思、佳句来。要是人人都能言之，还要诗人？具体以“一元钱买来一个秋天”句来说，“一元钱”说出了“秋天”的轻而易得，“买来”两字用得不俗。如果这个句子换成“山上凉爽如秋天”，那就俗得多了。我说这句诗有点像艾青诗中的味道，是因为我想起了艾青的短诗《在智利的纸烟盒上》：“在智利的纸烟盒上／画着一个自由神／她虽然高举着火炬／却只是一个黑影。／为了做商标，还是广告／让给自由神一个地盘／只有几毛钱就可买到／抽完了也就烟消云散……／纸烟盒被扔在路边／我用脚踩，你来吐痰／不管是事实，还是象征／自由神只是一盒纸烟。”

在艾青的笔下，神圣、至尊的“自由神”却是“只要几毛钱就可买到”。其意深旨远，尽在“几毛钱”之中。在这句诗中，艾青诗歌艺术的表现手法是颇有匠心的。“几毛钱”是具体的，“自由神”却是抽象的。用具体的概念去表达一个抽象的形象，去买一个不可能买到的东西，这就使诗句具有某种哲理性和深刻的内涵。这一点不是和你的诗句有异曲同工之妙吗？“一元钱”是具体的，“秋天”是抽象的，用钱去买一个买不到的秋天，这不也自有一番深意在吗？这个深意是显而易见的：这就是庐山的妙处所在——处在酷暑中的庐山，竟是这么一个秋天般凉爽的避暑胜地。

相反地，下山时，有人借句吟“五元钱买回一个夏天”句，却因犯蹈袭之忌，味同嚼蜡了。这如同王尔德所说“以鲜花譬美人”的道理是一样的。如果与当时人们的心情糅合起来，“买回夏天”之句引起的条件反射，更令人不舒。赤日炎炎，身冒臭汗，哪来“买夏天”的雅兴？以此类推，从这个意义上说，诗歌若只成就好句，却悖人之情愫，那也是会失去光泽的。你说对不？

如你知道的，几天之后，我真借你“买秋天”句，涂了一首小诗《上庐山》，第一稿不满意，承你指点，全部推翻，重写二稿。行程匆匆，竟无法再请你指教，甚憾。后因《南昌晚报》约稿，我就和另一首《雾》一起发表在《百花洲》文艺副刊上。《上庐山》：“九江——起点／牯岭——终点／汽车绕过三百九十九道弯／我们走进了另一个季节。／山下——摇扇／山上——加衫／花两个小时，／一元钱买来一个秋天。”(流沙河句)

你的“一元钱买来一个秋天”句，在我的《上庐山》上贴了金呢！

# 被遗忘的海派文学处女地

## 《永安月刊》的整理与出版

《永安月刊》的整理与出版是十分偶然的事。数年前，我在友人、沪上民国版图书收藏家瞿永发先生家里看到了整套118期《永安月刊》，很想一阅为快，但杂事一忙就搁置了。不料，今年夏天，有一位收藏家在《文汇报》上撰文，绍介他所收藏的部分当年的《永安月刊》，并断言“个人收藏全套《永安月刊》几乎不可能”。一句话，刺激了我几年前的阅读欲望。此一读一发不可收，整整三个月，我的目光停留在1939—1949年的上海滩；我的思绪被三四十年代的上海市井民俗、霓裳风情所吸引。展现在我面前的是一片色彩斑斓的海派文化的世界——一块被遗忘已久的海派文学处女地！

### 壹　商界首创　独树一帜

《永安月刊》系沪上著名的百货公司——永安公司所创办。旧上海，“永安”是南京路上闻名遐迩的“四大公司”之一，无论它的规模还是营业额都居先施、新新、大新公司之首。它是上海百货业的坐标，也是十里洋场南京路的标志与骄傲。永安公司不仅是上海百货业的一面旗帜，而且，它在商业文化的开拓方面也独有一功。百货是它的主业，但公司同时拥有剧社、影院、溜冰场、咖啡室、屋顶花园、摄影室等文化设施，商业伴随文化的多种经营极大地扩拓了公司的影响力，提升了公司的文化形象，而《永安月刊》，就是它的商业文化经营理念中的重要手段之一。

《永安月刊》创刊于1939年5月，终刊于1949年3月，整整十年，全套118期，是一本综合性的文化类月刊。它的创始人与发行人就是永安公司的老板郭琳爽先生。据了解，在上海的商家中公开发行综合性文化月刊的仅此永安一家。照公司掌门人创办《永安月刊》的初衷，就是要以文化开路，修炼公司职员的心志、品行，“树模范、礼顾客、肃家政”，从而提升公司的形象，进一步扩大公司的影响力。一般来说，商家办的内刊、内报都是介绍自己公司的产品及广告，且多是在相关部门及员工间交流，不会到读者手里，读者也并不会加以青睐，而《永安月刊》公开注册登记发行，且广邀沪上著名的海派文化人撰稿、办刊。它的发行范围非常广：上海、武汉、西安、青岛、澳门、香港，甚至澳洲都有它的发行点。每月一日出版，从不脱期，直到1949年3月终期。

《永安月刊》之所以受到广大读者青睐，与刊物健康清醒的办刊方针有关。在《永安月刊》的发刊词中，编者就明确提出了办刊方针：“凡足以辅助商业家庭及个人之知识”的，均吸收之；其目标是“宁静其精神，鼓励其振作；辅助其发展，裨益其身心”。在连年战乱、处于“孤岛”时期的上海，办这样一份有益于人们身心健康的综合性文化月刊，实在难能可贵。

## 贰　图文并茂　海派风格

纵览全套《永安月刊》，给我们一个明显的特征印象是：它的健康纯正的品味、雅俗共赏的内容。可以这样说，它是兼具知识性、趣味性与可读性于一炉的。一册十六开本、约五十页的《永安月刊》四分之三是文字：小说、散文、小品、文坛掌故，四分之一是图片：摄影、油画、书法、漫画。在文字部分中还有著名海派文人、素有文坛“补白大王”之称的郑逸梅所主持的文艺副刊《繁星》，内中多发表文坛掌故、轶事，散文、小品，丰富多彩，有趣可读。我们从已知的上世纪30至40年代的《小说月报》、《良友》、《万象》等海派杂志中熟悉了叶灵凤、穆时英、茅盾、施蛰存、张爱玲、刘呐鸥等作家和他们的作品，但在《永安月刊》中我们也看到了另一批活跃在三四十年代的著名海派作家，如徐志摩、邵洵美、秦瘦鸥、周瘦鹃、包笑天、郑逸梅、张若谷、陆丹林、黄洁荪、乔存、念华等人的作品。这些以小说为主的海派作品全部以三四十年代的上海市民生活为背景，反映年轻人的爱情、底层劳动者的疾苦，以及都市女性、乡村少女被生活所逼而走上卖春之路的悲凄……这里有舞厅、歌榭、咖啡，也有魔窟、欺诈、罪恶。如乔存发表在1948年12月号上的短篇小说《消失了的春天》，描写一位留洋回来的上海大学生与他的法国女友蕾娜、上海情人采仪之间的感情纠葛，文字缠绵细腻，洋溢着40年代上海青年的气息；如黄洁荪的连载小说《孽障余音》，描写了抗战胜利后的人们喜庆之情以及漏网汉奸的惶惶不可终日，表现出强烈的民族正义感；再如小说《何去何从》、《一夜妻》等反映了底层妇女为了生活不得不去当舞女、出卖肉体的悲惨命运，是对黑暗世界的强烈控诉与抗议。这些作品有着较强的时代特征与生活气息。

在三分之一的画页中，多为刊登名家名作，如著名摄影家郎静山的人体摄影，颜文梁的早期旅欧油画作品，张大千的《龙女献寿图》，齐白石、徐悲鸿、吴湖帆的国画，粪翁（邓散木）的书法，刘海粟的早期油画作品，刘开渠的雕塑等等。每期还专门辟有"漫画专辑"，刊登三五幅不等的各种题材的漫画，众多漫画多以当时上海市井生活为题材，表现上世纪三四十年代上海市民的生活形态与他们的喜怒哀乐，笔法干练，人物形象栩栩如生，读来令人忍俊不禁，极有观赏价值与人生启迪意义。

## 叁　彩色封面　名流名媛

精美的彩色封面，几乎全部选用上海滩上红极一时的名流名媛，这是《永安月刊》的特色，也是它能受到当时上海广大市民普遍欢迎的重要原因之一。

在上一世纪的三四十年代，电影、戏曲、话剧是当时上海市民的主要文化娱乐活动，而其中尤其是以观赏电影为主。青年男女、学生、市民买一份彩色电影画报，上影院看电影是他们业余生活中最为普遍的文化消遣；而争当名角、明星，也是当时刚走上银幕之路的青年演员们的文艺与人生的理想目标。《永安月刊》的编辑们就是抓住了广大青年、市民的观赏心理，以及青年演员追求艺术成功、热渴成名的愿望，在月刊的封面上用明星、名角做主角，确实是上乘之策，于读者、明星、刊物“三得利”之举。

据统计，全部118期《永安月刊》采用明星、名媛几乎占了上百幅。其中以电影界为多，也不乏戏曲、体育界的明星、名流。如周璇、周曼华、上官云珠、白杨、秦怡、陈云裳、龚秋霞、蒋天流、王丹凤、王熙春、黄宗英、孙景璐、童芷苓、欧阳沙菲、慕容婉儿、陈燕燕等等。这些明星不仅有靓丽的形象，更有艺术上的成就，为广大观众所喜爱。如电影明星黄宗英一身时髦的马装，手握马鞭，英姿飒爽，据今年已84岁高龄的黄宗英回忆，此幅封面是她当年的成名剧《甜姐儿》的戏装，拍此照时才二十岁，话剧《甜姐儿》使她一炮走红，上海滩连演上百场，观众蜂拥；如电影明星上官云珠身着深底色白花旗袍，亭亭玉立，笑容可掬，腊梅陪衬，甜美可爱，拍此照时才二十二三岁；如二十四五岁时的电影明星孙景璐，甜甜的笑脸，眼望远方，清丽的发型，头上扎一只蝴蝶结，围一条彩色丝绸围巾，明星的清纯可爱绝不亚于今日的青年明星、腕儿们；再如白薇，长长飘逸的卷发，扎一条黄带，身穿花环文胸、泳裤，盘腿侧坐，甜笑前方，而拍此照时距离世界上首款比基尼诞生才两年时间，可见上海当年海派文化的新潮与开放。

除了电影明星之外，还有戏曲、体育界的名角、名流，如39期封面上的京剧名角王熙春，第51期封面上的京剧名角言慧珠，第89期封面上的京剧名角童芷苓等。第109期上的名流则是当年红极全国的游泳冠军、健将，人称“美人鱼”的香港运动员黄婉贞。众多的明星荟萃，构成了一轴绚丽无比、赏心悦目的名流、名媛长卷。

## 肆　文坛掌故　珍稀史料

118期《永安月刊》除了主要刊登海派小说以外，还刊有大量的文坛掌故、文人轶事、作家的交友录、回忆录等，这也是《永安月刊》能吸引当年上海知识界、文化界及广大市民的重要因素之一。因为这众多的文坛掌故、轶事，均出于朋友、熟人的第一手资料，有的均系自己亲历、亲为，所以在今天看来弥足珍贵，对于我们后来者研究海派文学、现代文学史都具有可贵的参考价值。如陆丹林撰写的长篇笔记《郁达夫“毁家”前后》，如眉君的《林语堂·郭沫若与周树人》，张若谷的《徐悲鸿教授》及记述摄影家郎静山与他的音乐家女儿郎毓秀的《父女艺术家》，郑逸梅的《名人逸事》，自在的《刘海粟与模特儿》，前同济大学校长、园艺建筑家陈从周辑录的《徐志摩家书》、《徐志摩杂记》等等。正是由于这些作者与被写者或是朋友、亲人、交往过从者，所以他们的所录、所记具有很强的可信度。例如刘海粟与模特儿的事件是现代美术史上轰动一时的，但一般的读者并不知道当年选模特儿的全过程，他是如何从男小孩、男青年裸露上身而遭遇剧烈反对、加以劝说进而转变，再一步步地进入到选择裸体女性作模特儿的反复，《刘海粟与模特儿》一文，描述精细，丝丝入扣，给人以窥全貌；再如张若谷的《徐悲鸿教授》一文，深入其画室与其交往，再现了大画家的生活、创作细节，读来可亲可感。

《永安月刊》正是由商家永安公司所办，一般的不入海派文学的主流杂志，所以不被现代文学史研究者们所注意。据了解，图书馆、文史馆也几乎没有全套的《永安月刊》保存。据我粗略估算，全套《永安月刊》约有600余万文字，而绝大多数文章与图片并未被后来的编撰家们选入各种各样的海派文学作品集中。从这一点来看，《永安月刊》里所发表的作品、文史资料更具有它的史料价值。上海社会科学院副院长、上海历史研究所所长熊月之先生以为《永安月刊》上发表的、尚未被选入已出版的文集中的作品，对研究、开掘海派文学和抗日战争时期上海孤岛生活，以及民国后期上海社会形态极有参考价值，这块久被遗忘的海派文学处女地，有待于进一步的开垦与探索。

为迎接百年一遇的上海世博会，传承海派文化的优秀遗产，弘扬海派文化的精粹，目前，由上海永安百货有限公司和文汇出版社联手整理的《永安文丛》已告完成。丛书原封不动地收罗全部名流、名媛封面照片及绝大部分的精美插图、漫画作品；从近600百万文字中遴选出近100万字，汇编成五册，年内即可与广大读者见面。

# 韩少功在《山南水北》跛了脚

我一向看重的韩少功，对城市怎么有如此轻薄的表述呢？

我不认识韩少功，但我很看重他。最近看了他的新作《山南水北》，却使这种“重”有所减量。平心而论，收集在《山南水北》中若干散文篇什还是能让人闻到一些来自山野的清新之气，但从总体来看，作家创作随意、零碎，缺乏力作。更不能使人理解的是，作者居然将自己一年生产的豆角、玉米、苋菜、小白菜等数量列成表一、表二作为散文，就像是一个小商人、小业主将他一年的收入和租金，统统列成一表登上文学杂志一样。恕我孤陋寡闻，我没有看过如此样式的散文。

韩少功放弃城市生活去当农民，无论是出于情结，还是炒作，抑或其它，归属“个人偏好”（韩语），无可厚非，从我所接触到的不少“城里的”文化人中，对韩此举颇有点欣赏与赞许之意。相反，韩在他的《山南水北》的若干篇什中，却对“城里、城里人”竭尽贬损之能事。这不能不使人怀疑他的心态之失衡。

在山里，盖了新房，阳台做得特别的大，为的是收揽月光，很美也很有创意；躺在大竹床上，扑打着蒲扇，很爽也很能想入非非，这是这位特殊“农人”的专利，只能引得“城里人”眼馋而已，然而，这位躺在竹床上、摇着蒲扇的“农人”话锋一转，浮想联翩地奚落起“城里人”来：

城里人能看到什么月亮？即使偶然看到远远的天空上一丸灰白……不过是死鱼眼睛一只，丢弃在五光十色的垃圾里……

城里人是没有月亮的人……

也许我是站在永恒之界和绝对之境的入口，正在接受上帝的召见和盘问……（不凡之极！怪不得有评论说：“韩少功把书斋搬到了田野，这才有了顶天立地的可能。”[见王尧《韩少功和山南水北》一文]）

我突然明白了，所谓城市，无非是逃避上帝的地方，是没有上帝召见和盘问的地方。

——见《月夜》

上帝真的在这位“农人”的心目中有这么神圣么？上帝真的与这位“农人”在一起？请看他的自白：

我相信上帝吗？相信那个从来只会转移苦难但从来不会消除苦难的上帝吗？相信那个从来只会变换不公从来不会取消不公的上帝吗？相信那数十个世纪以来一直推动我们逃离但从来不让我

们知道所在和方向所在的上帝吗？

我喜欢远方，喜欢天空和土地，只是一些个人偏好……

这与上帝没有关系。

上帝就是这样被这位不凡的“农人”唤来使去，在他贬“城里人”的时候，上帝和他在一起，正在接受上帝的召见；在他“偏好”土地的时候，上帝远离他而去，与“不公”的上帝无关。

山里人好客，请客一定要上门恭请，以求礼数，称赞山里人纯朴的山风，好事；然而又是话锋一转，贬损起“城里人”来：

若按都市人习惯，一个电话就召人来吃喝，那无异于呼鸡唤狗，以残汤剩饭打发乞丐。无礼至此……

——见《面子》

但这位“农人”不也是常被“城里的”朋友一个电话召去，还开着车兴冲冲地去赴宴吗？（见《红头文件》）此时此刻，自己是否也类同鸡、狗、乞丐去吃人家的残汤剩饭？

一位科学院院士，带着两个博士生，在投影机前给人上课，说光盘本身的成本不足一元，录上信息以后就可能是一百元。科学院院士的讲演博得满堂掌声，这位“农人”也在现场，被瞬时而起的掌声“惊呆”了（韩语，见《开荒第一天》），差一点站起来冲着掌声质问：女士们先生们，你们准备吃光盘和穿光盘吗？说实话，我被这位“农人”的惊呆而惊呆了，这位平素操着电脑与光盘的“农人”，也没说出这位科学院院士(“肥头大耳”，韩的形容)到底在哪里说错，人们的掌声在哪里鼓错，倒是使人觉得满场学子(包括院士、博士)昏庸，唯“农人”独醒是也。

诸如此类的对“城里人”贬损、蔑视的语调，在《山南水北》中随处渗透。我真不明白：这个当年拼命想逃离农村，大声诅咒“去他妈的农村！我们都应该进城”的青年，何以在城里“五光十色的垃圾里”待了三十多年后，如此鄙薄“城里和城里人”？是不是在城里的日子里，淤积了太多的讨生活的艰辛、人与人交往间的不快的块垒？“进入城市以来，我梦得较多的场景之一就是火车站，是我一次次迟到误车，是我追着车尾的好一番焦急与狼狈……”“城市是巨大的旋涡，一次次把我甩到了边缘……”(均见《回到从前》)

呵，是狼狈，是边缘；是想吃红烧肉又很难吃到的艰辛；是不在城市的中心而是在边缘；是艰辛的失落感，长使他做噩梦。

如今不同了——功成名就回到故里，穿着黄袍再捏锄头，光着脚板养起宠物，吃腻了红烧肉，开始鄙视肉食，得意地欣赏起素食主义，他为自己“顶天立地”地站在上帝的身边，再也想不起狂爱红烧肉的日子而沾沾自喜。

这也许是这位另类“农人”之所以要鄙视、贬损“城里人”的心结罢。

# 都市月亮自白

逆韩少功《月夜》意而作

我是镶在都市皇冠上的一粒碧光闪烁的钻石。

韩少功写《月夜》，比喻我是“别在乡村的一枚徽章”。这个比喻我总觉得有点不伦不类、不明不白。有好徽章，也有坏徽章；徽章，又算得了什么？它是别在胸口的，而我，应闪烁在皇冠之上的；这跟我光辉无比的钻石般的月亮神能匹配吗？把我“别在乡村”，这使人总觉得是别在透着汗臭味的土布衫上，粗糙的布质磨得我浑身发毛。我是一个贵妇人，却好像是被一批乡民暴力裹挟着来到乡间，并胁迫我与乡民成亲，满身酒气喷在我银白色的脸上……

我的眼泪呀，直往肚里咽。

每一年的盛夏之夜，我都被乡民掠到乡间的凉台上，为了尽情地多多占有我，乡民还特地把他的阳台孤诣苦心地做得特别的大，而乡民却赤着那散发着我从未从月宫中闻到过的奇异的脚气味，躺在大竹床上，摇着济公用的破蒲扇，得意地、文绉绉地喃喃自语：“城里人能够看到什么月亮？即使偶尔看到远远天空上一丸灰白，但暗淡于无数路灯之中，磨损于各种噪音之间，不过像死鱼眼睛一只，丢弃在五光十色的垃圾里。”

乡民如此地贬损我，如此地寒碜“城里人”，还居然忍得住在这“五光十色的垃圾里”生活了三十多年？是不是因为我在城里的时候不屑他、厌弃他，他才会将我掠到乡间来？

我在城里的日子是过得多么的舒心啊！“城里人”是那么尊重我，喜欢我，每当我从大海中沐浴起身，他们都会大声地招呼我：“啊，月亮神！”那一对对情侣会多情地倚在高楼的窗口或阳台上，以我为明鉴：相伴到老，恩爱一生；他们会飞奔到屋顶的平台上，两人斟上一杯甘甜的波尔多葡萄酒，或是调上一杯卡波切那咖啡，邀我共饮；醉了，眩了，他们会和我捉起迷藏，看我从群楼中钻进钻出，我时时也会给他们以惊喜；隔月差十五，我或会瘦身或会变胖，嬉戏地走在他们心灵的T型台上。城里人喜欢我，我也喜欢城里人；他们真正拥有我，我也真实地拥有他们。怎么能胡诌说“城里人是没有月光的人”呢？

“城里人”真实地拥有月光。因他们的大多数，或是他们的先辈都是从乡下来。他们才是纯种的、祖传的乡下人；他们同样又是血脉中真正流着乡下人血液的城里人（他们为了真正地拥有我，享用我，和我长厮守在一起，他们的后辈、后辈的后辈们如今还是如此壮观地像潮水般地奔来，争做幸福、荣耀的“城里人”），他们曾多少辈地冷遇月光，每天当太阳刚下山，我还来不及爬上山坡的时候，他们却已早早地和衣上床了，每每我温情地将明亮的月光洒在他们的床前的时候，他们却沉浸在如雷的鼾声中，从不顾及我的存在；只有当他们夜半便急之时，匆匆之中才会借用我的皎洁——遗憾的是，他们面对着我撒起尿来。也难怪，祖辈们一年四季的劳作之苦，哪有闲心像那些既不像城里人、又不像乡下人的乡民那样故作深沉地来欣赏我，接近我？进城了，富有了，有文化了，长见识了，他们才有暇来顾及我的存在，他们才会用诗一般的语言来赞美我，只因是曾对我冷漠过，才显出今日之珍贵。这时，只有在这时，我才真正感到他们和我是那样的般配了。他们用五光十色的珠宝烘托我，装饰我，使我显得更加富丽堂皇，更加珠光宝气，使我顿生众星拱月之感。

"城里人"是如此高规格地待遇我，怎能说是"暗淡于无数路灯之中，磨损于各种噪音之间，像死鱼眼睛一只"呢？在千万支天堂般亮丽的霓虹灯群中，我是最亮的一支；当华丽的华尔兹、奔放的探戈、激情的斗牛士舞曲响起的时候，我热血沸腾，明眸闪烁。我被众星拱月般地被邀在光彩夺目的舞池中央，长袖翩跹，舞姿优雅……

这，才是我人生中最为辉煌的华彩乐章！

# 被扭曲的“文学GDP”

《兄弟》(上、下)是余华创作的倒退

这个题目是阅读余华新作《兄弟》时“跳”出来的。几位搞文学创作和文艺评论的朋友在看了《兄弟》之后，都表示了惊人一致的否定态度。文学作品一旦走向社会，引起读者和评论界的褒贬，很正常。这如同一个作家的作品有好有坏，质量有高有低；论者的评头论足也有进有出，有准有歪一样。

笔者花了整整一周时间通读了《兄弟》。总体感觉与我文学界朋友的看法相近。在很长一个时段里，我都暗暗地在向我的这位同乡同姓且年轻又有才力的作家致意。在短短十余年的时间里，他写出了诸如《在细雨中呼喊》、《活着》、《许三观卖血记》等好作品，为我们新时期文学漫漫而丰盈的产品长廊增加了些许珠光闪烁的颗粒。作家用犀利的文学刻刀沉静地缕析生活，彻骨沥血，力透纸背，堪称“力作”。这也许是作家长期沉入生活，厚积薄发之故吧。十余年后的《兄弟》却令人失望。《兄弟》的创作不再是用“刻刀”精刻，而是在用“炭笔”涂抹。在很短的时间内，作品由原来计划的十万字，被迅速拉到了三十万字，漫画化的人物、漫画化的故事在小说中比比皆是，留给读者的是一出接一出的荒诞不经的闹剧。在《兄弟》中，人心的内在力量被淡化了，真善美的魅力缺失了，改革开放引起的中国社会的主流变化和被激发出来的空前的活力不见了。流淌在小说中的到处是卑俗与污秽，好有恶报，恶有好报。看完《兄弟》使人想到，作家由“第一部”（《在细雨中呼喊》）到“最新部”（《兄弟》），是令人遗憾地从“力”到“劣”的创作倒退。

期望作家的每一部作品都是力作、成功之作，这是不现实的。问题在于：为什么一部往往不叫好的作品，却屡屡被市场叫好？一个令人不解的现象是，许多作品是未进锅先炒，未上市先热。近些年来，我们看到了太多的蛊惑人心的炒作名字：什么“美女作家”、“美男作家”、“身体写作”……时间可以说明，这些冠以种种妖艳怪状的炒作花名的作品，其质量、水准乏善可陈，但给出版社、作者所带来的“经济GDP”，却往往令人咋舌。作品的低劣与市场的持高，形成了强烈的反差。《兄弟》亦有此类反差现象。

凡这一类反差度强烈的文学作品，都有一个共同的炒作模式：书未上市，报道铺天盖地，紧接着是书评，作者签名售书，与读者见面会，演讲，被采访等等。有的时候连作者的花边新闻也可成为推销书的“卖点”。在一些畅销书作者的周围，粘着一批批少不更事的“粉丝”们。这所有的、浮华的炒作风潮挠得不明就里的年轻读者们的心痒痒的。动辄数十万的印数报道，使天真的读者信以为作品已成市场“主宰”，若不从速购买则有木讷落伍之嫌。其实，高印数（付与作者高版税）是出版机构为抢“名家”书稿与作者的“合谋”，此类印数签约是否能得到市场认同，本来就是另外一回事。高版税、印刷成本、炒作费、编辑人员开支……使那些在“经济GDP”重压之下的出版社，慌不择路地选择了“先炒、热炒”之策。如今的出版业，光靠书稿质量热销的有几许？此种书稿热炒法，不禁使人想起街头借“托儿”贩卖劣质产品的小摊贩作派。

当前，片面地追求经济效益，成了某些出版社的至上目标。“作品印数”成了唯一的“成就指数”。一个被扭曲的“文学GDP现象”，不仅没有被有效地遏制，相反有愈演愈烈之势。为了争夺“名家”的书稿，不少出版社水涨船高地互相哄抬，活脱脱像是一个“拍卖行”。一些崭露头角的青年作者在这样的氛围下，眼睛也被抬到了头顶上。你说版税10%，我说不行，得15%；你说给一百万，我说不行，得二百万……弄得这些年轻人分不清东西南北，不知道天高地厚。究其原因，除了这些年轻的作者自身的思想修养“虚亏”外，与出版、新闻机构提供的有害“补品”不无干系。

一个价值多元的社会，带来了宽容，但同时也带来了迷失。干涸饥渴的青年人，需要的是正确的引导。出版机构对自己所出版的文学作品要进行宣传，出版机构固然要讲“GDP”，要讲利润，但更要注重经济效益与社会效益的有机结合。我国的众多出版机构，在弘扬民族文化、出版更多为人民大众所欢迎的优秀作品、传播人类文明知识诸方面，担负着义不容辞的责任。同样，报道评介文学作品，也是新闻媒体进行文化宣传的一个重要窗口。媒体是出版机构与读者之间的一座桥梁，一座传播精神文明、文化知识的桥梁。我们的文化新闻报道，必须报道有“道”。这就需要我们持慎重的态度。实践证明：不跟风，有深度，客观中肯，褒贬适当，才能赢得读者的信赖。

被扭曲的“文学GDP”，使得一部分作家的心态变得相当浮躁。但一个有社会责任心的作家不应纠缠于高印数、高版税，而应执著于创作的追求。潜心生活，十年磨剑，努力多出精品力作。特别是曾创作过多部好作品、有潜力的作家，更不应跟风创作，为高印数所蛊惑，唯“GDP”是从。

风起潮涌的改革大潮，给中国大地带来了无限的生机，也给作家们带来了空前丰富的写作矿藏。今生今世，此时此刻，是作家们出好作品的良辰，也是出版界出好书的美景。须知：劣质的文学作品或许赢利一时，优秀的文学作品却未必不赢利；劣质的文学作品留不住的是时间，但优秀的文学作品，却将被历史永久地记住。

孰利孰弊，还望出版界、作家们思之，择之！

# 《这边风景》三题

**一部“死”了四十年的作品，怎么复活了呢？**

（A）

平素很少看长篇小说，引起我看长达六十余万字、上下卷《这边风景》兴趣的，有两个直接的原因，一是作者王蒙的自白：

这是从坟墓中翻了一个身，走出来的一部书，从遗体到新生。

在写出来的当时已经过时，已经宣布病危。作者也确认了它的先天的绝症，草草地将它埋藏。然后在房屋的顶柜里，像在棺木里，它的遗体安安静静地沉睡了四十年。

一个死了四十年的“遗体”是怎么从坟墓中爬出来的？是什么灵丹妙药使其“复活”？

第二个原因是看了文学圈两位“腕级”人物的两篇观点截然相反的评论。雷达：《这里有色调浓郁的风景》（2013年6月22日《文汇报》）；陈冲：《你从“这边”看到了什么“风景”？》（2013年6月

27日《文学报·新批评》)。

花了整整两周的时间通读了《这边风景》,阅读了几乎所有、尽管尚不多的有关《这边风景》的议论文字。掩卷沉思,一声叹息:聪明智慧、才气横溢、佳作颇丰的王蒙怎么如此草率地让一个已经死亡了四十年的"遗体",再让它复活呢?直到最后一刻——当他的孩子们为意外发现这一"陈尸"而欢呼时,他还在说:"不,它已经逝世。"真是一念之差:差之毫厘,失之千里。

就让"此稿连同那诡异的时代,再见了,永别了,呜呼哀哉尚飨"(王蒙语)多好!

"死后复活",使我想起了与王蒙年龄相仿的身边的一些朋友。在那个年代,七十年代中期,在受了《金光大道》、《艳阳天》、《西沙儿女》等作品相继出版的诱惑下,他们也写了长篇,写"文革"、写"四清"(有的朋友本来就是"四清"工作队员),可惜,当他们手中的作品完成、想法出版的时候,"文革"结束了,风向变了,"不合新时期的时宜而前功尽弃"(王蒙语《这边风景》),从此束之高阁。如果他们珍惜自己的"手稿",还怀念那段像王蒙一样热情的青春岁月,我相信,当年"呜呼哀哉"的作品,一定还在书柜里、阁楼上(陈冲不也有两部"尚飨"的作品吗?),直到2013年的今天,若他们再有出版之念,可能找遍全国也没有一家出版社肯出他们的"过了时"的"陈尸",因为,他们不是王蒙!他们决不可能让出版社"争名增值"!

按理说,当年已经是"不合时宜"了,因为,在这本小说里"有过了时的标签，过了时的说法，过了时的文件，过了时的呐喊，过了时的紧张风险”（王蒙《后记》）如此这般，那对今天来说，更不合时宜了。

“陈尸复活”，可能会让王蒙付出自己意想不到的代价。正如他在研讨会上，面对“好评如潮”的虚幻，他清醒地说了一句：“《这边风景》有很多局限，我很痛苦！”

这种痛苦也许会长久地萦绕于王蒙的心头，因为毕竟为他已经具有的、明亮的、足以引为自豪的作品长廊中，抹上了一道擦不去的暗色。

我们很同情、也理解王蒙为《这边风景》付出的难以忘怀的泪水、汗水；但是，不是所有的真情、辛劳的付出，换来的都是黄灿灿的丰收、金闪闪的硕果！

（B）

我很赞成陈冲对《这边风景》的基本判断：这是一部“从一开始就注定写‘砸’了”的作品。

王蒙这部作品是1974年动笔的。六十余万字写了四年。内容涉及的是上一世纪60年代初的新疆农村“四清运动”、“社会主义教育运动”、1962年的境内外敌人勾结策动边民外逃事件、粮食被盗事件、生产队领导权的交替等。

60年代初的中国是什么形势？

1962年9月，中共八届十中全会召开，提出了全党要以“阶级斗争为纲”的指导思想，要求全党、全国人民“阶级斗争要年年讲、月月讲、天天讲”，“阶级斗争一抓就灵”，根据毛泽东的判断：全国有三分之一的领导权不在无产阶级手里。1963年2月，毛泽东在中央工作会议上，推荐了湖南省的社会主义教育运动的经验：把“单干风”与抓“牛鬼蛇神”紧紧挂钩，要刮“东风”，遏制“黑风”，还推荐了河北保定地区的“四清”经验。

这一切均是在错误地判断形势，延续了反右运动阶级斗争扩大化的错误方针、政策指导下进行的。以“四清”运动、社会主义教育运动为前奏，在全国的城乡（农村“四清”，城市“五反”）作了一次“文化大革命”的演练，继后的中央“二十三条”则更明确地提出了整党内走资本主义道路当权派的理念。

“四清”、“社会主义教育运动”、十年“文革”均在后来的中共十一届六中全会通过的中央文件（《1981年中共关于建国后若干历史问题的决议》）中作了否定。

《这边风景》就是在毛泽东对中国形势作了错误估计的大背景下，以阶级斗争、两条路线、两条道路“你死我活”的斗争为线索来构思情节、塑造人物、展开全书的。

这是写作者处于当时的政治大环境下，不得不采取的、为保证作品“政治正确”的一种写作姿态。《艳阳天》的作者浩然如此，王蒙如此，凡热衷于当年写作并指望于当时出版的作家均会如此。问题不是写什么，而是怎样写。任何题材，任何政治事件，都可以成为作家笔下的作品，但作家以什么样的姿态、什么样的立场、什么样的认识去判断、去书写却是至关重要的。

这就是那个年代的中国作家们的共同特征，也是他们的创作经历之哀。把自己的作品纳入图解一种政治观念、一种具体的政策的窠臼；把不符合客观实际的斗争哲学作为自己文学创作的基石。这样的作品的文学品质、文学生命力可想而知。当一部文学作品依附于政治、政策，竭力为其服务，一旦当形势发生嬗变，政策发生变更，速朽、尚飨，是它们命运的必然的归宿。

这一点，我想王蒙自己也明白的。正如他自己所说的:《这边风景》"写得糊涂，放不开手脚，还要尽量往'三突出'、高大完美的英雄人物上靠。我想写的是农村一件粮食盗窃案，从中写到农村的阶级斗争，写到伊犁的风景，写到维吾尔文化。但毕竟是先有死框框后努力定做打造，吃力不讨好，搞出来的是一大堆废品。"(《王蒙自传》第二部，P18)

《这边风景》中的爱国大队书记库图扎库尔是让"整个中国改变颜色"的"灾难的化身"，是毛主席所说的"拉出去打进来的代表"；而他的对立面伊力哈穆则是一位一心为公为民的"高大全"人物——无产阶级的化身、代表。这个人物被王蒙视为小说中的"核心人物"，是一位对中央文件心怀忠诚和对领袖无限崇拜、无限信仰的信徒。请看下面一段描写：明天社教工作队要来了，白天，他带领大家刷欢迎标语，带领大家激动地高唱"大海航行靠舵手"，夜晚，他彻夜学习中央文件和社教文件，"这是他每天最严肃、最激动、最幸福的时刻"(P471)。小说描写道：

“明天，社教工作队的同志就要来了。他伊力哈穆，将要在党的领导下开始向阶级敌人开始一个新的决定性的战役。明天开始，将要集中地、系统地、细致深入地揭开这里的阶级斗争盖子，各种谜底将要全面揭晓，各种阴暗角落里的鬼蜮行径都要拿出来晒太阳，三大革命运动将要全面开展，人民的觉悟将要大大提高，社会主义的农村将要更加繁荣……”炉火呼呼，心潮澎湃，他情不自禁地大声诵读起来：“千万不要忘记阶级斗争。”“阶级斗争，一抓就灵。”（《这边风景》，P472）

写于1974年、完成于1978年的《这边风景》，作者当时当然不知道三年后，即1981年6月发表的《中共中央委员会关于建国以来党的若干历史问题的决议》。文件中明确地批判、否定了“以阶级斗争为纲”的错误指导方针，认为：“毛泽东发展了反右斗争后无产阶级与资产阶级仍然是我国主要矛盾的论点。”“不同性质的问题都认为是阶级斗争或者是阶级斗争在党内的反映，在1964年下半年使不少干部受到不应有的打击。”还指出：“个人专断作风逐步损害了党的民主集中制，个人崇拜现象逐步发展。”“毛泽东关于社会主义阶级斗争和实践上的错误发展得越来越严重。”

作品的基调错误与作者的认识水平及长期执行文艺隶属于政治的政策有关。倘若王蒙知道1981年的中央的若干历史问题的决议的内容，我们相信，他的《这边风景》也不会如此的写法。

紧跟形势，配合政治，图解并美化政策，这样的文学作品必定稍纵即逝，不会有长久的生命力。如此“速朽”的作品例子我们可以举出很多，《这边风景》也不例外，王蒙当年“枪毙”它是正确之举。问题是，在事隔四十年后的今天，为什么还要将一部早已死去的“废品”让它“活来”拿出来示众呢？相关出版社还喜出望外地高调出版，此种缘由，值得我们思考。

（C）

我们在为王蒙叹息的同时，也不免为《这边风景》的某些评论叹息。

在我的印象中，雷达在文学评论界是一位专业、严谨、敏锐的评论家，可是，就是眼前这篇评《这边风景》的文章，不能令人满意。与陈冲这位“评论界新秀”(陈冲自喻)的《你从“这边”看到了什么“风景”》相比，前者给人的感觉：欲言又止，四平八稳，侈谈“爱”、“生活”、“人民”、“理想主义”这些“放之四海而皆准”的理念，一篇近五千字的长文，真正触及作品核心、本质的部分还不到两百字：“然而，不能不看到，这部作品里当时政治意识形态和极左政治的某些痕迹仍是明显的，在那个以斗争哲学为基础的时代，作者仍未跳出那个时代的典型的创作模式。作品围绕粮食盗窃案与伊犁事件，作为大悬念，沿着破案，抓境内外的敌人，展开一场激烈的阶级斗争和路线斗争的线索来构思全作。”既然是以阶级斗争和路线斗争的线索来“构思全作”，怎么只是“某些痕迹”？雷达在《这边风景》的研讨会上说：“怎样评价它的审美形态，怎样确认它的文学史站位，以及怎样把它放在当代文学史的序列和王蒙创作序列中来看，都是一个棘手的问题。”至于如何“棘手”，没有展开。

陈冲的文章虽然没有多少理论色彩，但依心直说，干脆、率直，不怕得罪人。他说：“从李准的《不能走那条路》，到柳青的《创业史》，到浩然的《艳阳天》，说到底，都不过是在图解并美化一种祸害农民的政策。”他还说：“王蒙在第二十二章的‘小说人语’里说：‘当年的与百姓打成一片的干部形象仍然难忘，不能忘记噢。’不错，相比于当下有些干部的高高在上骄奢淫逸，确实有人会怀念当年的‘同吃同住同劳动’。可是这果真有效吗？如果当年的干部真的‘与老百姓打成一片’了，他们又怎么会做出那么多违背民意、甚至有悖天理的事来？……所以，我们从‘这边’所看到的另一道‘风景’，就是无论作家有多么高的生活智慧，作品有多么强的生活质感，一旦离开了历史的真实，它充其量也就是一个从有病的机体上剥离出来的没病的细胞。”

除了陈冲、雷达的评论文章外，我还拜读了某场《这边风景》研讨会的纪要。自然是“好评如潮”。我们并不排斥实事求是的好评，但排斥悬而又悬的、空洞的“高帽子”，即我们常说的“乱捧”。在这次研讨会上，我们就看到了若干不着边际的“高帽”：

“这部作品我们怎么高度评价都不为过……它确实是一部奇书”，体现了“历史的前进性”。

“这部书有巨大的超文学的价值，是关于上一世纪60年代整个新疆农村的百科全书。”

“它是当代文学史上一件珍贵的出土文物，它能使干瘪的文革文学史变得生动、丰富起来。”

“《红楼梦》式的书写新疆边地生活的百科全书式的作品……艺术作品的‘捂盘惜售’是必要的，它不是为了囤积居奇，而是要像今天古井贡副总带来的原浆酒一样，酿出来后埋在地下四十年……其醇香是无可比拟的。”

“参加王蒙先生《这边风景》研讨会，我有很多感慨……我觉得王蒙也成了神了，我们可以叫他‘蒙神’。”

对以上“高评”，不必展开剖析，读者自会闻出其“荒腔走板”的味道来。

# 附录

# 《中外诗话》缀语

臧克家

我喜欢小的东西。花，我爱小盆的，摆在案头上："窗前小朵缀青柯"，别有情味。文章，我喜欢短的，诗亦然。我的床头枕边，堆着两大堆诗词之类的书，工作一天，疲倦了，灯光之下，顺手取来一本，读几首绝句，念几首词，抛下书去，恬然睡去。

我是"偏怜小"的。友人余之，把他的《中外诗话》打印目录及书稿给我寄来，想要我写几句读后短文。真没想到，赫然在目的，却是十数万字，吓了我一跳！看完了目录，我默然笑了，光题目就有近两百个。我拜读了作者的后记，翻阅了篇篇文章，我有点怡然而乐了。

看看题目，就有点吸引人，它像极短的条条兴味线，引逗读者急于去看它的内容。文章都是很短的，每篇寥寥数百字，至多千言。它既无堂堂宏论，又乏长篇记述，只是把别人所弃的，捡了起来，把别人认为是琐屑不足道的，记了下来。

我想众多的读者，一定和我一样，乐于阅读这样一些有关中外诗人的轶事、趣闻及诗歌知识的。所记虽小，但可以作为诗史、传记的补充材料，读者也能从中得到一些有益的东西，使眼界开阔，思想提高。记述的一言、一行、一点、一滴，看起来是渺小的，但它的意义并不渺小。以管窥天，不能说渺小，也许见到片片彩云在空中游动，也许望见一颗颗星星像一个个小月亮，这不也可以游目骋怀，从中得到佳趣么？

集腋可以成裘。这《中外诗话》里近两百篇短文，不就是一块又一块的腋么？希望有一天，集腋而成裘——作者志在争取完成的《诗歌手册》。

# 上海摩登的另一种解读

熊月之

这里没有改朝换代的宏大叙事，没有战场厮杀的刀光剑影，没有花前月下的柔情蜜意，有的，只是一则则历史掌故，一段段市井风情，或得自传闻，或源于亲历，看了，你可能会莞尔一笑，也可能会喟然长叹。读余之先生的《摩登上海》，如饮浓茶，如嚼橄榄，有趣，有味，有知识，但不沉重。

余之是那种生在旧社会、长在红旗下、深受阶级斗争学说熏陶、容易将1949年前后上海历史截然分为两段的人，但是，读他的书，完全没有这种感觉。作者自称，生在上海，长在上海，热爱上海，热爱新上海也热爱老上海，所以，多年来爱读与上海有关的小说、笔记、史料，爱看与上海有关的艺术作品，爱记与上海有关的人与事，耳濡目染，心记手记，日积月累，融会贯通，所闻世与所见世在他的脑海中融为一体，历史与现实被紧密地糅在一块，上海历史活了。你看，他的笔下，蓝头阿三、洋装瘪三、造反舞女、街头乞丐，是那样地生动活泼；一品香、红房子、白俄咖啡馆、朱葆山路酒吧街，是那样地香味飘逸，吊人胃口；野鸡渡、里摆渡、东洋街、打狗桥，是那样地风情别致，引人入胜。看了他的书，老上海人会萌发思古之幽情，新上海人会萌访古之冲动，外来游客会发物是人非之感叹。

近代人翻译西文，有很多音意兼及的译名，“摩登”(modern)即是一例，很传神。要问究竟什么叫摩登，那是要费许多口舌笔墨还说不清楚的，所以，直到现在，许多学者还在讨论。李欧梵写过《上海摩登》，主要通过文艺作品解读上海摩登。余之将其颠倒一下，来个《摩登上海》，主要通过掌故民俗来解读，一雅一俗，一庄一谐，风格虽异，旨趣则一。

我初识余之，见其长发披肩，酷似交响乐团的指挥，心想，搞文字工作的学者怎么也艺术化了？后交其人，喝酒，聊天，读其书，觉得文如其人，一点不假，洒脱，轻灵，不落俗套，历史读物也可以写得这么好看，我只好说“服了”。

# 谢天涯海角知音

黄宗英

我又见到好朋友余之了，怎么会有三十年不见了呢？他还年轻，心里有诗的人，永远年轻。他的新作《岁月留情》写得真好，文笔流利、词量丰富、知识渊博，感情诚挚。

他在文汇报工作，我们是见面熟的朋友，可以谈知心话的。1978年，我对他说："你能不能跟你的领导谈谈，给我一张'文汇报特邀记者证'，并给我报销写报告文学的旅费。你试试看。"那时候，我50岁出头，经过要求自我改造的下乡劳动和浩劫中的强迫劳动，我身子骨不错。我想趁还跑得动，就跑得远远的，至于上海嘛，是窝边草，老来再说。那时候，从上海到北京的一张软卧票是96元，我的工资是230元，不算低。可我要去的是边疆啊。余之果然给我办妥了记者证和路费报销，让我想上哪儿就去哪儿，从此我出差都只坐硬卧了。契诃夫说：作家要坐三等车。很有道理，我是尽力找机会多接触普通劳动者。到了外省，我不去拜访省委，而是自己找个普通招待所住下，没浴室，天热，男旅客都穿着短裤衩在院子里水龙头下冲澡；我只好冲进短裤衩阵接一脸盆冷水，回屋从头到脚洗个遍。上路歇脚时，我渴了，就买两个甜瓜洗洗，两瓜一磕碰开来，啃了，又解渴也解饿更解馋。我所以能写成个报告文学家，和我对生活的适应能力强很有关系。

那时候，记者证可管用啦，火车票紧张，记者证不用排队。记者证也避免我自己变成被采访对象。我对《文汇报》铭心感激。

我写深入西藏的女生态学家徐凤翔的《小木屋》是首发在《文汇报》上的，余之是我的责任编辑。我的《小木屋》获得了当年的优秀报告文学奖，余之获得了优秀编辑奖。

我请好友鄂力为我刻了个闲章：云中是我家。我跑遍了大半个中国，直到我近70岁时，拍摄《森林女神》，第三次入藏，患全方位高原反应，昏迷二日醒后，又坚持到与摄制组同时撤出西藏。我明白，我从此被高山开除了。我赶忙和南海油田联系，并买了一些有关海洋的书，想接替徐迟未了的心愿——写大海。

没想到我患了脑栓塞，并又患了脊椎骨折，从此窝在华东医院，坐在轮椅上。我84岁了，窝边草也吃不着了，只在膝盖上垫个塑料板，写写随笔《百衲衣》了。

明天要动个手术，写此文只为：谢天涯海角知音。

## ·我和小树一起成长·

咪咪日记选·1—5 岁

（爷爷代笔）

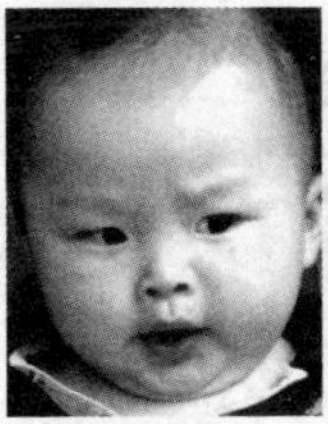
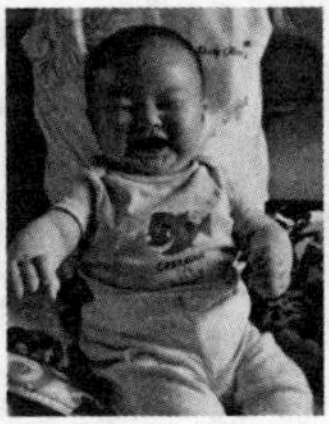

**2008、12、6**

今天是我出生的日子。是下午四点多。

午后的阳光多么灿烂，多么暖和，这预示着我来到这个世界后的人生也是暖和与灿烂的。

我的出生地是长乐路上的上海第一妇婴保健院。大家都说这是一家很正宗的产妇院。

妈妈二点半进的产房。爸爸、阿爷、阿娘、外公、外婆都等在产房门口，像迎接重要贵宾一样，等待着我的出世。

护士阿姨把我抱到小窗口，大声说："看清楚喽，男的。"

爸爸一下子抱住了阿爷的脖子。长辈们好开心啊。

阿爷惊喜地说，小家伙好白好白啊。

妈妈生我很辛苦。是剖腹产。

我六斤六两。

阿爷说："好啊，六日生，六斤六两，六六大顺！"

爸爸出生的时候是七斤二两。比我重半斤多。

我和妈妈就睡在靠窗的包房里，每夜1300元。这间房间还是人家预订的呢。

护士小姐说，只有八人的产房，阿爷说："太乱，不住。"阿爷跟护士阿姨说："那房间我们先住下来，明天预订的人来了再说。"阿爷还跟护士阿姨说，他和某医生说好了的。第二天不知是怎么样的，人家也没来。结果我和妈妈一直住到出院。

**2008、12、8**

今天护士阿姨给我在大盆子里游泳。太阳大大的，好暖和，我的“游泳池”是一个大的木桶，靠着窗，外面是长乐路，隔着玻璃窗，外面挤满了看热闹的人。我太喜欢这些阿姨们的眼神了，对着我微笑，这个世界好新鲜啊。

但说实话，我很紧张——毕竟，我从妈妈的怀里出来才两天啊。水和阳光一样，很暖和，我的脖子上还套着一只救生圈，花色的。

阿娘和爸爸陪着我，爸爸还给我拍了照片。

感谢爸爸妈妈给了我生命，带我来到这个充满阳光的新世界！

**2009、1、6**

我满月了。

阿爷在《新民晚报》上写一篇有关我的文章。给我讲了一个《新龟兔故事》。过去阿爷小的时候，老师们都给孩子讲《龟兔故事》，表扬龟，批评兔子；阿爷却要我做兔子，好好晒太阳，好好睡觉，养足精神，关键时候一跳，就赢了。

台湾吴鲁芹的散文我不懂，但阿爷文章中最后两句话我听进去了：“宁做兔子，不做龟孙！”

妈妈给我拍了一组照片，我睡在“腊粥包”里。四张：第一张，一只眼睛开着，另一只眼睛闭着；第二张，头仰起，眼观左前方；第三张，双目紧闭；第四张，神情严肃。

**2009、1、20**

阿爷将妈妈拍的这四张照片拿到《上海卫生报》上去发表了。专栏的名称叫：《中国娃娃》。阿爷根据我这四张照片的神态，给这四张照片的标题取名叫《“失恋”以后……》。第一张的文字说明是“这是真的吗”；第二张的说明是“真是难以接受”；第三张的说明是“让我好好想想”；第四张的说明是“小事一桩，明天会更好”。

照片发表后，很多朋友说，“真好白相”，“刚满月就会谈恋爱呀……介‘花’啊……”好多亲友争相传阅我的照片，一片欢笑。

**2011、10、1 国庆节**

下午，阿爷带我去梦清园玩，昌化路桥边有一位母亲带着和我一样大的孩子在讨饭。我走过去把阿爷买给我吃的一只小烘山芋给了他吃。小孩还向我招招手，我很高兴做了一件好事。阿爷把这件事告诉了拍照片的陈丹路爷爷听，他说这个镜头很美。

丹路爷爷是拍照片的。阿爷告诉我，他不久去了美国阿拉斯加，拍了二十分钟的纪录片，网上传得很广。阿爷在《新民晚报》上写了一篇文章：《午夜阳光之美》，赞美了丹路爷爷，把我的事也写进去了。

阿拉斯加午夜阳光很美。阿爷说，我的心灵也像阿拉斯加的美丽风光一样美！

**2011、11、14**

阿娘、阿爷去华东医院看望黄宗英大奶奶，八十七岁的大奶奶。她给我题词："骏马登程奔四方，任尔到处立纲常；身在异境犹吾境，人在他乡立故乡。"这是黄奶奶家的家训。

我没有上病房去，阿爷陪我在草地上打高尔夫球，小红帽、白小球，引得医生们都来看我。

**2011、11、16**

下午，阿爷抱着我去梦清园对面的小区儿童乐园玩。

忽然，我大叫：“拉屎了！”

阿爷说：“快，上厕所。”

我指着旁边的咖啡馆说：“到咖啡馆去。”

阿爷抱我进咖啡馆，慌忙帮我解下裤子，结果我只放了两个屁，我嚷道：“好了，拉好了，只有两只屁！”我大笑。阿爷也大笑。

**2011、11、17**

下午照常睡了两个小时，老规矩：阿爷抱着我睡去。醒来后，我嚷着要去大悦城。

大悦城在西藏路上，有儿童乐园“维尼熊”。

隔壁老奶奶说：“什么汰浴城？侬去汰浴啊。”

我大声说：“大悦城不是洗澡的地方，是玩的地方。”

阿爷告诉我：“玩好了，要到外婆家里去。”

我说：“知道。”

在大悦城，我玩钓鱼，打枪，救火，打水鸭子……

可是六点多回来后，我又反悔了，不让阿娘阿爷走。我说：“陪我两分钟。”其实我自己也不知道“两分钟”是个什么概念。

**2011、11、18**

阿娘和孃孃带我去轻纺城买了雨衣和雨鞋，蓝色的，好漂亮，我穿着雨鞋在水中玩，好开心。

我第一次穿上它们，踩水太好玩了。我说："我不怕下雨了。"

阿娘说："当心，衣服别弄湿了。"

阿爷说："没关系，湿了可以换。让他玩。小孩难得开心，我们小时候也贪玩的。"阿爷还对阿娘说："小孩经常保持开心，有利孩子心理成长。"

阿娘带我回外婆家，我不让阿娘回去，我躺在地上大哭。

第二天十点多，外公带我到阿娘家。

天虽没下雨，但我还是穿着雨衣和雨鞋。一天不肯脱下来。

**2011、11、20**

妈妈从香港回来了。妈妈对我说："给你带来了礼物。"

阿爷问："是什么礼物呢？"

我说："是坦克车。是真的坦克车。"

阿爷说："是真的坦克车房间里怎么放呢？"

我回答不出。

快到外婆家的路上，我问阿爷："妈妈在吗？"这是我几平每天要问的问题。

阿爷说："在的。"

门打开，妈妈果然在，我真高兴。

妈妈大声叫我："尤米！"并贴在我的耳边跟我讲话。

我说："我在吃东西，等我吃完了，再说吧。"

大家大笑。

**2011、11、21**

中午，阿爷出去了。楼下小店的老板问我："你阿爷呢？"

"外地。"我大声说。

我想去找阿爷，叫阿娘坐红车子去。因为平时他们都坐红车子去很远的地方，我叫远的地方为"外地"。

因为阿爷阿娘带我去过轻纺城买玩具，就是坐这种车子。

阿爷和我坐在床上，我翻着一本全是各种车子的书，给阿爷讲故事。

"火箭点火，飞到月亮上去了……"

"月亮上没有饭吃怎么办？"阿爷问我。

"……火箭再飞到家里来，吃饭喽……"我问阿爷，"好听吗？"

阿爷说："好听。"

我一连给阿爷讲了四五个车子的故事：救护车、警车……每一个故事只有一句话："救护车开在马路上。""警车抓小偷。"每次都要问阿爷："好听吗？"他都说："好听。"

阿爷给我玩五颗圆圆的石头，阿爷把它一会儿变成"喜羊羊"，一会儿变成"蒂西乌西"，一会儿再变成"小屋"。我大笑，真开心。

**2011、11、22**

五点多，我又要外婆家去了。我说："再去外婆家旁边的滑滑梯去玩一会儿。"

阿爷说："天黑了，小孩子都回家了。"我不肯，坚持要去，并说："那儿有一个男生和一个女生在等我。"阿娘阿爷都笑了。

阿爷说："哪里有女生呢？"

我对阿爷说："你真是老糊涂。"

我一直玩到六点左右才回外婆家。到了274号门口，我勾住门框说："勾住了，回阿娘家吧。"

阿爷说："妈妈、外公、外婆在等你呢，他们急死了。"

是妈妈来开的门。妈妈在，我准是跟阿娘阿爷乖乖地说："再见！"有时还加一句："一路顺风，路上小心。"我也不知道是哪里学来的。

如果妈妈不在，我老是要拉他们进来，说："陪我一分钟，或二分钟。"我也弄不清楚，"一分钟，二分钟"是个什么概念。

**2011、11、23**

九点多，阿爷、阿娘来外公家接我了。有时候星期六或星期天，外公外婆要去浦东，就让阿爷阿娘来接我。我说："我再玩一会儿。"我在玩积木，正在兴头上呢。

阿爷说："早晨不肯走，晚上不肯回。"

我指着房顶上的电风扇说："这是吸尘器。它在转。"

阿爷跟外公讲昨天的"男生、女生"的事，我说："不要再说了，我头也大了。"

大家笑了。

**2011、11、24**

十点左右，我吃过奶和点心，外公推着小车送我到阿爷家去。阿爷在大门口等我。

我忽然叫，"小便了"，阿爷说："把尿给'尿克郎'吃。"

"尿克郎怎么会在泥土里呢？"我问。

“泥里是它的家。”阿爷说。

“它的床是什么做的呢？”

“泥土。”阿爷说。

“它的枕头、被子都是泥做的。它还吃我的尿。”我说。

天黑了，阿娘阿爷用遥控小轿车（这辆车是姑夫买的，他在上海“好孩子”公司当头头）送我回外婆家。

今天我很乖，跟阿娘阿爷说：“再见！”因为，刚在楼下买了“泡泡糖”。

**2011、11、25**

十点，阿娘阿爷来接我。他们要去南京路泰康食品店买酱鸭给我吃，因为我很喜欢吃。阿爷在车站旁的熟食店买了红肠给我吃，还热的。我喜欢吃，一边吃一边上了801。去了新世界。去了玩具城。

忽然从远处传来了爆竹声。我从小怕。阿娘说我胆小。

“你怕不怕？”阿爷问。

“不怕！”

“为什么？”

“因为它很远，在美国。”

下午我没有睡午觉，把床上的被子、枕头丢了一地，自己睡在被子上，还叫嚷："我要睡在脏地方。"很开心的样子。爸爸说是阿爷把我宠坏了，下次要一周给我见阿爷一次。阿爷笑笑说："像探监么。"

晚上爸爸开车，说去接妈妈，一起去吃饭。

**2011、11、26**

今天是星期六，妈妈、爸爸一起在阿娘家吃晚饭。我坐在里房一边看电视一边吃晚饭。我不肯坐我的小饭桌，阿爷就坐在床上抱着我。阿娘在床边喂我吃。妈妈爸爸进来问："咪咪吃得乖吗？"

阿娘说："很乖。"

妈妈说："外婆来电话了，再过二十分钟他们来接。"我很听话的，向爸爸妈妈说："再见！"

二十分钟后，外婆电话来了，阿爷抱着我下楼去。临走，我坚持要把小篮球架带走。

**2011、11、29**

阿娘感冒了，我两天在外婆家。外公打电话给阿爷说，今天三点以后他们都有事。

阿爷两点来接我，我正在看《奥特曼》，我对阿爷说："再看一分钟。"

外公对阿爷说："让他再看一会儿，三点你再来。"

我不肯，我电视不看了，要跟阿爷走了。

我自己穿鞋，问了阿爷三个问题：

"你怎么这么久不来了呢？"

"你怎么太阳要下山了才来呢？"

"你怎么太阳出来时不来呢？"

外公和阿爷都大笑。

出了门，我就要阿爷抱。

阿爷问我："你的腿是派什么用处的？"

我回答说："抱的，爬的。"

阿爷抱着我在小区里兜了近一个小时，哄我睡觉。阿爷还唱催眠曲，这是阿爷的老规矩。我睡着了。

因为阿娘感冒，我没有去38号。我就睡在52号，爸爸妈妈的床上。一睡就是两个小时。阿爷在客厅的沙发上睡。

五点我醒了，我居然自己跳下床，自己开门，抱着背心跑到客厅里来了，睡意蒙眬。

阿爷马上从沙发惊心起来，抱住我："宝宝，好乖！"怕我着凉，赶快给我穿好背心。

我问阿爷："你听见我的声音吗？"

阿爷赶紧说："听见，听见。"

出了大门，看见两只猫咪，躲进了小树丛。我问阿爷："猫咪到哪里去了呢？"

阿爷说："去找妈妈去了。"

"为什么呢？"

"因为天黑了，要吃饭了。"

"猫咪的家在哪里呢？"

"在小树丛里。"

"它们的被子是什么呢？"

"是草。"

"那它们的枕头呢？"

"也是草。"

"那蚯蚓的枕头呢？"

"是泥。"

"被子呢？"

"也是泥。"

"屎克郎呢？"

"也是泥。"

"为什么呢？"

"因为它们很脏。"

……我有很多"为什么"。

不知道阿爷回答得对不对，反正我要问。

快到外婆家了，我照例要问："妈妈在吗？"

阿爷总是说："在。"

其实，有时候在，有时候不在。

在电梯口，正巧碰到外公从外面回来，外公对我说："我早听见你的声音了。"

今天妈妈回来得早，妈妈照例大声叫我："尤米！"而且拖长音。

阿爷要去和白桦、祝子平爷爷吃饭。他们都是阿爷的好朋友，我吃的奶都是祝子平爷爷从日本带来的。

阿爷说："跟阿爷再见。"

我自顾自脱鞋，没有回答。心里真不愿意阿爷阿娘走。

**2011、11、30**

因为阿娘感冒，我继续留在外婆家。阿爷打电话给外婆问今天如何安排，外婆对阿爷说："你下午有空就来抱他睡觉。"

两点，阿爷来了。他抱我下楼去，阿爷照例开始哼催眠曲。我靠在他的肩膀，说："我还没有睡呢！"大约过了二十分钟，我开始打呼噜。

但是，上楼，他一放我在床上我就醒了，大叫："外外去……外外去。"阿爷抱了我大约半个小时，外婆说，大概不会睡了。

我醒了，就和阿爷一起坐在沙发上看电视，台湾“东森幼儿”。

五点，外公回来了。阿爷几次要走我不给他走。

外婆在里屋看股票，外公引我进里屋，阿爷偷偷出去，我奔出去，大叫：“我喜欢阿爷！”拉住阿爷，不让他走，哭。阿爷又返回。坐在沙发上，我和阿爷玩“矛”与“盾”。阿爷拿支笔做“矛”，我拿着一块塑料板做“盾”。一次又一次，好开心。

外婆给阿爷喝奶茶，阿爷给我喝，甜甜的。

我问阿爷：“坏人喝什么？”

阿爷说：“坏人喝白开水。”

“为什么？”

“坏人脑子坏了，水不给他喝，他要死的。”

“什么叫‘死’呢？”

“‘死’就是不醒了。”

阿爷把眼睛闭起来，装“死”。我“拍”一下打阿爷的脸，外婆说，“不要打阿爷。”

这是阿娘教我的：“阿爷装死，你就打他。”

阿爷第一次装“死”的时候，我一下子扑在他身上哭了，真哭，阿爷马上睁开了眼睛。后来，成了表演：阿爷头一侧，眼睛一闭，我就假哭，弄得阿姨们都笑。以后弄多了，我就笑。

阿爷这一招从此失灵了。

我还说：“我要把坏人一脚踢到天上，踢到飞机上，不让他下来。”

阿爷说我的本事真大!

**2011、12、1**

外公外婆今天要去杭州，要阿娘阿爷八点半给我穿衣服。

外婆八点钟打电话给阿爷说我还在睡，妈妈晚点去上班，妈妈会打电话的。

十点，阿娘阿爷来接我了。妈妈给我吃好了奶。

外面的风很大，阿爷把小车的塑料布包得严严实实的，像个玻璃房，风吹不进来。

我问阿爷为什么要包得那么严。

阿爷说：今天外面的风像“刀”一样。

阿娘说：“瞎说。”

我说：“是刀！”

阿爷说，风冷，吹在脸上像刀刮一样。

我又学会了“风像刀”的比喻。

电视的“画大王”在画画。我说：“我也要学画，我去拿画笔，我会把玻璃门开得很轻的，不会碎的。”

“咪咪学乖了，真聪明。”阿爷表扬我。

“阿爷是个大笨蛋。”阿娘说。

“不是！”我说。

“侬个小马屁。”阿娘说。

“我要拿个东西教训教训……”

“教训谁？”阿爷问。

“阿娘。”我说。

“阿娘不可以教训。小孩不可以没礼貌。”阿爷说。

我拿塑料保龄球扔阿娘。

爸爸轻轻地打了我两下手心，要我向阿娘道歉。我不肯，哭了。

阿爷抱着我，向我讲道理。我说：“过会儿我会道歉的。”

阿娘说我“作困”，阿爷就抱着我下楼去了，半个小时后我就睡着了。

我醒来后，阿爷还在外面沙发上睡。阿娘进来，我大叫：“阿娘出去。我要阿爷。”

阿爷只得跑进来了，和我睡在一起，一会儿，我说：“还是起来吧。”

我和阿爷看《奥特曼》电视。

阿娘从外面给我买来了奥特曼玩具，我高兴得在床上跳起来了。

七点多，阿爷打电话给妈妈，告诉她我生日那天中午在海鸥舫吃饭。是我接的电话。我在电话里对阿爷说：“你怎么晚上打电话来呢？”

**2011、12、2**

十点多到阿娘家，我就吃了一只半崇明玉米，一边啃一边嚷：“好香，好吃！”结果，中饭没有好好吃，吃了几口就不肯吃了。无论阿娘阿爷如何哄我都没有用。

爸爸批评阿爷说，吃饭前不要给我吃零食。阿爷说：“粗粮也是饭。”

爸爸还说我被阿爷惯坏了，再这样，下次白天不给阿爷领了；妈妈对爸爸说，你自己有能力伐？爸爸哑口无言。

**2011、12、3**

阿娘阿爷带我去星火日夜商店，给六妹阿娘送去四只大闸蟹。

阿爷给我在胡庆余堂买了一只儿童口罩，十元。

我问阿爷：“药店怎么卖口罩的呢？”

阿爷说，口罩也是保健品。

我很喜欢戴，我说：“不怕风了，不怕灰了。”

阿娘去找六妹了，阿爷说带我在避风处晒太阳。阿爷问我要喝水吗。我说，要喝咖啡。阿爷买了一瓶“利趣拿铁”，我喝了两小盖，主要是阿爷喝。

晚上，爸爸妈妈来阿娘家吃饭。

爸爸高兴地告诉阿爷阿娘，说我玩两只“文旦”，它俩会滚来滚去，咪咪会说：“不准动，动左脚，打左脚；动右脚，打右脚。”这是我从妈妈那里学来的。

妈妈在用电脑，我要去动它。妈妈说：“不准动，右手动，打右手；左手动，打左手。”

我忍不住还要去动。左手动一下，我自己打一下左手；右手动一下，就打一下自己的右手。妈妈也被我的傻乎乎的行为惹笑了。

六点半，外婆打电话来，说外公的汽车来了，要接吗?

阿爷说，饭正在吃呢，过会儿由爸爸妈妈送去。

七点，我“全副武装”：帽子、口罩、围巾、背心……坐进被阿爷称作是“水晶宫”的坐车里去了外婆家。

出门的时候，我问妈妈：“我去哪里呢？”

**2012、2、13**

阿爷真笨，电脑不太会弄，把“日记”丢了一个多月。爸爸说替代了，好像没有了，可惜哪，浪费了阿爷多少心血啊。

这一个多月里，阿爷帮我记了以下想得起来的事——

（1）12 月 6 日是我的三周岁生日。阿爷把生日酒会放在小阿爷的海鸥饭店，黄浦江边，风景很好，这里我已经来过几次了。小阿爷还特地让香塔莉做了一个大蛋糕。阿爷在上面做了几个大字："余佳融三周岁"。

（2）我打了一次预防针，是外公、外婆和妈妈带我去的。我没有哭。回来的时候，大家都说我"乖"。

（3）我一直叫阿爷给我讲"警察抓小偷"的故事。阿爷随讲随编，反正我要听。有一次，我和阿爷坐在被窝里，我给阿爷讲故事。每讲一句都要问阿爷："好听吗？"阿爷总是说："好听。"

我说："我一脚把小偷踢到飞机上。好听吗？"

我说："我把小偷关起来，不给他喝水，好听吗？"

我说："我把小偷丢在河里，再把大吊车把他吊起来，好听吗？"

（4）今天爸爸笑着告诉阿爷一件事：昨天，爸爸妈妈带我出去玩，车子开过虹桥别墅区，妈妈跟我开玩笑说："咪咪，爸爸买不起别墅，我们跟买得起别墅的叔叔去好吗？"我跟妈妈说："你以后不要再说这种话。"爸爸听了很得意。阿爷也大笑，说我很懂事，乖。

……

**2012、2、14**

我和阿爷在玩的时候，不小心把妈妈买给我的一只小玻璃玩具打碎了。我要阿爷去买。阿爷说："问妈妈在哪里买的，阿爷去买。"阿爷问清楚了，在长宁路的889商场。

妈妈问我："你哭了吗？"

我说："没有哭，有点难过。"

**2012、2、15**

爸爸、妈妈都来阿爷家吃中饭。爸妈来之前阿爷已经喂过我，吃饱了。一点多爸妈来了。阿爷和我玩。爸爸过来了，我对爸爸说："你叫阿爷'爸爸'呀。"

"爸爸"，爸爸叫着，大家不约而同地笑了起来。

我正玩得开心的时候，孃孃对我说："我们来捉迷藏好不好？好了，你来找我呀。"

"你躲起来好了，反正我不会来找你的。"大家又笑。

**2012、2、17**

下午两点不到，阿爷就抱着我睡觉了。五点多才醒来。

我醒来第一句话就是："爸爸妈妈怎么还不来？"

第二句是："我的奥特曼呢？"

第三句是："我不要睡觉。"

过不久，爸爸妈妈来了。我看到爸妈很开心。阿爷老是跟我讲，要对爸爸妈妈好，要对家里所有的人要好。

一个对家里的长辈好的孩子，是有出息的孩子。

阿娘生病了。我和阿爷玩。过一会儿，我搬只小板凳，坐在阿娘床边，说："我来陪阿娘。"下午爸爸来接我回外婆家。临走前，我对阿爷说："你要照顾好阿娘呵。"阿娘开心得很："咪咪真乖。"

**2012、8、27**

凌晨两点。阿爷睡醒了，起来帮我写日记。

这日记也多事，电脑里丢了几次，爸爸也找不到，只得由阿爷重写。

这半年里，阿爷记得起我的有趣事都记下了：

我问过阿爷：什么叫丢脸？什么叫死？什么叫危险？什么

叫永远消失?

阿爷给我举例子说：有人不小心踩死了蚂蚁，它就消失了，变成了泥。这就叫消失。

从八月一日起，我进了博士娃幼儿园。头两天还新鲜，第三天起我就不想去了。

我对阿爷说：“我去了五天了，还要去多少天啊！”“我在幼儿园很累。”“我要自由！”“我要做宅男。”

阿爷问我：“什么叫宅男？”

我说：“就呆在家里，什么地方都不去。”

过了两周后，我好点了，托儿所的小朋友多，进去了也好多了。在里面我很听话，每天得五星，有一天竟得了四颗。

我每天都要阿爷来接我。有两天阿爷外出，外婆来接我，我都问：“阿爷呢？”我要外婆给阿爷打电话，电话里我哭，要阿爷。

我在电话里叫：“阿爷，我想你，你现在就来。”

七点，阿姨帮我洗澡，我对阿姨说：“阿姨，求求你，你经过阿爷的门口，帮我去叫一声阿爷，叫他来。我想他。”

今天，我和爸爸在阿爷家吃中饭，吃完了，爸爸叫我一起回去，我不肯，对阿爷说：“我要和阿爷永远在一起。”

我还对阿爷说：“晚上我和阿爷睡。阿爷你答应过我的，对不对？”

今天阿爷来接我。我问阿爷：“明天还要上幼儿园吗？我现在不哭了。”

我还问阿爷几个问题：“什么叫‘可恶’？”“什么叫死去活来？”

阿爷告诉我：可恶就是坏。阿爷阿娘要我回外婆家吃晚饭，爸爸妈妈在等我，我回答说：“我就是死去活来不肯去。我要在阿爷家吃汤圆。”

阿爷和阿娘便带我去农工商买了汤圆。阿娘说：“带到外婆家去吃好吗？”我不肯，要回阿娘家吃。我吃了四只大汤圆，才回外婆家。

**2012、8、29**

下午，阿爷给《新沪商》杂志通讯员讲课。

阿娘四点半来接我。我一见阿娘便问：“阿爷呢？”

阿娘说：“阿爷有事出去了。”于是，我就哭，一直哭到门口，要找阿爷。

阿娘说：“不要哭，小朋友看到了，难为情的。”我还是哭。阿娘哄我去“大悦城”，去咖啡馆，我说：“我要阿爷一起去。”

阿娘没有办法，于是给阿爷打电话。

阿爷在电话里对阿娘说：“那你叫部出租，让他来吧。”

我赶到了五角场，阿爷正在给人家上课。我在贵客室里吃蛋糕，又一起吃晚饭。

八点多回到家，阿娘说：“我们陪你到外婆家洗澡好吗？”

我不肯，一定要回到阿娘家洗澡，然后才回到外婆家。

阿娘帮我洗完澡。

临走前，我抱着阿爷哽咽：“我想阿爷。”

阿爷说：“男子汉是不哭的，阿爷不喜欢会哭的孩子。”

于是我不哭了。阿爷抱着我去外婆家。怕我被小虫咬，阿娘还用毛巾把我的双脚包住。

**2012、8、30**

今天阿爷和阿娘同时来接我。我看到阿爷高兴极了。我奔出教室，忘记了给老师说再见，阿爷提醒，我才给老师道别，并鞠了一躬。阿爷说我有九十多度。

照例与阿爷玩。我每次从幼儿园里出来，就在阿爷的床上蹦跳，阿娘说不要皮。而阿爷总是说：“幼儿园里动得少，解放了，让他跺，让他蹦，长身体。小孩子不蹦不跳是不行的。”六点多了，我要回外婆家了，但每一次我都要拖，“再过一分钟”，“再过半分钟”。

过了十多分钟，阿爷阿娘说：“一分钟过了……”

我却说：“一分钟是很长很长的……”拖到最后，还是回去了。

我要阿娘买面包，才回去。

每次都这样，回去前，超市，农工商总要去兜一兜，买几样吃的，但我老是不吃，要阿娘带回去。阿娘说我“出花头，‘牙’辰光”。

**2012、9、1**

阿爷给我买了两支电弧光手电筒：红的，蓝的。可以射得很远很远。对面的大楼，梦清园的树木，都可以照到。太好玩了。

“可以照到星星吗？”我问。

“可以，星星不是一眨一眨的吗？”

“星星上有外星人吗？”

“现在还不知道。我们的火箭还到不了。”阿爷说，“等你长大了当科学家，造高级的火箭就可以到外星去了。”

“我带你去好吗？”我说。

“好。把家里人都带去吧。”阿爷说。

“好的。在星星上，我造个大房子，让大家住。”我说。

阿爷表扬我真聪明。

2012、9、3

这两天我放假。今天阿爷来接我。我说过的几句话，大家觉得很好笑。

阿爷问我：“今天得红五星了吗？”

我说：“幼儿园的红星发完了。我们回家自己做一点好吗？小朋友们都没有得。”

阿爷：“你肚子饿吗？”

“很饿。我们去超市吧。”

超市买了很多吃的，我推车自己挑。还买了一张“奥特曼”。

“书包放家里好吗？”“不，背着吧。”“重吗？”“不重，我放的东西不多。”

“阿爷，你明天再早、再早、再早来接我，听见吗？我只要阿爷来接我。”

“阿爷今天第一个进来接你的。”阿爷说。

我随口说：“我要第十个。”我学会了说“十”。

2012、9、12

我今天有点热度，阿爷带我去医院。从五点多看到六点多。阿爷说给我买个玩具，我很开心。回家的时候，我说：“先到阿爷家。”阿爷说：“天黑了，去外公家吧。”我抬头望了望天，真的黑了。我就说：“那阿爷抱抱吧。”于是，我们上了外公的车。

这两天我的热度没退，一直在39度左右。外公打电话给阿爷。阿娘找了朋友在纺院吊了两天针。阿娘阿爷陪着我，我一点也不哭。医生说，有综合菌。因为咳嗽，又发风疹块。

两天下来，好了。我又神气了。外公说，咪咪很“活络”。托儿所没去，在家好好休养。

**2012、9、23**

我问阿爷：“什么叫‘岂有此理’呀？”

阿爷给我讲了许多“岂有此理”的例子。

“小孩子不好好吃饭，饭不是往嘴里送，却是倒在桌子上，真是‘岂有此理’。”

“小朋友们都在睡觉，有一个小朋友不睡，却在唱歌，岂有此理。”

……

我一直问：“还有呢？还有呢？”

阿爷给我说了很多例子，我总是想听。

阿爷给我买了两支电光灯，红的，蓝的，一直可以照到对面大楼墙上。

我一直叫：“鬼呀，鬼呀。”

**2012、10、1**

今天是国庆节，爸爸妈妈要带我去野餐。

地点在森林公园，几次都是去那里，有时我们还划船。

**2012、10、5**

阿爷说四岁还不到的我，最近说话有大人相。

阿爷说：“我明天第一个到托儿所来接你，好不好？”

我的回答是：“太感人了！”

弄得阿爷直笑。

我要阿爷讲警察抓小偷的故事。阿爷是老警察，爸爸是大警察，我是小警察。

我就问阿爷：“我的任务是什么？”

阿爷说：“你的任务是拿枪，拿手铐。爸爸开车，阿爷抓人。”

我问阿爷：“小偷抓来后关在哪里？把他关在笼子里吧。给他吃什么呢？给他吃山芋。”阿爷说，给他吃皮。阿爷问：“薯条要给他吃吗？”

我说：“薯条我要吃的。过期的给他吃，新鲜的我们吃。”

**2012、12、5**

今天阿爷为我提前一天过生日。因为阿爷明天要去宁波两天。

在金鹰的“相当”吃晚餐。阿爷在凯司令西餐馆订的生日蛋糕。每年一次。

点蜡烛的时候，妈妈让我许个愿。

我大声说：“女士们，先生们：我将来要做宇航员，蝙蝠侠！”大家大笑。

结束的时候，爸爸妈妈要上街，我坐在阿爷的肩上。我大声跟爸爸妈妈说：“我会想你们的。”阿爷教我说：“你们明天早点回来！”

我和爸妈飞吻别。

回来的路上，外公开车，阿爷抱着我讲警察与小偷的故事。

**2012、12、8**

“阿爷，什么叫‘有才’呀？我给外国老奶奶飞吻，他们说我‘有才’。”我问。

“有才，就是聪明，懂道理。你给人家飞吻，说明你有礼貌。”

“人脑子里是什么东西呀？”

“许许多多脑细胞。”

“什么叫细胞？”

“细胞就是装知识的东西。你现在有很多细胞了，比如‘有才’‘月亮’‘灯’……”

“阿爷，我也给你三个细胞。”接着我就说了“西瓜”“苹果”“桔子”三个英语。

阿爷大为惊奇，“咪咪会英语了。”

**2012、12、28**

今天星期五，晚上六点幼儿园联欢，所以吃完中饭都放了。

阿爷以为十二点接孩子。晚了，人家十二点都将孩子接走了，只留下了我一人。顾老师对阿爷说，余佳融差点哭了。

我跟阿爷说：“阿爷，我跟你说句话。你没来的时候，我的心里在下雨，你来了，我的心里长彩虹了，天亮了。”

阿爷大笑，说我可以当作家了。我还说：“到了阿娘家，我心里的彩虹越来越多了。”

接着，我又给阿爷说了第二句话：“阿爷，你没来的时候，我的心里是黑的，现在是白（亮）的。”阿爷笑着吻我。

我很高兴。

晚上，爸爸来吃饭，阿爷把我的话告诉了爸爸，爸爸听了也大笑。

**2013、1、1**

“阿爷，你抽的烟是不是我送给你的元旦礼物？”

“是的。”

我很得意地笑了。

外公外婆带我去吃饭，香烟是外婆从饭桌上拿的，我对外婆说：“带回去给阿爷吃。”

天黑了，我渴了，要喝葡萄汁，我一定要去农工商买。

阿娘说，隔壁超市就有，我不肯。

赵五金说，老余头，他要太阳，你给不给？

我大声说：“太阳已经到美国了，十三点！”

阿爷笑，又说，骂人不可以。

“赵五金，‘柴吾（粪）精’，哈哈……”

我坐在阿爷的肩上，我说：“阿爷，等地球毁灭了，我带你去别的星球，我发财了。”

阿爷说，那时候他已经走不动了。

我说，我到美国给你买拐杖，有四只脚的，稳。

爸爸说，为什么要到美国去买？

我说，美国质量好。

我问了阿爷几个问题：什么叫“干扰”“失踪”“电波”……阿爷都给我作了解释。

**2012、1、8**

下午阿爷接我出来后，我就开始找涂燕博，找不到，他妈妈提早接走了。

我跟阿爷说：“我要找一个好朋友与他一起手拉手回家。”在路口找到了刘俊涵同学。我和他手拉手地回家。他到家了，我说：“我到你家访问吧，然后你再到我家来访问。我们互相访问吧。”

到了他家玩了一会儿，阿爷叫我回家了，我不肯，哭。

后来，阿爷带我到超市买了许多吃的，我说：“给刘俊涵也买一份。”我一定要给他送去。阿爷又陪我到了刘的家，送给了他一份，我才高兴地回家了。我问阿爷：“这下刘俊涵高兴了吗？”阿爷说，高兴了。我说：“我也放心了。”

2012、1、9

下午，阿爷带我回38号。阿爷说，再过半年，我们要到浦东去住了。我问：“为什么？”

阿爷说，这里要消毒。我说：“浦东太远，不方便。我来消毒吧。”

阿爷笑了。

我跟阿爷一起看李安的《少年派》DVD，这部电影爸爸妈妈带我去看过了。

“他马上要吃野黄瓜了！”我叫阿爷看。果然。阿爷表扬我记性好。

2012、1、19

今天是星期六，阿爷阿娘带我去人民广场的上海博物馆。

上午太阳很亮，我走在广场上开心得很，大声说：“今天早晨阳光明媚。”阿爷问我：“这句话哪里学来的？”我回答说：“从电视里看来的。”

下午，我和阿爷坐在床上看“海绵宝宝”，我问阿爷：“你的爸爸呢？”

阿爷说：“死了。”

“那你的阿爷呢？”

“也死了。”

“死了，到哪里去了呢？”

“变成了灰，飘到天堂上去了。”

阿爷问我：“老祖宗是什么？”

我说：“老祖宗是古代。”

阿爷说：“上海博物馆里的东西都是古代的东西，是老祖宗。”

阿爷还说：“我的阿爷，是你的老祖宗。”

**2013、1、29**

我手上夹着讲义夹，问阿爷：“我像不像大学生？”

“像，像。”阿爷阿娘都说。

我们一起去了超市，买了点吃的东西。外婆说：“天天要买？”

阿娘说：“不买，他不回家。”

**2013、2、7**

今天放假了，我要睡在阿娘家。外公把我的小睡袋、奶粉等都送来了。

外公说：“你放大假啦。”

我说：“过了春节，我会回去的。”

阿爷说：“你要在这里睡得好，吃得好，才让你在这里睡。”

我说：“我会乖的。”

**2013、3、9**

我骑在阿爷的背上，我说了一句话，阿爷大吃一惊！

我说：“光刀奥特曼有两种形态……”

“形态？什么叫形态？！”阿爷真想不到，一个四岁的孩子能说出“形态”二字。

我说：“一种形态是蓝色的；另一种形态是浅蓝色的。”

“准确，非常准确！”阿爷说。

“形态。”是谁教我的呢？

**2013、3、14**

下午，阿爷带我去福州路书城。买了五本奥特曼，三本加菲猫，这三本是我送给老师的。

晚上在北京路孃孃家吃饭。

从书城出来，阿爷带我在马路边上等出租，我说：“我饿了，找个地方吃鸡吧。”阿爷帮我买了振鼎鸡。好吃。

**2013、4、28**

阿娘、阿爷迁至浦东兰陵路东方路。装修的时候我去过一次，小区绿化很好，树很高，还有小亭子，像花园一样。但我叫它为“土块希希”。

阿爷问我：“什么叫土块希希？”

我指着路边的泥块说：“泥一块一块的。”其实我自己也弄不清楚什么是土块希希。

**2013、5、5**

外公一早就把我带到了“土块希希”的地方，我太高兴了。在阳台上打保龄球，干净得很。阿爷把这块地方叫“尤米大悦城”。是玩的地方。

晚上我和阿爷睡。

阿爷说，住在这里要做到两条：一、睡好；二、吃饱。

我回外公家后，我就说，我在阿爷家吃得很饱，饱得吐了。

其实我在说谎。

阿爷当场拆穿了，我直笑。

阿娘阿爷带我到证大广场去玩“维尼熊”，吃薯条。

阿爷钓到了两大杯“八喜”。

我和阿爷有个小秘密，在爸爸妈妈外公外婆那里不能说吃过“冰砖”，其实，阿爷是融化后才给我吃的。

第二天，阿爷当着爸爸的面说：“钓到了……”

我马上把阿爷的嘴堵上了。

**2013、5、19**

阿娘阿爷去长兴四天。我也没见到阿爷阿娘四天了。

今天，爸爸妈妈孃孃姑夫一起到阿爷家，我很开心。临走的时候，我悄悄对阿爷说：“明天，你把我‘偷’出来好吗？”我叫阿爷把我从托儿所“偷”出来。

阿爷说：“好的。”

前两个星期，阿爷“偷”过我一次。我早上进托儿所一个多小时后，阿爷便把我接到了“土块希希”的浦东了。玩了一天。去了陆家嘴证大广场。

2013、5、21

今天开放课。阿爷阿娘来了。

阿爷表扬我作业做得好。别的同学做得慢，还有几个小朋友不会做，哭了。

老师却对阿爷表扬了我。

2013、6、1

今天是我的节日。爸爸妈妈孃孃姑夫都到了阿爷家。下午，爸爸妈妈带我去世纪广场玩。

我和阿爷在小区的亭子里用电蚊拍打蚊蝇。很开心。

2013、6、3

今天下午阿爷阿娘来接我。带我到上海书城去买书。买了三本奥特曼。还有一个大的汽车场。阿爷说，这是给我的六一礼物。

我捧着书吻书，我说，这几本书我都没有。

阿娘对外婆说，阿爷的心病，六一没给孙子买礼物。今天补。不补他心不定。

我对阿爷说，明天来接我。阿爷说，明天要去开会，老板发钱，钱发来后再给我买礼品，后天来接我。我答应了。

**2013、7、26**

我放假了。在阿爷家里一住就是 10 天。

我说："我在阿爷家里很放松。"

阿爷问我："在外婆家呢？"

我说："也很放松。"

阿爷："在妈妈家呢？"

我说："也很放松。"

阿爷在龙之梦给我买了两只怪兽和两个奥特曼。在维尼熊和阿爷一起打枪。

我给妈妈说："我要去旅游。"

妈妈说，好的。爸爸说，我们去住宾馆。

我会玩电脑，玩"疯狂的小鸟"。—— 一只小鸟用弹弓弹出去，击中远处的房子、小猪、炸药包等等。弹弓拉好了，我总是要问阿爷："好了吗？"

阿爷说："好了。"于是我将小鸟弹出去。弹中了，我大叫；弹不中，我就不高兴。

阿爷说，要耐心，失败了可以再来。

后来，我自己会玩了，不要阿爷发令了。

这只电脑太好了，是姑父买给我的。

孃孃自己又买了一只苹果，红的，里面有好多游戏，她一来，我就玩她新的电脑。

孃孃要走了，我说："你把电脑给我吧。"

孃孃说："那你跟阿爷说，要阿爷出钱。"

我说："你说，你说……"

阿爷正好进来，阿爷说："你们在说什么，我猜得出来。"

孃孃说："咪咪要你买'苹果'电脑。"

阿爷说："一句闲话。"说着，阿爷给孃孃一张工商卡，"这里面有一万多块。"

阿娘说："她要现金。"

阿爷从裤子袋里摸出两迭钞票。一数：二千一。阿娘说："差不多。"

电脑算我的了。我真高兴。我说："我把压岁钱给你好了。"

孃孃问我："你的钱在哪里？"

我说："你到银行里去拿。但拿不出来。"

孃孃说我："门槛精。阿爷没拿钱出来的时候，你说拿压岁钱给我；阿爷拿出来了，你就说银行拿不出来了。"大家哈哈大笑。

姑夫孃孃走了，电脑就留给我了。

2013、8、2

前天，妈妈到浦东上海东方电视台办事。阿爷家就在电视台隔壁，妈妈把我带到了阿爷家，并跟我说好了，星期五回去。我说，好的。

星期五到了，阿爷阿娘要带我回去了。我说："我不回去了，我改变主意了。"

阿爷说："男子汉说话要算数，你答应妈妈的，不可以赖的。不然妈妈要生气的，下次不相信你了。妈妈爸爸要带你去玩，玩好了，再到阿爷家来。"

我默认了，我说："我要在阿爷家里多住些天。春节呢？"

阿爷说："都住在阿爷家。"

我说："那我们先到梅龙镇地下室去。"那里是我经常去的，有好多好吃的。

阿爷说，好吧。

到了那里，阿娘还给我买了一部火车。日本高铁。

2013、8、8

这几天的晚上，我与阿爷睡。

我对阿爷说："等我长大了，我每天来看你一次。看你一百年。”

阿爷说：“太好了！”

我还说：“你要吃东西，我给你去买。”

阿爷笑得开心得不得了，抱着我亲，还问我老问题：“阿爷最喜欢谁？”

“咪咪！”我说。这个问题，我大概回答一千、一万次了。

“咪咪最喜欢谁？”

“阿爷。”同样，这个问题，阿爷也问过我一千、一万次了。

老生常谈。所有天下的父母、老一代都会这样问下一代，千篇一律，但是从不会枯燥，不会生厌，一直一直很新鲜，很有人情味，也很温馨。

但我有一句话说得阿爷意外地高兴：“你是我永远永远的阿爷；我是你永远永远的孙子。”这句话是真理。说出这样有感情的话，当然令阿爷高兴。但阿爷说，最高兴的还不止于此，而是阿爷说：咪咪的语言越来越丰富了，挺括了；长大了一定是个好作家，先写“中国奥特曼”、“中国迪斯尼”，再写别的。

阿爷对阿娘说：“这小家伙聪明，脑子活络。毕竟才来到这个世界上一千多天的四岁半小孩啊！”

“不，我长大了！你看，你看，我有多高！”我把脚尖顶了起来。

阿爷阿娘大笑。

2013、8、19

今天我开学。周一。从今天开始我上中班了，中五班。

第一天来的小朋友太少了，有的家长说幼儿园装修过了，有味道，有的假期长了家长不舍得让孩子来。爸爸妈妈要上班，我要去的。

下午四点，阿爷阿娘来接我的。阿爷对阿娘说，第一天要接的，问问咪咪开学第一天的情况。阿爷带我到马路对面的“两岸咖啡馆”去。阿爷给我带来了国际饭店的烤鸡腿，好吃，我一边吃一边叫“美味，美味”，国际饭店的烤鸡腿在电视上报道过。

我问阿爷：“国际饭店在哪里？”

阿爷说：“在你去过的人民公园对面。”

“国际饭店的烤鸡腿比梅龙镇的好吃。”我说。

阿娘说：“梅龙镇的烤鸡腿太粗，圆圆的，阿爷说像咪咪的‘便便’……”

我大叫：“太恶心了！”

阿爷和阿娘大笑。

阿爷在咖啡馆里买了一张“钻石卡”1000元，送280元。阿爷说，这样可以多吃三次。

阿爷把鸡腿撕碎了，一块一块地喂我吃，我在玩电脑。

我对阿爷说：“阿爷，我跟你说一句话……”

阿爷问：“什么话？”

我说："等我长大了，买一百个鸡腿给你吃。"

阿爷说："那不要吃得胀死了。"

我说："你可以放在冰箱里，慢慢吃嘛。"

阿爷说："冰箱是保险箱吗？"

我回答不出来，只顾玩电脑。

我问阿爷："我什么时候转学啊？"

我又对阿爷说："你家附近不是有托儿所吗？我到你那里去吧。"

阿爷说："我们那里没有外国英文老师。"

阿爷问我："你们的英文老师叫什么名字？"

我说："奥立弗。"

阿爷说："是老外啊！"

我说："他不老！"

阿爷说："我们那里的托儿所老师质量不高，房子也没有博士娃好。"

我说："我看不见得吧！"

阿爷阿娘大笑。

# 我和小孙子一起成长（代后记）

余　之

编散文集《风吹叶子》是件开心的事，快乐的事；就像这五年，我和小孙子在一起度过了开心的、快乐的五年一样。要是有人问我：退休后你最快乐的事是什么？毫无疑问，就是和小孙子在一起。

我喜欢和他一起在充满阳光的草地上散步，看阳光穿过树丛散落在草地上晃动的碎金；我喜欢和他在一起看微风吹动矮冬青疏散的树叶；我也喜欢和他在一起挥动树枝拍打水池溅起的水花；看蝌蚪在游弋；看蚂蚁在爬树；看蚯蚓在湿漉漉的泥地里蠕动……他踩着碎金笑；他看着晃动的树叶笑；他的笑声就像他的脚步，忽高忽低。他看大自然的生物有兴趣，我对“看小孙子看”有兴趣。我从小孙子的“看”里，看到了童真，看到了单纯，看到了和大自然融合一体的永恒。我以为，这种童真与单纯是人生最美、也是最为宝贵的财富，是任何物化的财富所不能比拟的。于是，我断断续续为小孙子写了5年的日记，我记录了他的童真与单纯。我希望，在他成年之后，在他的人生道路上，始终保持这种童真与单纯，永远做一个纯粹的人，一个有爱心的人，一个和大自然融为一体的人。

在这里，我首先要感谢我的两位前辈老师：白桦和黄宗英为本书题写了书名。白桦老师看出我这几年的“兴奋点”在孙子，鼓励我“多写写孙子”；黄宗英老师还为我小孙子书写了“黄家示儿诗”；我也要感谢我的同辈好友桂国强先生为我的儿孙书写的勉励词。

收集在本书中的另一部分文字，是我这些年来陆续发表在报刊上的散文，是我从近300篇中选取出来的一部分。这些篇什记录了若干值得记述的人与事：是美好的回忆，是珍贵的交往，是友人间的真诚与友谊。在这里，我还要感谢资料中心的两位同事：许林和吴慧雯，是他俩帮助我从电脑库里找出了一百多篇我早已丢失的文章，使我有了编下去的信心。

2013年12月6日，是我小孙子余佳融五周岁生日。五年来，他的健康成长得到了亲人们无微不至的关爱：爸爸、妈妈；外公、外婆；姑夫、孃孃等；也要感谢博士娃幼儿园老师对他的教育。

余佳融的日记取名为:《我和小树一起成长》。小树的成长是离不开阳光与雨露的，众多亲人与友人的关爱与帮助是“阳光”、是“雨露”；我的“后记”取名为《我和小孙子一起成长》。古人说：“人生七十古来稀”；今人说:“人生七十小弟弟”。再过一个多月，我虚岁69。小弟弟还挨不到，完全有理由“我和小孙子一起成长”：永远好学、好问；童真、单纯。

爱人，爱生活。以此自勉。是为记。

2013年月11月19日子夜

图书在版编目(CIP)数据

风吹叶子 / 余之著. — 上海：文汇出版社，2013.12

ISBN 978-7-5496-1030-3

Ⅰ. ①风… Ⅱ. ①余… Ⅲ. ①散文集—中国—当代②随笔—作品集—中国—当代 Ⅳ. ①I267

中国版本图书馆CIP数据核字（2013）第275956号

风吹叶子

作　　者 / 余　之
封面设计 / 李玉洁
责任编辑 / 文　荟
版式设计 / 张　晋

出版发行 / 文匯出版社
　　　　　上海市威海路755号
　　　　　（邮政编码200041）
经　　销 / 全国新华书店
排　　版 / 南京展望文化发展有限公司
印刷装订 / 启东市人民印刷有限公司
版　　次 / 2013年12月第1版
印　　次 / 2013年12月第1次印刷
开　　本 / 787×1092　1/32
字　　数 / 190千字
印　　张 / 10.25（插页8）

ISBN 978-7-5496-1030-3
定　　价 / 20.00元